AF139358

„Herbert der Satansbraten"

Ein Ausspruch von meiner Oma. Sie sagte auch noch: „Ich würde diesen Bengel am liebsten durch den Fleischwolf drehen und dann daraus einvernünftiges Kind formen."

Jetzt sitze ich hier und opfere das Wertvollste aus meinem Leben. Zeit. Davon habe ich immer zu wenig.
Ich werde es trotzdem versuchen, meine Kindheitserinnerungen aufs Papier zu bringen.
Die Erinnerungen kehren nur langsam zurück wie Blasen, die aus einem alten Brunnen hochkommen. Das Gedächtnis des Körpers ist kurios. Warum ich mich an mehr erinnere, als ich denke. Sich erinnern, was einem als Kind Spaß gemacht hat, das bleibt im Besitz des Herzens bis ins hohe Alter. Meine Erinnerungen sind lauter kleine Geschichten, wie Perlen. Ich werde versuchen, eine Kette daraus zu machen.
Ein Spruch sagt:
Hol dir die Vergangenheit nur zurück,
wenn du darauf aufbauen willst.
Ich will.
Ich fange mit der ersten Reise meines Lebens an.

Grandens

Meine Mutter ist 1944 mit meinem kleinen Bruder und mir nach Grandens in Westpreußen zu ihren Eltern gefahren.
Das war meine erste Reise, obwohl ich schon 6 Jahre alt war. Ich war ganz schön zappelig vor Aufregung und Neugier. Eine Reise ins Unbekannte. Für mich unvorstellbar. Meine Mutter heizte mit ihren Erzählungen über Grandens mein Interesse immer weiter an. Als die Reise losging, hatte sie ganz schön zu tun, um mich zu beruhigen. Außerdem hatte meine Mutter mit meinem kleinen Bruder, der noch kein Jahr alt war, reichlich zu tun. Der Zug war nicht besonders voll, mit dem wir aus Berlin abfuhren.
Zurück war es ganz anders: Unser Zug war übervoll. Das Prinzip war ganz einfach. Durch die vielen Bombardierungen in Berlin sollten die Menschen aus Berlin raus. 10 Züge sind raus gefahren und 2 nur zurück. Das hat mir meine Mutter später erklärt. Nach mehrmaligem Umsteigen sind wir in Grandens angekommen.
Mein erster Eindruck war: Das Haus meiner Großeltern war riesengroß mit all seinen Zimmern und Kammern. Auch die Treppe vor dem Haus war riesig. Eigentlich war alles sehr groß. Auch die Stallungen, Schuppen und der Hof.
Wahrscheinlich hatte man als Kind noch andere Dimensionsvorstellungen gehabt.

Blumen

Als ich durch Omas Blumengarten geflitzt bin, um Schmetterlinge zu fangen. Schmetterlinge gab es viele. Bekommen habe ich keinen, denn die waren immer schneller als ich. Da sah ich einen Strauch mit lauter schönen Blüten, die aber die Köpfe hängen ließen. Meine Erkenntnis: Die Blumen brachen Wasser. Eine Gieskanne habe ich aber nicht gefunden. Das Wasser, welches ich auf dem Hof aus dem Brunnen hoch zog, hätte ich ja auch mit einem Eimer zu der Blume tragen können. Auf diese Idee bin ich nicht gekommen. Ich war nur auf eine Kanne ausgerichtet.

Mein Entschluss, die Blumen abzuschneiden und dann in den Eimer zu stellen, stand da schon fest. Meine Oma hatte immer frische Blumen aus dem Garten in die Vase gestellt. Ich war richtig stolz von meiner Arbeit.

Bei meiner Oma war es genau das Gegenteil. Sie war böse auf mich. Die von ihr am meisten geliebten Blumen waren nicht mehr da. Die schönen Hortensien. Oma sagte: Der Strauch sieht jetzt aus wie ein frisch geschorenes Schaf.

Sie hat mich gepackt, sich auf einen Schemel gesetzt, mich, das unverstandene Persönchen, übers Knie gelegt und meinem Popochen eine andere Farbe verpasst.

Ich sann auf Rache. Was konnte ich nur tun. Als ich im Bett lag und nicht einschlafen konnte, kam mir die Idee, die Kaffeetassen aus dem Küchenschrank zu nehmen und sie zu verstecken. Die würden staunen am Morgen ohne Tassen. Es war noch Nacht, aber schon etwas hell. Da bin ich aufgestanden, habe eine Kippe genommen und alle Tassen rein getan. Ich wollte sie in den Holzschuppen verstecken. Die Kippe war für mich zu schwer. Ich musste dreimal laufen. Der Hund auf dem Hof hat nicht ein einziges Mal gebellt. Wir waren ja gute Freunde.

Nach solch schwerer Arbeit konnte ich doppelt gut schlafen. Aber nur so lange, bis ich wachgerüttelt wurde, denn der Verdächtige war ich. 2 Tanten haben versucht, meine Ohren zu verlängern. Ich musste beichten. Alle haben über meinen neuen Streich nur noch gelacht.

21 Geschwister

Auch die Familie meiner Mutter war riesengroß. Meine Mutter war das 3. Kind von insgesamt 21 Geschwistern, die meine Großmutter zur Welt brachte. 3 Kinder sind kurz nach der Geburt gestorben. Eine Tante, die ich immer ganz lustig fand, sagte, sie sei der 17te Salatkopf in dem großen Garten.

Es war üblich, dass die Kinder nach der Schulzeit sofort das Elternhaus verließen, um eine Lehre zu beginnen. Als die ersten Kinder das Haus verlassen hatten, waren die letzten Kinder noch gar nicht da. Es waren 3 Jungs, der Rest waren Mädchen.

Der Weg meiner Mutter führte über Danzig, wo sie den Beruf einer Krankenschwester erlernte, um später in Drepkan, im Spreewald, zu landen, wo sie meinen Vater kennen lernte.

Nun waren wir erst einmal bei meinen Großeltern. Für mich gab es viel Spaß und Abwechslung, und für meine Oma war ich ein kleiner Albtraum.

Sie sagte irgendwann, als wir dort waren, ich wäre ein kleiner Satansbraten. Mich sollte man durch einen Fleischwolf drehen, um dann daraus einen vernünftigen Jungen zu machen. So rustikal sprach meine Oma.

Nun werde ich erzählen, warum meine Oma manchmal so böse auf mich war.

Dichtungsringe

Es waren eine ganze Menge Milchkannen in der Waschküche, die nach der Milchabgabe am Tankwagen vor dem Haus danach gereinigt wurden und zum Trocknen dort standen. Mich interessierten die Dichtungsringe in den Deckeln. Mit einem Schraubenzieher habe ich, mit viel Mühe, einen Ring aus dem Deckel bekommen, um ihn anschließend im Holzschuppen mit einem Beil auf dem Hauklotz in kleine Stücke zu hacken. Ich habe diese Gummistücke auf die Wegplatten geschmissen, wo sie dann auf Nimmerwiedersehen in alle Himmelsrichtungen verschwanden. Irgendwann war das letzte Gummistück von diesem Ring verschwunden. Schade, das hat doch so viel Spaß gemacht. Also musste noch ein Dichtungsring dran glauben. Als auch diese Ringstücke davon geflogen waren, hatte ich immer noch nicht genug. Der Bedarf an Gummistücken war groß. Ich hatte ja reichlich Nachschub.

Der Spaß ging so lange, bis der letzte Ring aufgebraucht war.

Der Verlust der Dichtungsringe wurde erst am Abend nach dem Melken der Kühe festgestellt. Die Aufregung war groß, denn es konnten an diesem Abend keine Dichtungsringe mehr beschafft werden. Irgendjemand hatte die Idee, die

Rillen in den Kannendeckeln mit Papier auszustopfen. Die Abend- und Morgenmilch war gerettet.

Der Milchabholwagen kam an diesem Tag erst am Mittag.

Die Dichtungsringe wurden schnellstens besorgt, um sie noch vor der Milchlieferung einzusetzen.

Ziegenbock

Dann war da noch ein Gatter. Eine ziemlich große Umzäunung, wo Ziegen eingesperrt waren.

Was ich am interessantesten fand, war ein großer Ziegenbock mit unwahrscheinlich großen Hörnern. Mir machte es Spaß, diesen Bock mit einem Stock durch den Zaun zu piesacken. Dem Bock muss dies nicht gefallen haben, denn der wurde immer wilder und mir machte es immer mehr Spaß. Der Bock nahm Anlauf und raste mit dem Kopf gegen den Zaun. Ich habe mich vor lauter Schreck auf den Hosenboden gesetzt. Der Schreck war schnell verflogen und meine Schadenfreude groß, denn dieser blöde Bock konnte mir ja nichts tun. Dies war an diesem Tag noch meine Meinung.

Am nächsten Tag das gleiche Spielchen mit dem Bock. Als der Bock mich sah, ist er mit voller Wucht mit dem Kopf gegen den Zaun gerannt. Ich habe mich gebogen vor Lachen und habe den Bock weiter gepiesackt. Der Bock muss sich wohl auch Gedanken gemacht haben. Beim nächsten Anlauf sprang er nicht gegen den Zaun, sondern darüber. Ich bin losgeflitzt, der Bock hinter mir her. Ich konnte mich gerade noch hinter einer Stalltür retten.

Einmal habe ich, für meinen Zeitbegriff, unwahrscheinlich lange in einem Holunderbaum gesessen, bis dann der Bock von einem Knecht in sein Gatter gebracht wurde.

Ein anderes Mal konnte ich mich gerade noch auf eine Leiter retten, die an einer Scheunenluke angelehnt war. Der Bock versuchte, die Leiter umzustoßen, was er aber nicht schaffte. Ich bin dann in die Bodenluke rein geklettert, denn der Bock wartete ja unten.

Der Boden war voller Heu, welches so gut nach Kräutern roch. Ich habe mich in das Heu gelegt, um mich von meinen Strapazen zu erholen.

Irgendwann bin ich eingeschlafen und erst wieder aufgewacht, als ich meinen Namen rufen hörte. Ich wurde überall gesucht, nur nicht auf dem Heuboden.

Dann passierte es doch einmal, dass mich der Bock erwischte. Wir waren am Sonntag aus der Kirche gekommen, meine Oma war sehr fromm. Der Kirchgang war eine Pflicht. Ohne diesen Kirchgang war für meine Oma ein verlorener Sonntag. Die Nähe des Herrn war ihr heilig.

Als wir vergnügt auf den Hof meiner Großeltern kamen, startete der Ziegenbock, der auf dem Hof herumtollte, einen Angriff auf meine Person.

Ich hatte meine Sonntagsausgehsachen an, da erwischte mich der Bock mit seinen langen Hörnern am Hintern und riss einen großen Triangel in die Hose. Der Angriff war so heftig, dass ich in hohem Bogen durch die Luft flog und im Modder landete. Wo dann von dem Bock noch ein Hosenbein aufgeschlitzt wurde. Ich blutete aus mehreren Wunden. Die Aufregung war bei den Erwachsenen groß.

Der Zaun von dem Gatter wurde erhöht. Ich konnte von dem blöden Ziegenbock nicht mehr attackiert werden.

Meine Attacken gegen den Bock habe ich auch eingestellt.

Meine Mutter hatte immer einen flotten Spruch auf Lager. Nach dem Reinigen und Desinfizieren der Wunden meine Mutter: Bis zur Hochzeit ist alles wieder verheilt.

Hühnereier

Es sah lustig aus, wenn ich aus dem Hühnerstall die Eier aus den Nestern nahm, um sie dann an den Schuppen an die Wand zu klatschen. Das Klatschen der Eier hörte sich gut an und lustig sah es aus, wenn der Glibber an der Wand herunter lief.

Ein anderes Mal sollte ich Eier aus dem Hühnerstall holen. Meine Hände waren zu klein, um mehr als 4 Eier zu tragen. Ich sackte mehrere Eier vor dem Bauch in das Hemd. Das ging ja prima mit dem Transport.

Aber nur solange, bis ich stolperte und hinfiel. Das Malheur war groß. Die meisten Eier vor meinem Bauch waren kaputt. Die Eierpampe lief mir an den Beinen herunter. Ich stand da wie ein begossener Pudel. Eine Tante hatte mit mir Erbarmen und schruppte mich mit viel Wasser wieder sauber.

Eier in der Pfanne

Meine Oma hatte eine Angewohnheit, die mich faszinierte. Sie schlug jeden Morgen 6 Eier in eine Schüssel, um sie zu verrühren, um dann die Eierpampe in die Pfanne zu gießen, um sie dann zu braten. Sie futterte diese 6 Eier noch aus der Pfanne sofort auf. 6 Eier. Ich schaffte gerade mal eins.
Meine Oma sagte, das wäre für sie gerade die richtige Portion.
Hühner gab es sehr viele auf dem Hof, da kam es auf ein paar Eier gar nicht an. Ich war jedes Mal fasziniert von dieser Handlung.
An irgendeinem Tag. Oma hatte die Eier gerade in die Schüssel geschlagen und musste die Küche verlassen. Ich nahm kurzerhand noch mehrere Eier und schlug sie auch in die Schüssel. Die Schalen habe ich verschwinden lassen. In der Hoffnung, dass Oma meine Handlung nicht bemerkt. Sie hatte es nicht bemerkt, denn sie war sehr aufgeregt wieder in die Küche gekommen. Die gebratenen Eier schmeckten ihr ausgezeichnet. Nur mit der Menge hatte Oma Probleme. Sie muss wohl sehr erstaunt gewesen sein, denn sie saß vor der Pfanne und führte Selbstgespräche. Sie sagte immer wieder: Bin ich krank oder werde ich krank? Sie konnte nicht begreifen, dass sie die Eier nicht schaffte.
Ich hatte eine diebische Freude, ihr diesen Streich gespielt zu haben.

Ferkel

Da war auch noch der Schweinestall mit sehr vielen Boxen. Mein Opa sagte: In jeder Box wären 8 Schweine von ganz klein bis groß, also ausgewachsen.

Die kleinen Ferkel hatten es mir besonders angetan. Sie taten mir leid, eingesperrt zu sein. Ich machte mehrere Boxentüren und 2 Stalltüren auf, um die Schweinchen in den Hof zu lassen. Als dann die Schweinchen über den Hof sausten und die große Freiheit genossen, kam mir der große Hof noch zu klein vor. Ich machte das Hoftor auf. Einige von den Schweinchen waren sofort draußen, über die Straße, ins Getreidefeld. Den Rest habe ich dann hinterher getrieben. Heißa war das ein Erlebnis. Nur nicht für die Erwachsenen. Meine Mutter, Tanten und Großeltern waren in heller Aufregung. Es hat Tage gedauert, bis fast alle Schweine wieder im Stall waren. Es war schwierig, die Ferkel in dem hohen Getreide ausfindig zu machen und einzufangen. 2 Ferkel blieben verschwunden. Vielleicht hatten sie einen neuen Besitzer bekommen.

Ich wurde daraufhin auch eingesperrt, um über meine Schandtaten nachzudenken.

Oma

Meine Oma war eine gutmütige und redegewandte Frau. Wenn sie dann auch noch Zeit hatte, was selten vorkam, erzählte sie mir kleine Geschichten oder stillte meinen Wissensdurst.

Später stelle ich fest, dass sie manchmal ganz schön geflunkert hatte.

Meine Frage: Warum sind hier die Kühe alle braun-weiß? Bei uns sind sie alle schwarz-weiß.

Meine Oma sagte, dass hier die Kälbchen alle Schokolade zu fressen bekommen. Darum sind sie braun-weiß.

Ein anderes Mal fragte ich sie, warum es vom Himmel regnet. Sie sagte: Die Engel haben ihre Nachttöpfe nicht geleert, nun sind sie übergelaufen. - Und ich hatte diesen Blödsinn noch geglaubt.

Meine Großeltern müssen sehr zufrieden gewesen sein, als wir wieder abreisten. Denn die Streiche, die ich begangen hatte, waren ganz schön deftig gewesen.

Der Zug, mit dem wir nach Berlin wollten, war übervoll. Im Gepäckwagen passte der Kinderwagen, der zu dieser Zeit noch voll mit Zwiebeln war, gerade noch rein. Meine Mutter, mit uns beiden Kindern und dem vielen Gepäck, schaffte es, in den Zug zu kommen und noch einen Platz in einem Abteil zu bekommen. Obwohl der Gang im Zug auch voller Menschen und Koffer war.

Im Zug war es stickig, stinkig und warm. Als ich müde wurde und rum jammerte, hatte ein Soldat mit mir Erbarmen. Er wuchtete einen großen Koffer aus dem Gepäcknetz, um Platz für mich zu schaffen. Ich bin im Gepäcknetz gleich eingeschlafen.

Es war schon dunkel, als ich wieder wach geworden bin, stand der Zug. Meine Mutter sagte, dass der Zug schon lange steht. Die Gleise seien zerbombt worden und müssen erst wieder in Ordnung gebracht werden.

Aus der Not wurde eine Tugend. Die Leute sind aus dem Zug gestiegen, um ihre Notdurft zu verrichten. Ihre Beine in Gang zu bekommen. Ich habe die frische Luft genossen.

Der Mond am Himmel guckte unserem Treiben zu. Als der Zug dann weiterfuhr, aber nicht lange, hat der Zug gehalten wegen Fliegeralarm. Die Lichter im Zug wurden alle gelöscht, damit wir nicht entdeckt wurden. Solch ein Vorgang passierte in dieser Nacht noch zweimal.

Irgendwann hatte ich Hunger. Meine Mutter gab mir die letzte beschmierte Stulle zu essen. Ein Mädchen in unserem Abteil bettelte ihre Mutter an: sie möchte auch was essen. Die Mutter sagte, sie hätte nichts mehr zu essen. Das Mädchen weinte sehr.

Meine Mutter war sehr sozial eingestellt. Sie machte die Tasche auf, wo die Fressalien drin waren, nahm ein ganzes Brot heraus und brach ein Stück davon ab und gab es dem Mädchen. Die anderen Mitreisenden in diesem Abteil hatten wahrscheinlich auch nichts mehr zu essen.

Warum meine Mutter anfing, Brot an die Erwachsenen zu verteilen, habe ich nicht mitbekommen. Meine Mutter holte auch noch eine Schlackwurst aus der Tasche. Irgendwie war mit einemmal ein Taschenmesser da. Meine Mutter schnitt ziemlich dicke Scheiben von der Wurst ab und verteilte diese auch noch. Danach gab es noch für jeden ein gekochtes Ei. In einem kleinen Köfferchen waren 50 gekochte und 50 rohe Eier drin, die meine Mutter dabei hatte.

Als ich wieder einmal aus dem Fenster schaute, sah ich den Mond wieder. Wir waren doch schon so lange mit dem Zug gefahren. Das konnte ich nicht verstehen. Meine weitere Beobachtung brachte nichts Neues. Der Mond blieb trotz der Zugfahrt am Himmel. Ich fragte meine Mutter, ob der Mond mitfährt. Die Antwort war: Der Mond schaut nur zu, ob ich im Zug bin. Das leuchtete mir ein.

Dann kam für mich noch eine Überraschung. Als es hell wurde, beobachtete ich die Wolken am Himmel. Die dunklen Wolken verschwanden nach hinten von unserem fahrenden Zug. So etwas hatte ich vorher noch nie gesehen. Ich hatte vorher immer nur die dunklen Wolken kommen sehen.

Als der Zug in Berlin angekommen war und der Kinderwagen aus dem Gepäckwagen ausgeladen wurde, war er nur noch halb voll mit Zwiebeln. Meine Mutter nahm es gelassen. Sie sagte: Die Hälfte ist immer noch besser als gar nichts.

Die Reise hat mir sehr viel Spaß gebracht. Aber zu Hause war es auch wieder schön. Eine vertraute Umgebung.

Frisiertisch

Es ist gar nicht so einfach, am Anfang die richtigen Worte zu finden von den Tagen, die ich in meiner Kindheit begangen habe. Einige Sachen waren zum Lachen und andere, da standen einem die Haare zu Berge. - Aber als Kind hat man eine andere Vorstellungskraft.

Im Schlafzimmer meiner Eltern war auch ein Frisiertisch mit einem dreiteiligen Spiegel. Die Außenspiegel waren zum Einklappen, so dass die Haare auf jeden Fall auch von hinten zu sehen waren. Auf der Ablage war eine Sprühflasche mit einem Schlauch mit einem Blasebalg dran, worüber zur Verschönerung ein Garngitter und Fransen waren. Die etwa 5 cm langen Fransen, wie beim Friseur meine Haare, habe ich bis zum Blasebalg abgeschnitten. Ich fand das gut, meine Mutter nicht.

Eine rechteckige Schale für Kamm und Bürste stand in der Mitte. Auf der anderen Seite stand eine Schatulle mit Deckel, worin sich die kleinen Sachen befanden. Ein Lippenstift war auch darin, der meine Aufmerksamkeit erweckte. Es war ein Stift von meiner Tante, die zu Besuch bei uns war. Ich probierte den Stift aus und fand es lustig, wie er beim Drehen heraus kam und anders herum wieder verschwand.

Meine Tante war eine sehr elegant gekleidete Frau. Ausgehen ohne Lippenstift? Unvorstellbar! Ich machte den wertvollen Lippenstift zur Schnecke. Am besten fand ich, dass man damit auch malen konnte. Der Spiegel bot sich dazu richtig an. Mit einemmal war der Lippenstift alle und ich war traurig. Meine Tante war noch trauriger, da sie nun keinen Lippenstift mehr hatte.

Rattenfalle

Im Pferdestall habe ich eine aufgestellte Rattenfalle entdeckt. Ich habe sie in meine Hand genommen, denn meine Neugier war schon immer groß. Ich wusste nicht, wie solch ein Ding funktionierte. Ich muss wohl bei der Begutachtung an den Auslösemechanismus gekommen sein: Die Falle schnappte zu. Mein linker Zeigefinger war jedoch dazwischen. Durch die Wucht des Fallenbügels wurde der Finger gebrochen. Mein Geschrei war groß. Der Schreck meiner Muter wahrscheinlich noch größer.

Der Zustand dauerte nicht lange. Meine Mutter hatte schnell eine Lösung parat. Sie zerbrach eine Wäscheklammer, die aus Holz war, in zwei Teile, um sie oben und unten an meinen Finger zu legen. Als Binde hat sie einen dünnen Lappen in Streifen gerissen, um damit meinen Finger zu umwickeln. Etwas anderes hatte sie nicht zur Hand.

Trotz der Verletzung konnte ich zur Schule gehen, denn es war ja die linke Hand, die verletzt war. Der gebrochene Finger war auch keine große Behinderung. Zum alleine Anziehen waren ja noch der Daumen und drei Finger zu gebrauchen.

London

Ich war wieder einmal auf Informationstour in unserem Haus unterwegs. Mein Interesse galt einem Kleiderschrank. Oben auf der Ablage hatte ich noch nie geguckt, aber nur, weil ich dort noch nie herangekommen war. Diesmal war es anders. Es stand eine Leiter im Flur, die ich mir holte. Außer Staub und einen Koffer fand ich auf der Ablage ein paar Tütchen, auf denen London stand. Es waren, aus meiner Sicht, aufgedrehte Luftballons drin. Meine Kumpels fanden diese Luftballons prima. Wir haben dufte damit gespielt, bis sie platzten. Mein großer Bruder, der später irgendwann diese Päckchen vermisste, platzte auch fast vor Wut. Die Worte, mit denen er mich beschimpfte, möchte ich hier nicht wiederholen.

Tante-Emma-Laden

Wir hatten in unserem Ort einen sogenannten Tante-Emma-Laden, der uns Kinder anzog wie die Motten das Licht, aber nur, weil es nach dem Einkauf ein Stückchen Kandiszucker für uns Kinder gab.

Irgendwann, irgendwie wollten wir Kinder an den Kandis, ohne etwas zu kaufen - bloß wie? Durch Zufall kam ich dahinter: Beim Kauf von Kerzen, die meine Mutter brauchte, musste die Ladeninhaberin in den hinteren Raum gehen, um von dort die Kerzen zu holen. Im Verkaufsraum waren nur noch meine Mutter und ich. Die Idee war geboren, wie man an den Kandis herankam.

Kerzen waren zu Hause immer knapp, allein wegen der vielen Stromsperren. Teuer waren die Kerzen auch noch.

Einer von meinen beiden Kumpels hatte seine Mutter überredet, Kerzen zu kaufen. Alles klappte prima. Kaum war die Besitzerin des Ladens nach hinten verschwunden, um Kerzen zu holen, griff jeder von uns Jungs in den Glas, das auf dem Tresen stand, nach dem Kandis. Der Kandis wurde eingeteilt. Dadurch hatten wir tagelang etwas zu lutschen.

So machten wir dieses Spiel noch ein paar Mal. Bis die gute Tante aus dem Laden einen Strich durch unsere Rechnung machte. Sie muss wohl bemerkt haben, dass ihr Kandis Schwindsucht bekommen hat und der Kerzenbedarf gestiegen ist. Sie hatte mit einem Mal die Kerzen vorn im Laden.

Lebertran

Was ich in meinem Leben am meisten gehasst habe, war, einmal am Tag einen Esslöffel Lebertran zu schlucken. Dies soll gut für den Aufbau des Körpers sein. Meine Mutter sagte, das sei gesund. Ich fragte mich: Wer will den schon so gesund leben? Auf jeden Fall habe ich alle möglichen Tricks probiert, um mich vor der täglichen Handlung zu drücken. Am besten und längsten hat es geklappt, das Zeug im Mund zu behalten, um es anschließend irgendwo auszuspucken.

Es hat leider nicht lange gedauert, bis meine Mutter dahinter kam. Ein weiser Spruch meiner Mutter war: Damit du groß und stark wirst. Ich bin groß und stark geworden, aber nicht vom Lebertran.

Kindersitz

Wir hatten zu Hause einen Kindersitz aus Weidengeflecht, der an dem Fahrradlenker eingehängt wurde, wenn meine Mutter mich mitnahm. Da ist es passiert, dass mein rechter Fuß zwischen Fahrradgabel und Speichen des Rades kam, obwohl der Kindersitz Fußstützen hatte. Dies war eine sehr schmerzliche Erfahrung.

Ein Radio

Ein Radio hatten wir auch besessen. Es war aus Kunststoff, ca. 30 cm breit und 40 cm hoch. Es hatte einen Lautsprecher im oberen Teil und unten besaß es eine halbrunde Skala mit Zahlen darauf. Mit einem geriffelten Knopf konnte man ein paar Sender einstellen. Ein mindestens 5 Meter langer Draht, der mit Garn umwickelt war, diente als Antenne. Meine Mutter sagte, wenn wir alleine waren, Göbbelsschnauze dazu. Das war der Propagandaminister von Adolf Hitler.
Unser Hund konnte das Radio überhaupt nicht ausstehen. Immer, wenn das Radio an war, hat er das Weite gesucht.
Ich wurde von einem Mann aufgeklärt: Der Hund kann die hohen Töne nicht vertragen, die der Mensch nicht hören kann. Darum nimmt der Hund reißaus.
Ich habe auch öfter das Weite gesucht. Denn das Geknatter, lautes Brummen und andere Geräusche nervten sehr. Manchmal war es ganz schrecklich mit dem Radio. Wenn gesprochen wurde, klirrte es im Lautsprecher. Wenn Musik gespielt wurde, war die Welt in Ordnung.

Stickereien

Meine Mutter war eine fleißige Stickerin von Tischdecken, Kissenbezügen und vielen anderen Sachen. Was ich nicht wusste: Jeden Tag oder fast jeden Tag veränderte sich die Stickerei auf diesen Gegenständen.
Ich fragte meine Mutter wegen dieser Veränderungen. Ihre Antwort: Das produzieren die Heinzelmännchen.
Irgendwann ließ mir dies keine Ruhe. Die Frage an meine Mutter: Wann kann ich denn die Heinzelmännchen sehen?
Meine Mutter hat mich ganz traurig angeschaut und gesagt: Die kommen doch immer heimlich, in der Nacht, ich habe sie auch noch nicht gesehen. Herbert, wenn du sie sehen

willst, dann streue Erbsen auf den Flurfußboden. Die Heinzelmännchen treten auf diese Erbsen. Wenn du diese Geräusche hörst, lauf ganz schnell hin, dann kannst du die Heinzelmännchen vielleicht sehen.

Ich nahm vor dem Schlafengehen eine Tüte mit Erbsen und streute sie im Flur auf den Fußboden. In der Erwartung, dass die Heinzelmännchen in dieser Nacht kommen würden, war an Schlafen noch nicht zu denken. Dafür war ich viel zu aufgeregt. Mit einem Mal hörte ich für mich fremde Laute und Geräusche. Ich bin aus dem Bett gesaust und hin zu dem Flur, wo ich die Erbsen verstreut hatte. Und was sehe ich? Meine Mutter versucht gerade, sich von dem Fußboden aufzurappeln, wo sie auf den Erbsen ausgerutscht und hingeknallt war.

Wütend hätte sie ja gar nicht sein dürfen, denn sie hatte mir ja den Vorschlag mit den Erbsen gemacht. Na ja, irgendwann ist sie ins Lachen übergegangen.

Ein paar Tage später hat mich mein älterer Bruder aufgeklärt, wie es mit den Heinzelmännchen funktioniert. Da meine Mutter unwahrscheinlich gerne gestickt hatte, blieben ihr dafür nur die späten Abendstunden. Der ganze Tag war bei ihr ausgefüllt mit schwerer Arbeit. Da blieb keine Zeit für ihr geliebtes Hobby.

Ich habe diese Geschichte irgendwann in der Schule erzählt und habe viele Vorschläge für einen Gegenstreich bekommen. Eine Sache fand ich am lustigsten, weil dies auch mit Erbsen zu tun hatte. Ein Glas mit Erbsen füllen, Wasser rein gießen, damit die Erbsen aufquellen, und in der Nacht über den Rand auf ein darunter liegendes Blech fallen lassen, um dadurch Krach zu verursachen. Gemacht und getan. Passiert ist in dieser Nacht gar nichts. Das Ende vom Lied: Die Erbsen waren zu weich. Der Krach blieb aus.

Ich habe dies alles auf dem Dachboden ausprobiert, bis es funktionierte. Und das richtig.

Das Glas war nur halb voll mit Wasser gefüllt und das Glas voll mit Erbsen. Dadurch blieben die oberen Erbsen trocken. Nur die unten im Wasser liegenden Erbsen quollen auf und haben das Volumen im Glas vergrößert. Einzelne Erbsen haben nach und nach das Glas verlassen. Um den

Effekt noch zu verstärken, habe ich auf der einen Seite unter dem Blech, wo das Glas drauf stand, noch ein Stück Holz gelegt, damit die herunterfallenden Erbsen ein schepperndes Geräusch verursachen und beim Herunterrollen auf dem Blech noch die passende Musik machen. Um diesem Spiel die wichtige Würze zu geben.

Ich habe dieses Spektakel unter das Ehebett von meiner Mutter, wo auch meine Tante schlief, aufgebaut. Mein Vater war zu dieser Zeit in Kriegsgefangenschaft. Ich hoffte, dass dieses Mal alles so funktionieren würde, wie ich mir das so vorgestellt habe.

Diesmal hat alles geklappt.

Am Morgen danach sahen meine Mutter und Tante ganz schön zerknittert aus. Verursacht durch den Schlafmangel. Sie hatten die Ursache der Schlafstörung erst am Morgen entdeckt. Die beiden Frauen hatten mich gleich in Verdacht. Es half kein Leugnen. Meine Tante versuchte, eins meiner Ohren auf einen halben Meter zu verlängern. Ich schrie, als wäre ich auf einen Säbel gespießt worden. Mein Schreien half nicht. Sie sagte: Strafe muss sein. - Meine Rache für diese Züchtigung aber auch.

Es wurde immer Zeitungspapier benutzt, um meine nassen Schuhe schneller trocken zu bekommen. Ich hatte ja nur dies eine Paar. Dies brachte mir die Idee, es umgekehrt zu machen: Nasses Papier in die Schuhe zu stecken.

Ich habe Zeitungspapier im Wasser eingeweicht, um es anschließend in eins der Sonntagnachmittag-Ausgehschuhe meiner Tante in die Schuhspitzen rein zu bekommen.

Nach einem Tanzabend hatte meine Tante einen angeschwollenen bunten großen Zeh.

Wurst und Streichhölzer

Es war ein Tag, der es voll für mich und auch für meine Mutter in sich hatte.

Was ich bis dahin getan hatte, dass meine Mutter mich in das kleine Zimmer sperrte, weiß ich nicht mehr. Aber die Handlung danach. Auf jeden Fall fühlte ich mich von meiner Mutter schlecht behandelt und war sauer darüber.

Ich armes Stück Mensch, eingesperrt in diesem Zimmer. Aus dem Fenster springen konnte ich auch nicht, denn es war bis zum Hof zu hoch. Dass ich mir dabei noch die Knochen breche, die Gefahr war groß. Das war es mir nicht wert.

Mit einem Mal sah ich Sachen auf dem Kachelofen, die meine Aufmerksamkeit hervorriefen. Aber wie komme ich dort ran?

Eine Leiter gab es in diesem Zimmer auch nicht. Mein Ideenreichtum war schon immer groß. Also zog ich den Tisch, der im Zimmer stand, bis zum Ofen. Vom Stuhl kam ich auf den Tisch. Ich zog den Stuhl nach auf den Tisch, dadurch schaffte ich es bis auf den Ofen.

Dies war meine Welt. Ein Schlaraffenland.

Auf einem Teller lagen 3 Schlackwürste und ein Paket mit 10 Schachteln Streichhölzer. Die 3 Würste waren für meinen Vater und meine 2 älteren Geschwister (Brüder) gedacht, die im Krieg waren. Verpflegung aus der Heimat.

Von meiner Mutter mühselig mit Lebensmittelkarten zusammengespart.

Was ich nicht wusste.

Aus Langeweile und Hunger habe ich alle 3 Würste von beiden Seiten angeknabbert. Als ich satt war, habe ich mir die Streichhölzer vorgenommen.

Das Päckchen war schnell aufgerissen und ein Streichholz war auch gleich in meiner Hand, um dieses sofort an einer Schachtel anzuzünden. Ich habe es genauso gemacht, wie ich es bei meinem älteren Bruder gesehen hatte. Als sich die Flamme vom Streichholz meinem Finger näherte, habe ich mit Spucke

2 Finger nass gemacht, um dadurch das abgebrannte, aber noch heiße Teil anzufassen. Nun konnte das ganze Streichholz abbrennen. So wurde ein Streichholz nach dem anderen von Holz zu Holzkohle.

Das Interesse hielt nicht lange an.

Eine dramatische Steigerung war schnell gefunden. Ich steckte mit dem nächsten, brennenden Streichholz die anderen Streichhölzer in der Schachtel an. Das war ein Spaß! Die große Stichflamme und der Schwefelgeruch, einfach dufte. Die anderen Schachteln sind den gleichen Schicksalsweg gegangen. Ich habe sie alle in die Luft gejagt.

Der ganze Raum war vernebelt. Der Schwefelgeruch, welcher den Raum erfüllte, muss wohl durch die Türritzen gedrungen sein. Plötzlich stand meine Mutter im Zimmer. Erst erschrocken, dann erfreut, dass nicht Schlimmeres passiert war. Es waren ja nur die Streichhölzer und nicht der Raum, die ich in Brand gesetzt hatte.

Als meine Mutter dann aber die angeknabberten Würste sah, hat sich ihr Verhalten in eine gigantische Handgreiflichkeit entladen.

Die Würste hatte sie von den Lebensmittelkarten angespart. Die Streichhölzer waren zu der damaligen Zeit eine Kostbarkeit und Rarität.

Ich hatte mir darüber keine Gedanken gemacht, denn ich wollte und hatte meinen Spaß. Und meine Mutter wahrscheinlich große Magenschmerzen.

Keller – Nähkasten

Dieser Raum war für meine Mutter zu unsicher geworden und dachte sich wahrscheinlich: Im Keller kann ich nichts mehr anstellen. Das dachte sie aber nur. Sie sperrte mich in den Kellerraum ein, wo wir uns bei Fliegeralarm aufhielten.

Meine Mutter hatte, um die Zeit des Fliegeralarms zu überbrücken, ihren Nähkasten dort zu stehen, um die Zeit auszunutzen und wichtige Arbeiten zu verrichten. Ich sehe heute noch die großen Löcher in den Strümpfen. Es wurde ein Holzpilz in den Strumpf geschoben, um das Loch in Spannung zu halten, wenn das Loch zugestopft wurde. Abgerissene Knöpfe annähen. Dreiangel in der Kleidung verschwinden zu lassen. Alles solche Sachen waren ihre Arbeit. Meine Mutter musste immer etwas zu tun haben.

Es hat nicht lange gedauert, bis ich diesen Nähkasten beim Wickel hatte. Ich war von der Untersuchung ein wenig enttäuscht. Es war nichts Besonderes drin: Knöpfe, die mich angeguckt haben. Einzelne Knöpfe waren in meiner Vorstellung ganz hübsch und schick. Bei der Knopfbetrachtung ist mir eine Rolle mit Stopfgarn aus der

Hand gefallen und weggerollt. Da nun das Garn von der Rolle war, habe ich es nicht wieder aufgerollt. Dazu hatte ich keine Lust. Das Zusammenraffen ging ja viel schneller. Mit einem Mal hatte ich ein Knäuel in der Hand, eine kleine Kugel. Da kam mir die Idee, einen Ball daraus zu machen, denn Wolle und Garn waren ja noch genug da. In Windeseile hatte ich das Garn von den Rollen, das Knäuel wurde immer größer. Bald war alles aufgebraucht und der Ball hatte eine beträchtliche Größe erreicht.

Der Kellerraum war groß genug, um damit Fußball zu spielen. Das hat so richtig Spaß gemacht.

Aber nur so lange, bis meine Mutter kam. Sie wollte sich erkundigen, ob ich zur Raison gekommen bin. Als sie die leeren Garnrollen sah, schrie sie los, als wenn sie von einer Tarantel gestochen wurde. Sie hat mich geschnappt und geschüttelt, schrie mich an. Verstanden habe ich wenig. Nur so viel, dass sie sehr wütend war.

Danach sausten ihre Hände wie ein Blitzgewitter auf meinen kleinen Körper nieder. Vielleicht kommt davon der Ausdruck „windelweich schlagen" her.

Heute kann ich dies ja verstehen. Ihr kostbares Garn, womit sie so gern gearbeitet hat, war futsch. Zu kaufen gab es solch Garn in dieser schlechten Zeit kaum noch.

Dachzimmer

Meine Mutter hätte mich da lassen sollen, wo ich gerade war – wäre für alle besser gewesen.

Wir hatten auf dem Dachboden noch ein verhältnismäßig großes Zimmer, wo wir Kinder schliefen. Dort schleppte mich meine Mutter hin. Dort sollte ich meine Schandtaten bereuen. Die Zimmertür wurde von außen abgeschlossen. Ich war ein Gefangener, das dachte wohl meine Mutter. Die kannte wohl noch nicht meine große Fantasie. Ich habe einen Stuhl genommen und die Lehne unter die Türklinke geklemmt. Jetzt kam auch keiner mehr rein. Meine Burg war gesichert. Jetzt hatte ich auch keine Attacken von meiner Mutter mehr zu erwarten.

Meine Unverstandenheit und die Schmerzen meines geschundenen Körpers brauchten ein Ventil, wo ich meine innere Wut ablassen konnte.

Es gab nicht viele Sachen im Zimmer. In einer Kommode, in der die Sachen von meinem älteren Bruder aufbewahrt wurden, denn der war zu dieser Zeit im Krieg, stand eine Schatulle. Darin war eine Schachtel mit einer schönen Uhr. Dies war ein Geschenk zu seiner Konfirmation.

Das war mir alles vollkommen egal. Ich wollte diese Uhr zerstören. Ich schmiss die Uhr auf den Fußboden und trat darauf herum. Sie ging aber nicht kaputt. Im Nebenraum unter der Dachschräge fand ich einen Hammer, damit machte ich die Uhr dann platt.

Ich fühlte mich danach befreiter.

Von der schweren Arbeit legte ich mich, mit Sachen, in das Bett, um zu schlafen.

Irgendwann wollte meine Mutter in das Zimmer kommen. Sie kam nicht rein, denn ich hatte ja den Stuhl als Sperre benutzt. Von dem Krach an der Tür bin ich aufgewacht. Erst kam ein Schimpfen, irgendwann ein Bitten und Flehen, ich solle doch die Tür aufmachen.

Ich machte die Tür nicht auf, denn ich hatte jetzt noch warme Ohren von ihrer Züchtigung. Ich sagte keinen Mucks. Dies muss wohl meine Mutter beunruhigt haben. Sie wollte nicht warten, bis ich doch die Tür öffnen würde. Es wurde versucht, durch das Giebelfenster in das Zimmer zu kommen. Es mussten aber erst zwei Leitern zusammengebunden werden, um an das Fenster zu kommen. Ein Knecht, von nebenan, half dabei, der auch die Leiter raufkletterte und die Scheibe einschlug, um das Fenster zu öffnen. Er öffnete auch die Tür.

Meine Mutter war erleichtert, als sie mich unversehrt sah. Aber nur so lange, bis sie die Armbanduhr erblickte. Da wich ihr ganzes Blut aus dem Gesicht. Sie sah aus wie eine Kalkleiste. Sie flüsterte nur: Was hast du denn jetzt schon wieder angestellt?

Meine Antwort war: Ich habe sie platt gemacht und nun kiek mal, wie sie glotzt.

Ich glaube, dass meine Muter ihre ganze Energie schon verbraucht hatte, denn sie fasste mich an diesem Tag nicht mehr an.

Fahrrad und Tasche

Eine Frau war zu uns gekommen, um Spargel zu kaufen. Sie stellte ihr Fahrrad mit ihrer Tasche am Lenker auf dem Hof ab und ging zu meiner Mutter ins Haus. Ich habe das Fahrrad und die Tasche daran entdeckt und war neugierig, was sich wohl in der Tasche befindet. Es waren zwei Portemonnaies darin, die ich raus nahm. Es waren Hartgeld, Papiergeld und andere Scheine darin. Ich nahm beide Portemonnaies mit zum Fluss. Das ist normalerweise nur ein Flüsschen. Aber jetzt war es ein Fluss, da es zu dieser Jahreszeit noch Hochwasser führte.

Jetzt begann mein Kriegsspiel. Das Papiergeld, Bezugsscheine und Lebensmittelkarten waren mit einem Mal Schlacht und Kriegsschiffe, wie ich es vor dem Film in der Wochenschau so gesehen hatte. Den Feind mit Kanonen und Bomben vernichten.

Ich setzte die feindlichen Schiffe auf dem Wasser aus, um sie anschließend mit dem Hartgeld zu bombardieren. Das machte mir sehr viel Spaß.

Der Verlust der Portemonnaies schlug auch wie eine Bombe ein. Der Verdacht fiel sofort auf mich. Womit sie ja auch Recht hatten. Nur nicht mit den verheerenden Folgen.

Ich musste beichten. Die Suche nach den Papierscheinen, die sich am Ufer verfangen hatten, war gering. Das meiste war auf Nimmerwiedersehen verschwunden. Das Hartgeld wurde mit einer Harke fast alles aus dem Wasser gefischt. Die Wiedergutmachung für die Sachen, die ich vernichtet habe, muss ganz schön happig gewesen sein.

Roller

Ein älterer Junge aus unserer Straße hatte einen Roller mit luftgefüllter Bereifung, mit dem er immer über Stock und

Stein sauste, ohne hinzufallen. Einmal durfte ich diesen Roller auch benutzen. War das herrlich.
Jetzt war ich noch neidischer, als wie ich schon vorher war. ich hatte ja nur einen Roller mit kleinen schmalen Holzrädern. Das Rollern war nur in der Wohnung oder bei Nachbarn auf dem betonierten Bürgersteig möglich. So viel Neid habe ich in meinem späteren Lebe nie wieder verspürt.

Bauklotzkasten

Ich hatte auch einen Bauklotzkasten mit Märchenbildern drauf. Der Kasten hatte 6 x 6 Klötzer und war mit Papierbildern beklebt. Auf jeder Seite war ein anderes Märchen. Ein Spiel wie heute das Puzzle. Die richtige Seite des Klotzes zu erkennen und einzuordnen, war die ersten paar Male gar nicht so einfach. Meine Mutter sagte: Übung macht den Meister.
Sie hatte Recht.
Später ging es mit der Märchenzusammenstellung leicht und schnell.

Holzreifen

Ich hatte auch einen Holzreifen. Der war eckig von 1 x 1 cm und hatte einen Durchmesser von ca. 60 cm. Dieser Reifen wurde mit einem Stock oder mit der Hand vorangetrieben. Jedes von uns Kindern wollte am schnellsten sein. Das war ein Spaß. Noch mehr Spaß gab es, den Reifen im Hüftbereich rotieren zu lassen durch das Bewegen des Körpers.
Später, als der Kunststoff erfunden wurde, hatte ein Mann solch einen Reifen, der nur rund im Durchmesser war, patentieren lassen und hat damit Millionen verdient. Er nannte ihn Hulahup-Reifen.

Freitags baden

Es gab immer Spaß, wenn freitags baden angesagt war. Der Waschzuber war verhältnismäßig groß. In der Woche diente er zum Wäsche waschen und am Wochenende, um uns Kinder zu waschen. Es war für uns Kinder immer ein lustiger Tag. Wir hatten immer großen Spaß. An diesem Badetag waren auch andere Kinder aus unserer Straße dabei.
Der Zuber stand in der Waschküche, wo er durch das herumspritzende Wasser – von uns – keinen Schaden anrichten konnte. Es haben mehrere Kinder gleichzeitig im Zuber Platz gehabt. Nachschub an heißem Wasser gab es von dem angeheizten Waschkessel.

Hagebutten / Kletten

Es machte eigentlich immer Spaß, andere zu ärgern. Wenn keine andere Gelegenheit zum ärgern da war, ärgerten wir Kinder uns gegenseitig. Es gab viele Möglichkeiten dazu. Die Rosenblütendolden, die Hagebutten, wurden aufgebrochen, um den Inhalt anderen Kindern heimlich von hinten in das Hemd zu streuen und anschließend darauf zu reiben. Die Hacheln juckten noch Stunden danach.
Dann gab es auch noch die Kletten. Das sind getrocknete Blütendolden von Disteln. Diese Kletten haben kleine Widerhaken. Wenn wir uns dies gegenseitig in die Haare rubbelten, war es ganz schön schwer, diese wieder aus den Haaren zu bekommen. Was macht man, aus Langeweile, für einen Blödsinn! Spaß hat es trotzdem gebracht.
Das heutige Klettband wurde von diesen Kletten abgeschaut.

Anzug

Ich hatte einen Sonntagsausgehanzug, den ich überhaupt nicht leiden konnte. Wenn ich diesen Anzug sah, wurde mir schon schlecht.

Sonntags für den Kirchgang war es eine Pflicht, von meiner Mutter aus gesehen, anständig angezogen zu sein. Dabei sah der Anzug so was von gemein aus. Der Anzug war hellgrau mit dunkelgrauem Fischgrätenmuster. Ich bin mit Absicht mit der Hose an einem Nagel hängen geblieben und habe damit einen großen Dreiangel reingerissen.

Die Hose war hinüber. Aber die Jacke musste ich weiter tragen.

Sirup

Wenn die Zuckerrüben geerntet wurden, das war immer die letzte Ernte vor dem Frost, war Sirup kochen angesagt. Die Rüben wurden gewaschen, geschält, dann geschnetzelt, um sie anschließend zu kochen. Dann kamen sie in eine Presse. Damit wurde auch das Wasser aus der Wäsche gepresst.

Der Behälter war so groß wie ein Wecktopf mit reichlich Löchern darin, damit die Flüssigkeit ablaufen konnte. Der Deckel und Hebel waren aus Holz.

Wir Kinder waren zum Pressen als erste dran, weil es da noch verhältnismäßig leicht ging. Danach kamen die Stärkeren dran, den Saft auszupressen. Anschließend wurde dieser Saft so lange gekocht, bis es eine zähe, dickflüssige Masse war. Das war dann der zuckersüße Sirup. Das hat ja auf der Stulle ganz prima geschmeckt, aber ich hatte damit etwas viel Interessanteres vor.

Als das Mittagessen auf dem Herd kochte, habe ich den Sirup mit einem Löffel auf die Herdplatte geträufelt. Die Masse wurde fest und ich hatte Bonbons zum Lutschen. Meine Mutter hat fast einen Schreikrampf bekommen, als sie die Sauerei sah. Die Flecken auf der Herdplatte waren fast nicht wegzubekommen. Trotz Schauersand. Es war damals nicht so wie heute, wo man für fast alles das passende Putzmittel hat.

Auf jeden Fall habe ich an diesem Tag einen großen Bogen um unser Wohnhaus gemacht, denn ich wollte mir keine warmen Ohren einfangen.

Das Mittagessen habe ich ausfallen lassen. Dafür habe ich aus unserem Garten eine Birne und einen großen Apfel geholt. Ich hatte ja Hunger. Das Obst habe ich genussvoll in der Scheune, im Heu liegend, verspeist.

Ab Abend, als ich wieder aufkreuzte, war die Welt wieder in Ordnung, als mich meine Mutter wohlbehalten sah.

Erster Schultag

An meinen ersten Schultag kann ich mich noch sehr gut erinnern. Vor allem an die große Schultüte. Als ich sie in die Hände bekam, war ich sehr aufgeregt. Die Fantasie hat bei mir Purzelbäume geschlagen, was wohl alles in der Tüte drin ist. Der Schultag kam mir viel zu lang vor.

Es wurden auch Bilder mit einer Agfa-Box-Kamera gemacht. Ich stand im Garten vor ziemlich großen Dahlien. Die Dahlien waren größer als ich und die Blüten größer als mein Kopf. Das sind meine Erinnerungen von dem Bild, welches in den Kriegswirren verloren gegangen ist.

Nun zur Tüte. Es waren lauter schöne Sachen darin: Buntstifte, Strümpfe, Hosenträger und auch eine Tafel Schokolade. Darüber habe ich mich am meisten gefreut. Unten in der Spitze war ein riesengroßer Apfel.

Grundstück – Geld versteckt

Es ist ein Gerücht in der Familie gewesen, dass irgendwo auf dem Grundstück Geld versteckt sein soll. Gesucht wurde häufig, aber nichts gefunden.

Irgendwann kam meine Mutter auf die Idee, dass unter der Natursteinplatte, die eine zusätzliche Stufe zum Haus war, ein gutes Versteck sein könnte. Mit viel Mühe wurde die schwere Steinplatte zur Seite gewuchtet. Tatsächlich: es kam ein Weckglas zum Vorschein, gefüllt mit Papiergeld und ca. 50 Silbermünzen. Silber behält ja seinen Wert. Aber Papiergeld nicht. Es war eine große Summe, welche leider wertlos war. Das Geld war verfallen, da es noch aus der Zeit vor der Inflation 1922/23 war.

Für uns Kinder war es nur noch Spielgeld.

Plattenspieler

Wir hatten zu Hause auf dem Dachboden einen Plattenspieler, womit wir Kinder häufig Platten anhörten. Platten hatten wir eine ganze Menge.

Der Plattenspieler hatte einen Kurbelgriff zum Aufziehen und einen großen Trichter für die Beschallung. Es waren Platten von Caruso, Mozart und auch Schlager dabei. Schlager wie: Man müsste Klavier spielen können... Vor meinem Vaterhaus, da steht eine Linde... Unsere Linde stand aber hinter dem Haus auf dem Hof. - Wenn der weiße Flieder wieder blüht usw.

Ein Lied hatte es mir besonders angetan: Einmal am Rhein... Eine Zeile aus der Mitte: ... und sollte ich im Leben ein Madel mal frei'n, dann muss es Rhein wohl geboren sein.

Meine Eltern sind in ihrem Leben nur bis zum Spreewald gekommen. Ich stellte für mich das gleiche vor. Ich hatte Sehnsucht, einmal am Rhein zu sein. Ich war noch keine 18 Jahre, da stand ich in Köln auf einer Rheinbrücke und spuckte in einen Kahn. Da freute sich die Spucke, dass sie Kahn fahren kann.

Küche – Mehrzwecktisch

Wir hatten in unserer Küche einen Tisch mit drei Stühlen, einen Arbeits- oder Mehrzwecktisch und einen transportablen Herd.

Der Mehrzwecktisch stand direkt an der Wand. Auf der Arbeitsplatte an der Wandseite war ein ca. 10 cm hohes verziertes Brett angebracht. Weil auf diesem Tisch auch gearbeitet wurde, war das Brett ein Wandschutz.

Unter der Arbeitsplatte war eine Schublade mit zwei großen emaillierten Schüsseln für das Abwaschen von Geschirr. Darunter war noch eine Platte ca. 30 cm vom Boden entfernt zur Ablage von sperrigem Gut, wie Töpfe und Schüsseln. Unter dieser Platte habe ich gern auf dem

Holzfußboden gelegen. Verdeckt wurde das alles von einem von meiner Mutter bestickten Vorhang, der bis auf den Fußboden reichte. Ungesehen von anderen, also ein super Versteck. Wenn meine Mutter Besuch hatte, habe ich häufig mitgehört.

Jeden Tag kam ein kleines verhutzeltes Frauchen zu uns. Oft in die Küche. Ich war dann auch in meiner Abhörstation. Meine Mutter sagte: Sie ist unsere Tageszeitung. Sie wusste immer wieder neue Sachen. Verschiedene Sachen waren hochinteressant, dafür aber andere Sachen zum Einschlafen langweilig.

Diese Omi ist deshalb jeden Tag bei uns vorbei gekommen, weil zwei Häuser weiter der Milchmann lose Milch verkaufte, wo sie immer einen Liter mit ihrem Kännchen holte.

Eine Nachbarin war auch oft bei meiner Mutter. Das war auch solch eine Plaudertasche.

An zwei Sachen kann ich mich noch sehr gut erinnern. Da muss die Nachbarin wohl sehr verliebt gewesen sein, denn sie sagte immer wieder: Mein Herz macht immer gluck, gluck, gluck. Das war an diesem Tag das einzige, was ich verstanden habe. Sie sprach schnell und freudig erregt.

Ein anderes Mal hat sie fürchterlich geweint und gejammert: Jetzt bin ich 30 und mein Leben ist vorbei. - Sie hat sich kaum noch eingekriegt vor lauter Kummer.

Als die Nachbarin ein anderes Mal bei meiner Mutter in der Küche war, lag ich auch unter dem Tisch. Da konnte ich nicht anders: Ich habe ihre Worte wiederholt. Mein Herz macht gluck, gluck, gluck, aber nun bin ich 30 und mein Leben ist vorbei.

Die Tante ist wutentbrannt abgehauen. Ich habe sie danach mehrere Wochen nicht mehr bei uns gesehen. Sie meinte, dass meine Mutter mir dies alles erzählt hat. Das war aber ein Irrtum von ihr. Auf jeden Fall war sie hochgradig vorsichtig geworden. Immer, wenn sie zu uns in die Küche kam, hat sie den Sichtschutz vom Tisch angehoben, um zu schauen, ob ich wieder unter diesem liege. Diese Handlung von der Tante hat mir meine Mutter später erzählt.

Wasserflöhe

Meine Mutter hatte schon immer einen Schalk im Nacken und war oft für ein Späßchen aufgelegt.

Meine Kumpels und ich spielten auf dem Hof. Da muss wohl meine Mutter auf die Idee gekommen sein, uns zu ärgern. Sie war dabei gewesen, Wäsche zum Trocknen auf die Leine zu hängen. Sie füllte eine Waschschüssel mit Wasser und stellte diese auf einen Holzklotz.

Sie rief uns zu: Oh, hier sind ja Wasserflöhe in der Schüssel! Wir sind natürlich sofort hin, um in der Schüssel die Flöhe zu bestaunen. Keiner von uns Kindern sah einen Floh. Meine Mutter sagte: Ihr müsst ganz nah ran kommen, dann könnt ihr sie sehen. - Was wir auch taten. Da klatschte sie mit der flachen Hand in die Schüssel. Das Wasser spritzte und sie rief: Da sind die Flöhe!

Wir waren ganz schön nass. Meine Mutter hatte ihren diebischen Spaß dabei.

Fliegeralarm

Als meine Mutter mit dem Fahrrad in der 10 km entfernten Stadt war und schon wieder auf dem Weg nach Hause, fing der Fliegeralarm an. Das hieß: Ab in einen Luftschutzbunker, rechts oder links von der Straße. Die Bunker waren von draußen mit großen Buchstaben an den Wänden gekennzeichnet. Meine Mutter sagte sich, wie sie uns später erzählte: Wenn schon tot, dann gleich richtig, als lebendig in einem Trümmerhaufen begraben.

Sie fuhr wie eine Verrückte, um aus der Stadt zu kommen. Da sah sie auf dem Weg eine Aktentasche liegen. Anhalten, Tasche schnappen und weiter. Ihr ist auf dem Nachhauseweg nichts passiert. Aber das Haus, in welchem sie eigentlich Schutz suchen wollte, wurde bombardiert. Fast alle Menschen waren tot.

Zu Hause hat meine Mutter die Aktentasche untersucht. Es waren nur Papiere über Brieftauben und eine Dynamo Taschenlampe darin. Die Papiere waren für meine Mutter wertlos und für den Taschenbesitzer wertvoll.

Als meine Mutter die Tasche mit den wertvolle Papieren dann dem Besitzer zurückgab, wurde sie angeschnauzt, warum sie erst nach zwei Tagen kommt. Kein Wort von Dank.

Ich habe die Taschenlampe mit Einwilligung meiner Mutter behalten.

Danach sagte meine Mutter: Hätten wir doch auch die Ledertasche behalten und die Papiere verbrannt.

Taxi

Als an der Gaststätte neben unserem Haus ein Taxi gehalten hatte, war ich neugierig geworden. Ich bin hin zu dem Taxi, um es zu begutachten. Solch ein Auto hatte ich vorher, aus der Nähe, noch nicht gesehen. Der schwarzweiße Streifen um den oberen Bereich des Autos, obwohl das Auto schwarz war, war sehr auffällig. Ich kam mit dem Fahrer ins Gespräch. Der sollte auf den Fahrgast warten, der mit diesem Auto in die Stadt zurück wollte.

Der Fahrer zeigte mir viele technische Sachen. Am meisten haben mir die Fahrrichtungsanzeiger imponiert, wie die im Intervall raus kamen, um dann in der Verkleidung des Fahrzeugs zu verschwinden. Das fand ich super. Er erzählte mir noch, dass alle Taxis schwarz sind und die Krönung, dass nur Taxis das Kennzeichen mit den Buchstaben X oder XX haben dürfen, kein anderes Auto sonst.

Der Fahrgast kam um die Ecke und unser interessantes Gespräch war zu Ende. Schade.

Ein Muff

Ein Muff war in der damaligen Zeit hochmodern. Frauen haben diesen sehr gerne getragen. Der Muff war aus Stoff oder Pelz. Er sah aus wie eine Rolle, die an beiden Seiten offen war, wo die Hände zum Warmhalten reingesteckt werden konnten. Der Muff war an einer Schnur, Kordel oder Band befestigt, welches hinter dem Kopf gehalten wurde. Der Muff hing dann vor dem Bauch.

Sommerfrischler

Zu uns sind an den Wochenenden im Sommer des Öfteren zwei Ehepaare mit dem Auto aus Berlin gekommen, um ein paar Tage auf dem Land zu verbringen. Meine Mutter sagte: Das sind Sommerfrischler.
Sie haben bei uns gewohnt und geschlafen, in der Nachbargaststätte haben sie gegessen.
Dem einen Mann - ich sagte immer Opa zu ihm - gehörte das Auto. Es war ein Daimler. Der hatte auch ein Kohlengeschäft. Vielleicht kommt der Begriff ‚Kohle verdienen' von dort her. Ich durfte auch ein paar Mal mit diesem Auto mitfahren. Da war ich so richtig stolz.
Einmal waren mein Bruder und ich bei den Sommerfrischlern eingeladen. Dies war für mich eine lange und umständliche Reise. Wir mussten mehrmals umsteigen und immer lange auf den Anschluss warten. Zum Schluss mussten wir noch einen weiten Weg laufen. Heute wohne ich nur 1 km entfernt von deren damaligen Wohnung.

Mein Bruder

Die Erwachsenen waren hektisch und taten so geheimnisvoll. Das erweckte meine Neugier. Das spielte sich alles im Schlafzimmer ab. Ich saß unter dem Schlafzimmerfenster und wartete auf die Dinge, die dort passieren sollten.
Als ich dann meine Mutter schreien hörte, als wenn sie am Spieß hinge, bin ich vor Schreck und Angst weggerannt. Später, als ich mein kleines Brüderchen sah, sagte meine Mutter, dass ihr der Klapperstorch ins Bein gebissen hat, als er das kleine Bündel brachte.
Als mein Bruder das Licht dieser Welt erblickte, war ich noch keine 5 Jahre alt. 14 Tage hatte meine Mutter im Bett gelegen - und alles nur wegen dem Storch.
Beruhigt war ich, dass meine Mutter nur deshalb so geschrien hatte.

Schulmappe

Meine Schulmappe war aus Pappe. Sie sah aber von weitem wie Leder aus.

In der Mappe waren ein Lese- und ein Rechenbuch und eine Schiefertafel. An der Schiefertafel waren zwei Schnüre, die aus der Mappe hingen. An der einen Schnur war ein angefeuchteter Schwamm, um die beschriebene Tafel sauber zu machen, und an der anderen Schnur war ein ca. 8 x 8 cm selbst genähter doppellagiger Lappen, um die Tafel trocken zu machen. Ein Griffelkasten war auch noch in der Mappe. Es war ein ca. 20 cm langer Holzkasten, wo der Griffel, der auch aus Schiefer war, und Buntstifte Platz hatten. Ich war stolz auf meine 5 Buntstifte.

Der Griffel wurde zum Schreiben auf der Tafel benötigt. Wir mussten die ersten zwei Jahre noch deutsch und lateinisch schreiben. Die deutsche Schrift wurde nach dem Krieg abgeschafft. Wir Kinder haben sie nie richtig gelernt. Viele Sachen, die in Deutsch geschrieben waren, konnte ich später nicht lesen. Da hatte ich ja noch meine Oma, die mir dann das Geschriebene vorgelesen hat.

Unsere Lehrerin war eine ganz strenge. Wenn wir nicht so parierten, wie sie sich das vorstellte, gab es Schläge mit einem Rohrstock auf die Finger. Die Finger schwollen an, außerdem tat es noch höllisch weh.

Mohrrübe

Morgens, bevor die Schule anfing, musste jeder Schüler seine mitgebrachte Mohrrübe vorzeigen. Vitamine für den Tag.

Wir mussten auch, je nach Jahreszeit, Blüten für Tee sammeln und in der Schule abgeben. Angefangen hat es mit Lindenblüten, dann kamen noch Kamille und Scharfgarbe dazu. Die Kamille und Scharfgarbe zu pflücken, war einfach. Sie wuchsen ja am Wegesrand. Lindenblüten zu pflücken, war schon schwieriger. Man benötigte dafür eine Leiter, um da ranzukommen, die wir aber nicht hatten. Wenn die Äste nicht zu hoch waren, haben wir uns gegenseitig auf die Schulter genommen.

Ein Kind wollte auf einen Baum klettern, um an die Blüten zu kommen. Dabei ist ein Ast abgebrochen und der Junge ist runter gefallen und hat sich dabei eine schwere Gehirnerschütterung zugezogen.

Wenn das Sammeln der Blüten angsagt war und ein Kind keine Blüten dabei hatte, musste es nachsitzen. Das alles für Volk und Vaterland.

Wenn ein Kumpel mal keine Blüten dabei hatte, haben wir aus einer Tüte 2 gemacht. Unten kamen Blätter von Bäumen rein und die Blüten darauf.

Brandbombe

Mein Elternhaus stammt aus dem Jahr 1907. Es war zu dieser Zeit üblich, die Außenwände aus Stein zu bauen. Die Decken waren aus Holz, der Dachstuhl auch.

Eines Tages, nach einem Fliegeralarm, hat meine Mutter eine Bombe gefunden. Ein ganz gefährliches Ding. Sie war nur 50-60 cm lang und hatte einen Durchmesser von ca. 15 cm. Sie war sechseckig und hatte eine silbrige Farbe.

Als sie in das Dach einschlug, zerstörte sie nur zwei Dachziegel. Wäre diese Bombe explodiert, hätte das ganze Haus abbrennen können.

Wir hatten im Unglück noch einmal Glück gehabt.

Kettelbombe

Eine Kettelbombe, das sind 2 zusammenhängende Bomben, ist in den Fluss gefallen und explodiert. Es waren Luftminen gewesen, die eine gewaltige Druckwelle erzeugten und einen großen Schaden anrichteten. Bei einem Haus, welches nur 100 Meter vom Bombeneinschlag stand, ist der Giebel weggebrochen. Das Dach und die Fenster waren auch nicht mehr da.

Auch bei uns sind vom Haus und Scheunendach sämtliche Ziegel abgedeckt worden.

Noch weiter weg war der Schaden nicht so groß.

Dachziegel gab es zu kaufen. Es gab aber keine Leute, die einem geholfen haben, die Ziegel aufs Dach zu bringen. Nicht für Geld, sondern nur für Fressalien. Woher nehmen und nicht stehlen?

Es regnete sehr heftig. Die Dächer waren offen und im Haus wurde auch alles nass.

Meine Mutter, die sehr gläubig war, stand am Fenster und flehte den lieben Gott an, ihr doch zu helfen. Er half. Meine Mutter sah im fließenden Wasser, im Rinnsteig, ein gefaltetes Stück Papier schwimmen, welches ihre Aufmerksamkeit erregte. Sie rannte raus. In diesem Papier waren Lebensmittelkarten für 56 Brote.

Die Dächer konnten gedeckt werden.

Von den 2 Bomben, wovon ich weiß, ist in unserem Ort in den Kriegsjahren nur ein Haus abgebrannt. Unser Ort wurde verschont. Im Nachbarort, nur 2 km entfernt, war es viel schlimmer.

Flak und Scheinwerfer

Am Ortsende vom Nachbarort stand auf dem Feld eine Flak und ein Scheinwerfer zur Verteidigung Berlins, um feindliche Flugzeuge abzuschießen - welches nicht immer gelang, aber häufig. Es war für uns Kinder ein riesiges Erlebnis, dabei zuzugucken.

Mein älterer Bruder und ich haben eine Lore, die am Flussufer vergessen worden war, für uns entfremdet. Die Lore wurde ursprünglich zur Uferbefestigung des Flusses benutzt.

Wir haben die Lore umgedreht und den Boden mit Stroh ausgepolstert, so hatten wir einen für unsere Verhältnisse, aus damaliger Sicht, einen bombensicheren Unterstand.

Es war immer in der Dunkelheit am interessantesten, bei diesem Schauspiel zuzugucken. Wenn ein feindliches Flugzeug von den Scheinwerfern erfasst wurde, versuchte das Flugzeug durch Zickzackkurs da wieder herauszukommen und von der Flak war die Leuchtspurmunition gut zu sehen. Wenn dann noch ein

Bomber getroffen wurde und brennend abstürzte, haben mein Bruder und ich kräftig geklatscht. Wieder ein feindliches Flugzeug weniger. Dass dabei auch Menschen gestorben sind, hat uns nicht interessiert. Es war ja der Feind, der vernichtet wurde. Wenn sich aber ein Pilot mit einem Fallschirm retten konnte, habe ich danach immer Angst gehabt. Hinter jedem Busch habe ich den Feind vermutet, der ein großes Messer in der Hand hat, um mich zu erdolchen. Es waren halt meine damaligen Vorstellungen.

Die Piloten waren zufrieden, wenn sie nicht entdeckt wurden.

Fallschirm im Baum

Einmal haben wir einen Fallschirm in einem Baum hängen sehen, den wir mit viel Mühe auch herunter bekamen. Die Seide fühlte sich ganz komisch an. Ich hatte vorher noch nie Seide in der Hand gehabt.

Wir wollten diesen Fallschirm mit nach Hause nehmen. Aber am Tage eine gefährliche Sache. Wir hatten ein Problem. Den Fallschirm zu verstecken, war nicht möglich, weil kein Versteck vorhanden war, um den Schirm in der Nacht zu holen. Wir mussten den Schirm sofort mitnehmen. Schnüre waren ja genug vorhanden, um daraus ein großes Bündel zu machen.

Allzu weit sind wir damit nicht gekommen. 2 Leute, ein Mann und eine Frau, haben uns angehalten und gefragt, was das ist und wo wir damit hin wollen? Wir sagten die Wahrheit: Dass wir mit dem Schirm nach Hause wollten.

Der Mann sagte: So geht das nicht. Der Schirm ist beschlagnahmt. Wir haben uns strafbar gemacht, da wir den Schirm nicht abgeliefert haben.

Der Mann hat den Schirm mitgenommen und wir haben von dem Mann und dem Schirm nie wieder etwas gehört.

Halbes Dorf zerstört

Die Flak am Nachbarort muss wohl zu gut gewesen sein. Die hat zu viele Bomber vom Himmel geholt, was den Alliierten nicht gefiel. Die Flak muss weg. Mehrere Flugzeuge machten die Nacht zum Tage. Das halbe Dorf brannte. Die Flak und Scheinwerfer blieben unbeschädigt stehen.
Es gab viele Tote und Verletzte im Ort.
Nach 2 Tagen hatte uns Kinder die Neugierde gepackt. Wir haben die 2 km im Dauerlauf zurückgelegt. Es war schrecklich, was wir dort gesehen haben. Häuser, die einfach verschwunden waren oder zusammengefallen sind. Kühe und Pferde, die tot in den Steinbrocken standen, waren angekohlt, es stank fürchterlich.
Wir Kinder haben nicht lange gebraucht, um aus diesem Ort wieder zu verschwinden.

Bombensplitter

Ich hatte im Ort noch einen Bombensplitter gefunden. Dieser Splitter war nicht besonders groß, aber von der Explosion sehr stark zerrissen. Ich habe mir an diesem Splitter einen Finger aufgeritzt. Das hat ganz lange geblutet. Es war auf jeden Fall der erste Splitter von einer größeren Sammlung, die ich später hatte.
Es sollten noch andere Sammlungen folgen.

Landser

Die Kriegsfront kam immer näher. Man hörte es am Kanonendonner. Meine Mutter sagte: Die Front ist keine 50 km mehr entfernt.
Die Landser, das waren die deutschen Soldaten, sie waren noch nebenan in der Gaststätte in einem großen Saal untergebracht.
Ich fand das hochinteressant, wenn die Landser auf dem Hof zum Appell antreten mussten und oft von den Vorgesetzten zusammengestaucht wurden. Ich habe auf

unserem Holzschuppendach hinter einer ca. 50 cm höheren Wand vom Nachbargebäude gehockt und bei diesem Treiben zugeguckt. Ein Satz ist mir nicht aus meinem Kopf gegangen: Wenn viele von euch Lahmärschen nur eine Sekunde schneller gewesen wären, dann könnten sie noch am Leben sein!

Gebrüllt wurde viel, verstanden habe ich wenig.

Kiste in Scheune

Meine Mutter hatte Vorkehrungen getroffen, die paar wertvollen Sachen, die wir hatten, vor den Russen zu verstecken. Die Kiste wurde in ein Tass in der Scheune, das ist eine Fläche hinter den Stallungen, vergraben. Der Boden war nicht befestigt, nur Sand. Außerdem lag in diesem Tass noch

ca. 1 m hoch Getreide. Es war ein gutes Versteck. Die Russen haben es später nicht gefunden.

Sie stocherten, als sie da waren, den halben Garten mit Stöcken und Eisenstangen ab. Wo nichts ist, kann man auch nichts finden, sagte meine Mutter.

Wichtig zum Verstecken der Kiste war, dass kein Zeuge davon wusste. Davon hatten wir 2 Leute auf dem Hof. Während des Krieges wurden junge Leute aus den von den Deutschen besetzten Ländern nach Deutschland gebracht, um kostenlose Arbeitskräfte zu haben. Sie wurde Zwangsarbeiter genannt. Die meisten mussten in den Fabriken arbeiten, einige in kinderreichen Familien oder auf dem Lande.

Wir hatten auch 2 Mädchen in unserem Haus, die aus Polen stammten. Meine Mutter und Tante konnten gut Polnisch und Russisch. Dadurch war die Verständigung mit den beiden Mädchen gut.

Die Mädchen hatten auch Familienanschluss. Sie saßen bei uns mit an dem Tisch und bekamen auch das gleiche zu essen wie wir. So etwas war eigentlich vom Staat verboten.

Nachbar-Bursche

Bei unseren Nachbarn war ein Bursche, der mehr Schläge als zu essen bekam.

Der Nachbar war nicht im Krieg. Er war öfter sehr jähzornig und laut, so dass es jeder hören konnte. Der Bursche sagte zu den beiden Mädchen: Wenn meine Freunde kommen - und meinte damit die Russen - werde ich Rache nehmen.

Als die Russen mit einem Mal da waren, holte der Bursche 2 von denen auf den Hof. Es gab eine große Auseinandersetzung zwischen dem Nachbarn und den Russen. Der Nachbar soll einen Russen umgestoßen haben, um zu flüchten. Er ist keine 5 Meter weit gekommen, bis er erschossen wurde.

Nach dem Krieg

Metallscheibe am Kinn

Meine Mutter hatte für uns alle etwas zum Essen gekocht. Wir waren gerade dabei, es aufzufuttern. Da hörten wir Trampelgeräusche und russische Sprache. Jetzt wussten wir: Die Russen sind da.

Wir saßen zitternd im Keller und wussten nicht, was wir tun sollten.

Es fielen mehrere Schüsse, es war ein höllischer Krach. Meine Mutter hatte mit einem Mal eine Metallscheibe am Kinn. Kurz danach wurde die Kellertür aufgerissen. Es standen 3 Russen mit ihren Gewehren im Anschlag in der Türöffnung. Mein Essen, welches ich auf dem Schoß hatte, ist mir vor Schreck herunter gefallen. Schade um das schöne Essen.

Im Keller waren meine Tante und ihre 2 Kinder, meine Mutter und wir 3 Jungs. Meine Mutter und Tante konnten beide gut Russisch. Sie durften es aber nicht anwenden. Wer Russisch kann, ist ein Spion und wurde oft an die Wand gestellt und erschossen. So die Propaganda.

Mit Polnisch, welches sie auch konnten, ging es so leidlich.

Nun wurde mit den Russen rekonstruiert, wie das Geschoss in Muttis Kinn kam.

Ein Schuss von oben in den Kellerfußboden, der gepflastert war, prallte ab und flog im Winkel durch die Kellertür. Ein Russe nahm meine Mutter mit zu einer ärztlichen Versorgung, wo ihr der Schuss raus operiert wurde.

Ananas-Brause

Ein anderer Russe nahm uns Kinder mit in die Gaststätte. Wir bekamen Brause aus dem Hahn. So etwas Gutes hatte ich noch nie getrunken. Ich war sehr überrascht, wie sie schmeckte. Es war ein kräftiger Ananasgeschmack.
Meine Einstellung zu dem schlimmen Feind hat sich schlagartig verändert. Ich war erstaunt, dass die Russen auch lachen konnten.

Sperrzone

Die Russen hatten die gesamte Gaststätte und die Hälfte unseres Hauses und die Scheune beschlagnahmt. Unser Haus wurde als Sperrzone eingestuft. Große Schilder zeigten es an. Es gab Russen, die wahrscheinlich nicht lesen konnten und trotzdem über den Zaun klettern wollten. Sie wurden ohne Vorwarnung vom Zaun geschossen. Warum unser Anwesen zur Sperrzone eingerichtet wurde, weiß ich nicht. Meine Vermutung war, dass Offiziere in unser Haus einquartiert waren oder dass in der Scheune Schweine waren. Die wurden für die Verpflegung der Muschkoten, die Soldaten, benötigt.
Wenn ein Russe es trotzdem über den Zaun geschafft hatte, wurde er von dem Wachpersonal, welches auf dem Hof war, gefangen genommen. Zimperlich wurden die Gefangenen nicht behandelt. Ich habe erlebt, wie ein Gefangener dermaßen mit Füßen und Gewehrkolben traktiert wurde, so stark, dass von dem Gesicht kaum noch etwas zu erkennen war. Danach wurde er auf einen Lkw geworfen, schlimmer wie ein Stück Vieh und abtransportiert.

Säckeweise Brot

In der Scheune stand in einem Stall säckeweise Brot, das an die Schweine verfüttert werden sollte, weil es in der Armeeküche übrig geblieben war. Das Brot war für meine Begriffe noch einwandfrei. Das kam durch das Verfahren, welches die Russen anwandten.

Sie schnitten den Brotlaib der Länge nach in der Mitte auf, um es anschließend in ca. 5 cm dicke Stücke zu schneiden. Anschließend wurden diese Stücke getrocknet. Es war danach fest wie Zwieback. Durch den Feuchtigkeitsentzug konnte das Brot nicht schimmeln. Es war wochenlang haltbar.

Ich war natürlich an diesem Brot hochgradig interessiert. Die meisten Russen waren sehr kinderlieb. Wahrscheinlich, weil sie in ihrer Heimat auch Kinder hatten und sie vermissten. Darum erlaubten sie mir, dass ich Brot aus den Säcken stibitzte. Sie schauten weg oder machten dann eine Patrouille. Wenn dann die Wachablösung kam, holte ich wieder Brot.

Meine Kumpels in der Schule freuten sich immer wieder aufs Neue, etwas zwischen die Zähne zu bekommen, denn der Hunger war immer groß.

Großküche

Aus der Großküche haben wir auch immer warmes Essen bekommen. Meistens eimerweise voll. Am allermeisten gab es Kohlsuppe. Auf Russisch Kapusta.   Kascha waren Graupen, Linsen oder Hirsebrei. Zum Wochenende gab es meistens Nudeln. Die waren mit einer Specksoße übergossen und hatten dadurch einen guten Geschmack. Das war mein Lieblingsessen.

Offiziere

Die Offiziere hatten besseres Essen bekommen. Das erkannte man daran, wenn sie gekochtes oder gebratenes Fleisch mitbrachten oder andere leckere Sachen.

Geraucht haben sie auch anders. Es waren echte Papyrossi. Das waren Zigaretten, halb mit Tabak gefüllt und die andere Hälfte war aus Pappe. Diese Hälfte wurde mit den Fingern über Kreuz geknifft und schon war der Filter fertig.

Wir Kinder haben hin und wieder von den Offizieren auch Bonbons bekommen. Sie waren sehr süß und haben lecker geschmeckt.

Offiziers-Frauen

Als sich die Lage nach dem Krieg einigermaßen beruhigt hatte, durften die Frauen von den Offizieren nach Deutschland kommen. Für diese Frauen war Deutschland ein Wunderland. Die Deutschen haben den Krieg verloren und trotzdem geht es denen noch so gut. Ein schönes Haus mit schicken Möbeln darin und Gardinen an den Fenstern. Tischdecken kannten sie gar nicht, auch keine Kittelschürzen. Sie sind aus dem Staunen überhaupt nicht mehr herausgekommen.

Einmal erlebte ich beim Essenkochen, als es grüne Bohnen gab, dass da Salz ran kam und eine Mehlschwitze über die Bohnen. Solch ein gutes Essen hatten sie noch nicht gehabt. So ging es laufend.

Ich habe diese Frauen ,Wundertüten' getauft.

Erste Zigarette

Mit den russischen Soldaten war es nicht anders als mit den deutschen Soldaten. Sie haben auch nebenan im Saal geschlafen und mussten zum Appell in Reih und Glied antreten. Die Russen mussten nur, zum Appell, auf der Straße sich aufstellen.

Wir Kinder haben festgestellt, dass dabei auch Vorteile für uns dabei heraussprangen. Nach dem Aufstellen der Soldaten mussten die angerauchten Zigaretten verschwinden. Sie flogen über die Schulter nach hinten. Wir Kinder haben sie aufgesammelt und weitergeraucht.

Die Muschkoten haben sich ihre Zigaretten selber gedreht. Den Tabak hatten sie lose in der Jackentasche und das Papier wurde fachgerecht aus der Prawda herausgerissen. Die Prawda war die wichtigste Zeitung Russlands.

Für mich waren diese ersten Zigaretten Rauchversuche - auch die letzten. Ich habe einen fürchterlichen Ausschlag am und im Mund bekommen. So schlimm, dass ich nichts mehr essen konnte. Mein behandelnder Arzt sagte: Dieses käme von einer mit Bazillen verseuchten Zigarette.

Ich war daraufhin für mein Leben auch vom Rauchen geheilt. - Bis auf kleine Ausnahmen. Darauf komme ich später noch zurück.

Unsere Schullehrerin

Von dem Essen, welches wir aus der russischen Großküche bekommen hatten, war so reichlich, dass meine Mutter den Nachbarn und anderen Leuten davon was abgab. Dazu gehörte auch unsere Schullehrerin. Ich musste ihr jeden Morgen ein Landser Kochgeschirr voll Essen mit in die Schule bringen. Das ging eine Weile ganz gut. Ich muss irgendetwas gemacht haben, was der Zimtzicke von Lehrerin nicht gefiel. Was es war, weiß ich nicht mehr, aber die Folgen.

Die Strafe waren 2 Schläge mit einem dünnen Rohrstock in der Innenhand über die Fingerkuppen. Das hatte furchtbar gebrannt und die Fingerkuppen waren angeschwollen. Sie hatte ihren sadistischen Spaß gehabt.

Meine Rache war süß. Am nächsten Tag, als ich wieder mit einem Kochgeschirr voller Kapusta zur Schule unterwegs war, wollte ich dieses Essen meiner Peinigerin nicht mitbringen. Zum Wegschütten war mir das Essen zu schade. Ich kannte eine alte Frau in unserer Straße, der ich das Essen brachte. Sie hat sich darüber sehr gefreut. Und ich habe mich diebisch darüber gefreut, der Verdutzten und Verdatterten ihr Gesicht zu sehen, als ich ihr erklärte, dass mir das volle Kochgeschirr aus der Hand gerutscht war. Meine geschwollenen Finger konnten den Griff vom Geschirr nicht halten. Das ganze Essen war ausgelaufen. Die Lehrerin sollte und musste mir das glauben - ob sie wollte oder auch nicht.

Dies war von mir eine Glanzleistung. Ich habe nie wieder Schläge von dem Schuldrachen bekommen.

Flucht aus Graudens

Als die russischen Truppen Graudens immer näher kamen, wurde die Gegend immer unsicherer. Eines Tages war mein Großvater verschwunden. Keiner konnte oder wollte etwas gehört oder gesehen haben. Das Gerücht kam auf, dass er erschlagen wurde. Feinde hatte er genug. Er war ein herrschsüchtiger Mann. Sein Wort war wie ein Gesetz. Gefunden wurde er, nur leicht im Erdreich verscharrt. So viel Zeit zur Beerdigung war noch, als die Flucht begann.

Es wurden 2 Pferdewagen voll geladen mit den wichtigsten Sachen, die auf der Flucht gebraucht wurden. Die Familie war ja immer noch groß.

Gekommen sind sie bis Schwerin in Mecklenburg. Dort wurde ihnen befohlen, mit dem Zug weiter zu reisen. Die eine Hälfte von meiner Mutters Geschwister tat es. Die anderen wollten sich nicht von den mitgeführten Sachen trennen. Die Zugreisenden durften nur Handgepäck mitnehmen. Die anderen sagten: Wir bleiben und lassen uns von den Russen überrollen.

Die Zugreisenden sind bis in den Raum Bremen gekommen, nach Syke.

Als die Russen da waren und sich alles etwas beruhigt hatte, kamen die Oma und 3 Geschwister zu meiner Mutter. Dies alles hat mir später meine Oma erzählt.

Auszug der Russen

Als sich die Lage weiter beruhigt hatte, sind die Offiziere aus unserem Haus abgezogen.

Aus der Gaststätte nebenan waren sie auch verschwunden. Auch die Schweine aus der Scheune. Nachschub an Verpflegung für uns gab es auch nicht mehr. Schade.

Danach haben wir öfter Russen im Haus gehabt, die hauptsächlich nach alkoholischen Getränken suchten. Aber keinen Schnaps fanden. Eine Flasche Spiritus wurde leer gemacht. Selbst das Haarwasser haben sie ausgetrunken. Hauptsache es schmeckte nach Alkohol.

Dann kamen noch andere Russen, die Frauen suchten. Der eine Russe rief im Haus: Frau komm nur 5 Minut. Ich wusste damals nicht, worum es ging. Heute weiß ich es besser.

Als dann meine Oma und die 3 Tanten bei uns waren, haben sich die 5 Frauen ein Versteck in der Scheune gebaut. So raffiniert, dass die schlauen Russen es nicht gefunden haben.

Über der Einfahrt in der Scheune haben die Frauen ca. 1,5 m über den Stalldecken alle 50 cm einen 10 cm Baumstamm gelegt. Darauf kam Stroh, und auf dieses Stroh kamen Bretter. Verkleidet wurde dies alles mit Strohballen. Dies sah alles sehr, sehr primitiv aus. Was es aber nicht war. In dieser Höhe war es sehr geräumig. Reichlich Platz für die Frauen. Die 2 m lange Leiter wurde eingezogen und die Öffnung mit Strohballen verschlossen. Es kam kein Russe darauf, dass sich dort ein Mensch verstecken konnte.

Scheunenversteck

Oft war es so: Wenn wieder einmal Russen um das Haus schlichen, war Alarm angesagt.

Mein älterer Bruder und ich haben oft ein Spiel daraus gemacht und den Frauen die Möglichkeit und Zeit gegeben, aus dem Haus und in die Scheune zu kommen, um sich zu verstecken.

Sie riefen: Madka, Madka, auf Deutsch: Mutter.

Vor dem Haus war eine ca. 1 m hohe Treppe, die in der Mitte des Hauses in den Flur führte. Vom Flur gingen 3 Türen ab: 2 rechts und links in ziemlich große Zimmer, die dritte Tür führte in das Treppenhaus.

Mein Bruder hat die Tür zur Straße aufgeschlossen, um die Russen in den Flur zu lassen. Manchmal waren es 3 Stück. Meistens nur einer.

Die Russen sollten nicht auf die Idee kommen, über die 2 m hohe Toreinfahrt zu klettern. Da hätten sie die Frauen sehen können.

Mein Bruder führte die Russen in das eine Zimmer. Ich machte im anderen Zimmer die Fenster auf, um den dann hereinkommenden Russen zu zeigen, dass die Madkas dadurch verschwunden sind. Die Russen haben dies geglaubt.

Manchmal blieben sie Stunden. Es könnte ja eine Madka zurückkommen. Was aber nicht geschah.

Wenn mein Bruder oder ich einen Kochtopf in das Küchenfenster stellte, waren die Russen aus dem Haus verschwunden. Das konnten die Frauen aus ihrem Versteck beobachten. Sie hoben die Dachziegel vom Scheunendach an und konnten das Wohnhaus und den Hof gut beobachten.

Einmal kam ein Offizier unverhofft ins Haus. Meine Mutter, die mit mir alleine war, konnte sich gerade noch hinter ein paar Bettgestellen verstecken.

Der Offizier muss wohl sehr wütend gewesen sein. Er brüllte mich an. Verstanden habe ich nichts. Nur seine Handlung. Er zog einen Revolver aus dem Halfter und fuchtelte damit herum. Da hatte ich Angst bekommen. Es ist aber alles gut gegangen.

Grude

Wir hatten auch eine Grude. Das war ein Allzweckofen. Das war ein Gerät zum Kochen, Warmhalten und für heißes Wasser. Es hatte eine Größe von 1,80 x 1,80 m und 0,5 m tief. Im oberen Teil war das Fach zum Warmhalten. Darunter das Fach zum Kochen und Backen. Rechts an der

Seite war ein Behälter für 20 l heißes Wasser. Wiederum darunter war auf voller Breite die Glut, die das Essen zum Kochen brachte. Das Gute daran war, dass nichts anbrennen konnte, da die Töpfe mit der Glut nicht in Berührung kamen.

Die Asche wurde durch eine Rüttelvorrichtung getrennt und fiel in 2 Auffangbehälter. Auf der vorhandenen Glut wurden Koksstückchen gestreut.

So wurde die Grude 24 Stunden in Bereitschaft gehalten und wir hatten 24 Stunden heißes Wasser.

Zum Kriegsende hatte meine Mutter das Aschefach als Versteck benutzt.

Eisernes Kreuz

In diesem Aschefach hatte meine Mutter das Eiserne Kreuz von meinem Vater versteckt. die Russen hatten es gefunden und es hatte sie recht wütend gemacht.

Mein Vater war im Russland-Feldzug. Ob er das Kreuz von dort her hatte, weiß ich nicht.

Die Russen waren so sauer, dass sie Stühle, Betten und auch das Sofa und Sessel auf den Hof brachten und alles ansteckten.

Wer solch ein großes Haus hat und dann noch ein Sofa, war in den Augen der Russen sowieso ein Kapitalist. Wir hatten auf dem Boden noch alte ausrangierte Bettgestelle gehabt. Aber kein Sofa. Dieses Sofa war meine Spielwiese. Ich habe immer darauf rum getollt.

Lustig fand ich im Nachhinein ein achtlos fortgeworfenes Sofakissen. Es war ein Herz, daraus stand: Mai Ruh will i ham.

Pferd zurückgeklaut

Meine Mutter und eine Schwester von ihr, mit der konnte man wortwörtlich Pferde stehlen gehen.

Ein Mann war für ein paar Tage in unserem Ort und behauptete, Pferde für die Russen zu beschlagnahmen. Ob das alles stimmte, wusste keiner im Ort. Er hat sich ein leer stehendes Bauerngehöft zum Unterstellen der beschlagnahmten Pferde ausgesucht.

Der Bauernhof stand deshalb leer, weil der Bauer im Krieg gefallen war. Seine Frau hatte sich mit ihren 7 Kindern das Leben genommen. Die Mutter hat alle ihre Kinder und sich Steine um den Bauch gebunden und sie sind zusammen in den Fluss gesprungen. Alle sind ertrunken. Diese Verzweiflungstat wurde verursacht durch die Mundpropaganda, die Russen würden fürchterliche Gräueltaten begehen.

Unser Pferd, welches er beschlagnahmte, kam auch auf diesen Hof. Zur Bewachung der Pferde war ein Schäferhund auf diesem Hof.

Meine Mutter und Tante schmiedeten einen Plan, um das für uns wertvolle Pferd zurückzuholen.

Die erste Handlung war, den Hund unschädlich zu machen. Was auch klappte. Im Ort wurde später erzählt, dass der Hund in einem Kartoffelsack an einem Pferdewagenrad gebunden war.

Unserem Pferd wurden die Beine mit Lappen verbunden, damit die Hufe beim Laufen auf den Steinen nicht klappert. Begünstigt wurde dies alles noch durch den strahlenden Mondschein.

Am darauffolgenden Tag war der Pferdeeinsammler sofort zu uns gekommen, um dieses Pferd zurückzuholen. Meine Mutter beteuerte, dass das Pferd nicht bei uns wäre, was ja auch stimmte. Außerdem wäre sie zu solch einer Tat gar nicht fähig.

Der Mann suchte sämtliche Stallungen, auch rechts und links bei den Nachbarn nach dem Pferd ab. Dieses Pferd hat er nie wieder gesehen, denn es stand auf der anderen Seite vom Ort, bei zuverlässigen Leuten.

Lotte

Irgendwann kamen die Russen persönlich, um dieses Pferd zu beschlagnahmen. Ohne dieses Pferd wäre meine Mutter mit der Landwirtschaft aufgeschmissen gewesen. Meine

Mutter und Tante haben es irgendwie geschafft, ein für die Russen unbrauchbares Pferd als Tausch zu bekommen.

Dieses Pferd hatte an der rechten Hinterkeule eine sehr große Narbe. Diese Narbe muss wahrscheinlich von einem Verkehrsunfall mit einem Lkw herrühren. Immer, wenn wir mit Pferd und Wagen auf der Straße unterwegs waren, hat das Pferd gescheut wenn ein LKW kam und ist fast immer in den Chausseegraben gesprungen. Es hat dann am ganzen Körper gezittert und musste dann erst wieder beruhigt werden.

Dieses Pferd wurde von mir Lotte getauft. Es hat auch diesen Namen behalten.

Flüchtlinge im Haus

Nach dem Krieg waren sehr viele Flüchtlinge unterwegs. Alle ohne ein Zuhause. Darum wurden dort Flüchtlinge einquartiert, wo der Bürgermeister der Meinung war, dass noch Platz vorhanden ist. In unserem Haus zog eine Frau mit 4 Kindern ein. Auf der Seite des Hauses, wo auch unsere Küche war. Dadurch waren wir unsere Küche los.

Der Bürgermeister meinte, dass wir ja noch eine Küche im Keller hätten, obwohl es nur eine Waschküche war. Die Grude kam aber mit in den Keller.

Die Grude konnte aber nicht benutzt werden, weil es dafür keinen Koks gab. Es wurde eine Feuerstelle gemauert. Es gab 2 Kochstellen und einen Backofen. Alles andere - in unserer neuen Küche - war eine notdürftige Einrichtung.

Nun waren 4 Kinder mehr im Haus. Da tobte das Leben. Ein Mädchen war so alt wie ich, das andere war ein Jahr älter. Die beiden Jungs waren jünger.

Die Flüchtlinge im Ort waren nach 10 Jahren immer noch Flüchtlinge.

Zucker aus Scheune

Als meine Mutter und Tante mit Pferd und Wagen im Wald waren, um Holz zu holen, ist mein älterer Bruder dort hin, um denen zu sagen, dass die Pastorscheune, sie stand auf dem Pfarrgelände, aufgebrochen war. In der Scheune waren jede Menge Zucker und Ata. Ata ist ein Scheuermittel für den Haushalt gewesen. Außerdem war da noch ein großer Berg mit auf Pappe geklebten Lebensmittelkarten.

Meine Mutter und Tante haben das Holz im Wald gelassen und sind mit Pferd und Wagen zu der Pastorscheune gefahren, um von dem Zucker noch etwas abzubekommen.

Es waren viele Leute da, aber noch mehr Zucker. Der Zucker war in 500 g Pakete und dann in Kartons abgepackt. Viele Leute, die es tragen konnten, haben Kartons genommen. Meine Mutter und Tante auch.

Ich habe auch reichlich Päckchen mit Zucker zum Wagen getragen. Der Wagen stand da direkt vor der Scheune. Irgendwann war der Wagen vollgeladen mit Zucker und Ata. Zu Hause wurde festgestellt, dass wir übe 20 Zentner Zucker hatten.

Zucker war als Tauschobjekt eine kostbare Ware. Ein richtig kleines Vermögen.

Der Zucker kam gleich in unseren Spezialtresor, wo schon 2 Nähmaschinen, 2 Fahrräder und für meine Mutter wertvolle Sachen waren. Es war ein Backofen, ca. 2 x 3 Meter. Platz für viele Sachen.

Zur Tarnung kam vor die Backofentür die Grude. Das war ein unwahrscheinlich schweres Ding. Die Russen, die öfter im Haus waren, um wertvolle Sachen zu suchen, schlichen um die Grude herum und konnten sie nicht bewegen. Wie meine Mutter das geschafft hatte, um an den Zucker zu kommen, weiß ich nicht.

Stulle mit Zucker

Jetzt konnte ich meine Lieblingsstulle essen, wann ich wollte. Und das war eine Zuckerstulle. Ich habe eine Scheibe Brot von einer Seite in Wasser getaucht und anschließend in Zucker. Dadurch blieb der Zucker am Brot haften.

Für mich hatte damals die Stulle fast wie Kuchen geschmeckt.

Sprüche an Hauswände

In der Kriegszeit wurden mit schwarzer Farbe und Metallschablonen Sprüche und Bilder auf Mauerwände gemalt.

Der eine Spruch kam erst jetzt für mich zum Tragen: Spare nicht mit Zucker, das ist verkehrt, denn Zucker nährt.

Ein Mann mit Schlapphut: Pst! Feind hört mit.

Ein Mann mit einem großen vollen Sack auf dem Rücken, der Spruch lautet:

Verderbt dem Kohlenklau den Spaß und spart mit Kohle, Strom und Gas.

Ich als Kohlenklau

Wenn wir auf dem Felde waren, das an der Bahntrasse lag, war es für uns Kinder wichtig, wenn ein Zug kam, ganz schnell den Bahndamm hochzuklettern, um zu sehen, was der Zug geladen hatte. Oft waren es Kohlen. Wie der Spruch an der Hauswand: Wir waren Kohlenklauer.

Zu dieser damaligen Zeit gab es nur noch ein Gleis und noch weniger Züge. Die Russen hatten alles, was nicht niet- und nagelfest war, nach Russland geschafft.

Die Zugwaggons waren alle mit einem großen Berg Kohlen aufgeschüttet. Wir brauchten nur noch Schottersteine zu nehmen und in die Kohlen zu werfen. Wenn wir die Kohlen getroffen hatten, kamen immer welche herunter. Von zwei, drei Kohlen bis reichlich. Die Züge waren lang und wir Kinder hatten fette Beute. Wir hatten reichlich Kiepen voller Kohlen, die wir vom Bahndamm zum Pferdewagen zu schaffen hatten. Die Kohlen wurden anschließend mit Gras oder mit Unkraut zugedeckt. Damit es die Dorfbewohner nicht sehen konnten.

Gefangenenlager

An unseren Acker grenzte ein kleines Tannenwäldchen, dahinter war ein Lager mit Kriegsgefangenen. Ein Haus, für die Aufpasser, war aus Stein gebaut, die anderen Häuser waren aus Holz.

Die Gefangenen wurden morgens mit dem Zug abgeholt und abends zurückgebracht. Dies konnte ich des Öfteren beobachten, wenn der Zug anhielt und die Gefangenen aus dem Zug sprangen, um anschließend den Bahndamm runterzuklettern.

Meine Mutter hatte ein gutes Verhältnis mit der Aufseher-Familie.

Irgendwann war das Lager leer. Alle waren verschwunden. Nur wir hatten eine Katze zu Hause mehr. Die Katze war für mich riesengroß. Sie war braun-weiß gemustert.

Irgendwann war diese Katze verschwunden. Keiner wusste, wohin. Durch Zufall hat meine Mutter beim Pilze suchen sie in diesem Wäldchen entdeckt. Sie ließ sich nicht locken oder einfangen. Dies war nun ihr neues und altes Zuhause. Wir haben sie noch nach Jahren in diesem Wäldchen gesichtet.

OT Lager (Organisation Tod)

Wie in unserem Ort das OT Lager mit Zucker und Scheuerpulver war, gab es in jedem anderen Ort ein anderes spezielles Lager.

In einem Nachbarort gab es für Motorradfahrer Fellmützen und Handschuhe. Die Mützen haben nur noch das Gesicht frei gelassen und hatten noch einen ca. 10 cm Kragen. Die Handschuhe reichten fast bis zu den Ellbogen. Nur der Daumen und Zeigefinger waren frei. So etwas Schönes und Warmes hätte ich auch gerne gehabt.

In einem anderen Lager waren Skier mit Zubehör. Die Skier waren weiß und 2,10 m lang. Stöcke waren auch reichlich da. Meine Mutter und Tante haben sie bei Glatteis benutzt. Wir Kinder sind damit Ski gelaufen.

In unserem Ort gab es einen 90 m hohen Berg. Ideal für unsere Skikünste. Bei mir wollten die Skier immer woanders hin, als wie ich wollte. Das Wichtigste daran war: Es hat trotzdem Spaß gemacht. Wenn ich bei diesem Spaß Durst bekommen habe, lutschte ich Eiszapfen oder habe Schnee gegessen. Es war ein guter Flüssigkeitsersatz.

In diesem Lager gab es auch Wachs für die Skier - und das reichlich. Mein Bruder und ich haben davon jede Menge nach Hause geschleppt.

Meine Mutter hatte festgestellt, dass das Wachs auch brennt. Wir haben später zu Hause gesessen und haben daraus Kerzen hergestellt. Kerzen gab es ganz wenig zu kaufen und Stromsperren waren reichlich. Der einzige Nachteil bei diesem Wachs war: Es stank fürchterlich, wenn der Docht brannte. Der Vorteil war: Wir saßen abends nicht im Dunkeln.

In einem anderen Ort war ein Elektrolager, das schon soweit geplündert war bis auf ein paar Fässer mit unbekanntem Inhalt.

5 Kinder, die neugierig waren, haben in den Resten herumgestöbert. Da sagte eins von den Kindern: Da sind ja Fässer mit Schmalz. Alle haben sich mit dem Finger etwas genommen und daran geleckt. Sie fanden, dass es scheußlich schmeckt und haben es ausgespuckt.

Bei einem Mädchen ist dies tragisch verlaufen. Nach einer halben Stunde, sie ist gerade noch bis nach Hause gekommen, war sie tot.

Die Rekonstruktion ergab: Sie hatte eine Herpesgriebe an der Lippe. Dadurch konnte das giftige Zeug aus dem Fass direkt in den Körper gelangen.

OT Häuser

Direkt an der Autobahn war eine Ansiedlung von Holzhäusern. In einem Haus, wo ich oft drin war, wurden Tischlerarbeiten ausgeführt. Es roch angenehm nach frischem Holz. An den Wänden standen schon fertige Fenster und Türen herum. Für mich hatte ein Tischler eine kleine Hutsche gebaut, die ich mit nach Hause nehmen durfte. Diese Hutsche habe ich noch sehr lange gehabt.

Für meine Mutter war es wichtig, Sägespäne aus dieser Tischlerei zu bekommen. Die wurden für unseren Ofen zu Hause gebraucht. Von den Spänen brauchten wir viel. Es war ein runder Ofen, ca. 60 cm im Durchmesser und 1,50 m hoch. In der Mitte kam ein 10 cm Holzpflock rein und dann die Späne. Die Späne wurden gleichmäßig ringsherum angestampft, bis der Ofen voll war. Dann wurde der Pflock herausgezogen. Nun konnte der Ofen mit mitgebrachten Hobelspänen angemacht werden. Die Späne glimmten nur, gaben aber eine angenehme Wärme ab. Und das sehr lange.

Flüchtlingshaus

Ein Flüchtling mit Familie, die in unserem Ort geblieben waren, hat eines von diesen Häusern auseinander gebaut. Es waren ganze Wandteile wie ein Baukasten. Die Decken und Fußböden waren auch alles große Teile.

Meine Mutter hat mit Pferd und Wagen dieses Haus - es waren mehrere Fuhren - dort hingefahren, wo es später wieder aufgebaut wurde. Das ganze Haus wurde nur mit Metallschrauben und Metalllaschen zusammengeschraubt. Die Flüchtlinge hatten ein neues Zuhause.

Flak-Lafetten

Die Russen haben im Nachbarort die Flak und den Scheinwerfer demontiert und weggeschafft. Nur die Lafetten haben sie stehen gelassen.

Für uns Kinder war es ein Glücksfall. Wir haben mit der Flaklafette gespielt. Die Lafette vom Scheinwerfer funktionierte nicht so richtig. Sie ging ganz schwer. Die Flaklafette ging umso leichter. Sie hatte einen Durchmesser von ca. 8 m und gegenüberliegend waren 2 Schwungräder. Die ließen sich ganz leicht drehen. Die Schwungräder waren im Verhältnis zu der Lafette sehr klein. Die Sitze an den

Rädern waren auch aus Metall und bequem. Wir hatten unser Karussell entdeckt.

Die Lafette hatte keinen Anschlag und ließ sich um 360° drehen. 2 Kinder haben die Räder gedreht und 30 Kinder haben ringsherum auf dem Rand gestanden. Man konnte sich auch gut festhalten. Es kam auch mehrmals vor, dass ein Kind im hohen Bogen weggeflogen ist oder gebrochen hat.

Unser Karussell hatte einen neuen Namen bekommen: Kotzmühle.

Patronen und Pulver

Überall in den Straßen lagen Patronen herum, von ganz klein bis ziemlich groß. Wir haben sie alle aufgesammelt und für unsere Zwecke verwendet. Mit einer Zange wurde das Geschoß aus der Patronenhülse herausgenommen und das Pulver auf einen Haufen geschüttet. Wenn der Pulverhaufen für unsere Verhältnisse groß genug war, wurde noch eine Pulverspur geschüttet. Dann wurde mit einem Vergrößerungsglas, welches als Brennglas benutzt wurde, das Luntenpulver angesteckt. Der Pulverhaufen verursachte eine für unsere Verhältnisse gewaltige Stichflamme.

So etwas machten wir mehrmals an einem Tag.

Anschließend wurden die Zündplättchen von den Patronen mit einem Nagel und Hammer zerstört. Es knallte immer ganz schön laut. Es machte richtig dufte Spaß.

Weizen gequollen

Meine Mutter hat des Öfteren ganze Weizenkörner gekocht. Zucker hatten wir jetzt, der dann über den gekochten Weizen kam. Das hat uns allen ganz gut geschmeckt.

Einmal hatte ich großen Hunger. Da habe ich reichlich vorab von dem unausgequollenen Weizen gegessen. Das war mein Fehler. Der Weizen quoll in meinem Bauch. Ich dachte, ich muss platzen, denn ich hatte ziemlich große Bauchschmerzen.

Als meine Mutter kam und ich ihr alles erzählte, versuchte sie alles Mögliche, dass ich breche. Was aber nicht funktionierte.

Am darauffolgenden Tag konnte ich immer noch nichts essen, aber die Bauchschmerzen waren weg. Geplatzt bin ich auch nicht.

Das war mir eine Lehre. So etwas ist mir nie wieder passiert.

Butterpilze

Wir sind häufig in den Wald gegangen, um Pilze zu sammeln. Oft waren schon andere vor uns da. die haben dann nur noch die - für mich - verhassten Butterpilze stehen lassen. Meine Mutter und Tante haben die Pilze trotzdem mitgenommen.

Wenn dann die Pilzmahlzeit auf dem Tisch stand, habe ich nur Kartoffeln mit Salz gegessen. Ich konnte diese Butterpilze nicht essen. Die waren dermaßen wabbelig im Mund, dass ich immer einen Brechreiz bekam.

Gott sei Dank gab es nur selten diese Sorte Pilze bei uns zu essen.

Fusselbrumm

Da gab es noch ein anderes Essen, welches ich nicht ausstehen konnte. Das waren geraspelte Kartoffeln, die in Salzwasser gekocht wurden und dann als Eintopf gegessen wurden. Das war ein schrabbeliges, glibberiges Zeug, welches ich nur bei großem Hunger herunter bekam. Für mich ein Fusselbrumm. Da haben die geriebenen Kartoffeln, als Puffer in Kaffeegrund gebraten, viel besser geschmeckt. Fett zum Braten war selten. Da war Einfallsreichtum gefragt.

Erste Suppe

Ich habe meiner Mutter des Öfteren zugeguckt, wie und was sie zum Essen kocht. So habe ich mitbekommen, wie eine Mehlsuppe gekocht wird.

Eines Tages, meine Mutter und Tante waren noch nicht zu Hause, dachte ich mir: Koch doch auch einmal eine Mehlsuppe! Die geht doch ganz einfach. Gedacht und getan.

Ich machte Feuer im Ofen und stellte einen Topf mit Wasser darauf. Tüten mit Mehl und Zucker standen ja im Regal. Ich ließ das vermeintliche Mehl langsam in das kochende Wasser rieseln. Die Suppe sah schon einmal ganz gut aus. Als ich wieder in den Topf guckte, war das vermeintliche Mehl auf den Boden des Topfes gesunken. Ich rührte alles wieder auf, aber es kam mir so dünn vor. Ich nahm die zweite Tüte Mehl und rührte sie ein. Jetzt sah die Suppe gut aus. Zucker kam auch noch dazu.

Als meine Mutter nach Hause kam, erzählte ich ihr freudestrahlend, dass ich schon eine Mehlsuppe gekocht habe. Sie ließ sich genau schildern, wie ich das gemacht habe. Es stellte sich heraus, dass in der ersten Tüte Gips war, welchen meine Mutter unter schwierigen Umständen besorgt hatte und dringend im Haus brauchte.

Mein erstes Essenkochen war ein großer Reinfall. Anstatt Lob gab es Ärger. Der wichtige Gips und das Mehl waren auch futsch. Dabei hatten die Tüten im Regal doch alle gleich ausgesehen.

Kuh geklaut

Im ganzen Ort wurden Tiere geklaut, bei uns nicht. Bis es doch passierte.

Eines Morgens war unsere Kuh aus dem Stall verschwunden. Von hinten durch den Garten sind Diebe gekommen und mit unserer Kuh nach dort auch verschwunden. Sie sind am Ufer des Flusses bis zur Straßenbrücke und dann auf der Straße Richtung Nachbarort. Auf halbem Weg zum Nachbarort haben sie die

Kuh geschlachtet. Von der Kuh haben sie nur die Hufe und die Därme liegen lassen. Alles andere war und blieb verschwunden. Auch die Diebe.

Ich habe am meisten der frisch gemolkenen Milch nachgetrauert, die ich noch warm immer gern getrunken habe.

Russische Kuhherde

Ein paar Tage nach unserem Kuhdiebstahl haben Russen eine ziemlich große Kuhherde durch unsere Straße getrieben. Meine Mutter und Tante standen am Fenster und schauten zu. 2 berittene Offiziere vor der Herde und sonst nichts. Meine Tante hatte die Situation sofort erkannt und ist auf den Hof gestürmt, um das Hoftor zu öffnen, um eine Kuh abzuzweigen.

Das Tor wurde geöffnet. Das Malheur aber war, dass gleich drei Kühe auf dem Hof waren und es wollten noch immer mehr Kühe kommen. Meine Tante konnte mit Gewalt das Tor wieder schließen. Die Russen am Ende der Herde haben nichts gemerkt oder gesehen. Die Straße machte einen ziemlich starken Bogen, wo unser Haus stand.

Jetzt hatten wir mit einem Mal 3 Kühe und eine davon war tragend.

Ich weiß nicht, ob oder wie oft meine Mutter den lieben Gott angefleht hat, um uns solch einen Kuhsegen zu bringen.

Die Kuhherde wurde weiter durch die Straße getrieben, aber nur bis über die Flussbrücke.

Hinter der Brücke waren rechts und links schöne saftige Wiesen. Die Kühe schwärmten auf diese Wiesen aus.

Was keiner von den Russen wusste waren die Sprengkörper, die auf der linken Wiese im hohen Gras lagen. Es waren 15 x 20 cm rechteckige und ca. 1 m lange Kästen. Es wurde immer gesagt: Das sind Bomben. Die sahen aber nicht wie Bomben aus.

Auf der Brücke lagen 2 Bomben, die waren ziemlich groß und rund, zum Sprengen der Brücke. Irgendwelche Leute, die nicht wollten, dass die Brücke gesprengt wird, haben die Bomben ins Wasser gerollt, aber nicht die Sprengkörper beseitigt.

Für die 2 berittenen Russen und viele Kühe wurde dies zum Verhängnis. Die Kühe trampelten über diese Behälter, die dann auch sofort explodierten. Das Chaos war perfekt. Kuhleiber sind in den Fluss gefallen. In den Bäumen hingen Fleischfetzen. Überall Blut und tote Rinder und die 2 toten Russen.

Als sich alles ein wenig beruhigt hatte, sind wir Kinder hin, um zu gucken. Wir hatten ja die gewaltige Explosion gehört. Es waren schon Erwachsene da, die Fleischstücke aufsammelten. Wir Kinder taten das gleiche. Die Russen hatten nichts dagegen.

Kartoffeln mit Butter

Da wir jetzt 3 Kühe im Stall hatten, wurde von der Sahne auch Butter hergestellt. Butter war eine kostbare Ware, die gab es selten zum Essen. Es war ein Sonntagsessen. Pellkartoffeln mit Butter und Salz war solch ein Essen. Jetzt gab es auch in der Woche Stulle mit Butter und Salz. Außerdem war es noch ein Tauschobjekt für andere wichtige Sachen.

Briefmarkenalbum

Auf der anderen Straßenseite war eine Familie geflüchtet. Die Russen, die in diesem Haus waren, haben Tor und Türen offen gelassen. Wir Kinder waren neugierig und schauten uns in diesem Haus um. Es war ja hochinteressant, in einem anderen Haus herumzustöbern. Es standen überall interessante Sachen herum. Die Familie war reich, denn die hatten zu der damaligen Zeit schon ein Auto. Die Russen hatten einige Büchsen mit dem Messer aufgeschlitzt. Für sie uninteressant, denn es war ja nur Gemüse drin. Wir haben alle Büchsen mitgenommen, denn es war ja schließlich was zum Essen. Die Russen haben sich nur für Alkoholisches interessiert.

Auf dem Boden im Wohnzimmer lag ein dickes Briefmarkenalbum. Ich hatte noch keine Realität dazu und habe es liegen gelassen, obwohl das Album voller Marken war. Schade. Heute weiß ich, dass das Album wertvoll war.

Ich habe mit 10 Jahren angefangen, Briefmarken zu sammeln. Da zählte nur Quantität vor Qualität. Heute ist es genau umgekehrt, denn ich sammle immer noch Briefmarken.

Taube im Schlafzimmer

Unser Nachbar hatte sehr viele Tauben. Zu sehen war es, wenn sie im Schwarm flogen. Der Schwarm war groß. Es kam aber auch vor, dass ein Greifvogel aufkreuzte, um Beute zu machen. Die Tauben flüchteten dann in Panik.

Da passierte es auch, dass sich eine Taube in unser offen stehendes Schlafzimmer rettete und ein Chaos verursachte. Meine Mutter ging, um den unbekannten Lauten auf den Grund zu gehen. 2 Bilder waren von der Wand gefallen und eine Vase mit Blumen lag auf der Erde. Überall lagen Federn von der Taube herum. Die Taube lag ebenfalls tot am Boden.

Der erste Schreck, wen meine Mutter bekam, war schnell verflogen, als sie die tote Taube sah. Die hat uns der liebe Gott geschickt. Aber nur, weil meine Mutter eine Taubenbrühe für mich machen konnte, denn ich lag mit Fieber im Bett, in der Hoffnung, dass ich schnell wieder gesund werde.

Eichel-Brot und Suppe

Ich hatte mehrere Sorten Eicheln probiert zu essen. Sie schmeckten aber nicht. Bis ich eine längliche Eichel mit einer dünnen Schale probierte, die ganz gut schmeckte. Ich hatte danach immer welche in der Hosentasche. Wenn ich Hunger hatte, habe ich dann wenigstens Eicheln gehabt.

Als meine Mutter waschen wollte, hat sie die Eicheln gefunden und stellte mich zur Rede. Darauf sagte ich, dass mir die Eicheln gut schmecken. Sie wollte es nicht glauben, denn Eicheln sind Schweinefutter. Ich sagte ihr, dass sie doch einmal kosten soll. Was sie dann auch tat. Ihr schmeckten die Eicheln auch gut.

Ich musste danach reichlich Eicheln sammeln. Meine Mutter fing an zu experimentieren. Als erstes kam eine Suppe dran. Nach dem Abpellen der Eicheln wurden sie gemahlen und gekocht. Als Suppe haben die Eicheln gut geschmeckt: Süßlich und aromatisch.

Für das Brot hat meine Mutter viel probiert, bis sie Eicheln mit Mehl vermischt hatte. Mir hat das Brot überhaupt nicht geschmeckt, meinen Geschwistern auch nicht, aber meiner Mutter und Tante.

Munitionskiste

Holz war eigentlich immer knapp. Der Wald war auch wie leer gefegt. Selbst Tannenzapfen hat man kaum gefunden. Das einzige, was mein älterer Bruder und ich gefunden haben, war eine Munitionskiste. 1 m breit und dementsprechend groß. Sie war unwahrscheinlich schwer. Das kam dadurch, weil die Kiste mit breiten Metallbändern beschlagen war.

Wir wollten die Kiste mit einem Beil zerhacken. Das ging auch nicht. Bis ich auf die Idee kam, die Kiste von einem Panzer überrollen zu lassen. Panzer fuhren ja oft durch unsere Straße. Als wieder ein Panzer kam, stellten wir die Kiste so auf die Straße, dass eine Kette über die Kiste musste.

Als der Panzer ran war, wollten die Russen nicht. Der Panzer blieb stehen. Die Russenbesatzung fuchtelte mit den Armen rum, bis wir kapierten, was sie wollten. Wir sollten den Kistendeckel aufmachen. Die Russen vermuteten vielleicht einen Sprengkörper darin. Sie lachten jetzt und winkten uns zu und zermalmten mit dem Panzer die Kiste. Jetzt hatten wir Anmachholz.

Dieses Spielchen haben wir noch öfter gemacht. Es gab ja noch mehr von diesen Kisten.

Besteck im Fluss

Es gibt bei uns eine alte und eine neue Nuthe. Die alte Nuthe ist nur ein kurzes Stück von dem ursprünglichen Verlauf. Als das Stau gebaut wurde, ist auch der Flusslauf begradigt worden und das Ufer mit einem Wall, um besser treideln zu können. Vom Herbst bis zum Frühjahr wurden die Wiesen mit dem angestauten Wasser überschwemmt, um die Havel von den Wassermassen zu entlasten, wo die Nuthe mündete. Das alte Teil der Nuthe schlängelt sich durch die Häuserfronten, um danach wieder in den neuen Teil zu fließen. Warum das alte Nuthe-Stück nicht zugeschüttet wurde, weiß ich nicht.

Wenn das Hochwasser abgelassen wurde, hatte die alte Nuthe nur noch eine ca. 50 cm hohe Wasserführung und bei Niedrigwasser war das Flussstück trocken. Bei jeder Hochwasserführung hatten wir unsere Erlebnisse gehabt.

Als irgendwann kurz nach Kriegsende wieder einmal der Wasserspiegel sank, stand ich auf der Brücke der alten Nuthe und angelte. Da sah ich im Wasser etwas blinken. Neugierig wie ich war, bin ich die Uferböschung herunter geklettert, um das Blinken besser begutachten zu können. Es waren Besteckteile, die so glänzten.

Ich habe meine sämtlichen Sachen ausgezogen, um dann in das lausig kalte Wasser zu steigen. Mit so viel Besteck und Zubehör habe ich nicht gerechnet. Ich musste ja vorsichtig sein, dass mich keiner sieht und mir die Sachen streitig macht.

Da kam auch tatsächlich jemand vorbei, als ich im Wasser war. Ich habe gerade noch meine Sachen geschnappt und mich unter der Brücke versteckt.

Als ich wieder allein war und meine Sachen am Ufer abgelegt hatte, habe ich mit mir selber gekämpft: aus dem eisigen Wasser zu steigen oder das Gold und Silber zu holen. Mein Freibeutertrieb war stärker. Ich habe so viele Teile aus dem Wasser gezogen, als ich mit 2 Händen tragen konnte, um es in den Büschen zu verstecken. Ich musste häufiger in das Wasser, als ich dachte. Das Anziehen der Sachen ging ganz schnell. Endlich wieder wärmende Sachen.

Von zu Hause habe ich einen Kartoffelsack geholt, um die vielen Sachen zu transportieren. Der Sack war zu schwer. Ich musste zweimal gehen. Es klappte auf jeden Fall prima, denn ich musste immer noch an den abgenommenen Fallschirm denken.

Was meine Mutter mit den Sachen gemacht hat, weiß ich nicht, denn ich habe später von diesen Sachen nichts mehr gesehen.

Wie das Besteck ins Wasser kam, sind auch nur Vermutungen. Ein Dieb hat diese Sachen mit Absicht ins Wasser geworfen, um es später bei Niedrigwasser zu holen. Oder sie sind aus Versehen dort gelandet. Ich war nur schneller.

Als wieder das Wasser in der Nuthe sank, bin ich hin zu der Stelle, wo ich das Besteck gefunden habe, um zu gucken, ob ich etwas übersehen hatte. Ich hatte. Es waren 2 Kuchengabeln, 1 Teelöffel und eine Schöpfkelle.

Irgendwann, viel, viel später hat meine Mutter mir diese Schöpfkelle geschenkt. Diese Kelle habe ich heute noch.

Waffen in der Nuthe

Als dann in der alten Nuthe gar kein Wasser mehr war, nur noch Pfützen waren, sind wir Kinder auf Schatzsuche gegangen. Es war schon erstaunlich, was sich alles darin angesammelt hatte. Gewehre, Pistolen, Dolche, Säbel, Bajonette, Gasmasken und 2 Panzerfäuste. Außerdem noch jede Menge Munition und Steinbruch und anderes Gerümpel.

In den Wasserpfützen haben sich Fische angesammelt. Da war ein Dolch gerade richtig. Mit einem Steinstück habe ich die Klinge vom Rost befreit, um die Aale, die uns beim Versuch, sie zu fangen, immer wieder aus der Hand flutschten, zu erdolchen. Am besten haben uns die Stahlhelme gefallen. Wir waren daraufhin alle Soldaten.

Die großen Jungs haben uns die meisten Sachen weggenommen, auch die 2 Panzerfäuste. Keiner von den älteren Jungs hatte eine Ahnung, wie die Panzerfäuste funktionierten. Als sich einer von den Jungs eine

Panzerfaust nahm und auf seine Schulter legte, um uns zu zeigen, wie so etwas aussieht, kam er an den Auslöser der Panzerfaust. Die Waffe verursachte einen starken Feuerschweif nach hinten. Bloß gut, dass keiner gerade dort stand.

Ein Loch in der Scheunenmauer und eine Explosion. Es war gewaltig. Der Ärger war vorprogrammiert.

Erste Banane

Ich habe als Kind von meiner Mutter eine Banane zu essen bekommen. Die schmeckte nach gar nichts und war noch mehlig und trocken. Meine Vorstellung war: Alle Bananen schmecken so. Ich habe danach keine Banane mehr angefasst.

Es hat 10 Jahre gedauert, bis ich vom Gegenteil überzeugt wurde. Ich habe bei einem Obst- und Gemüsehändler geholfen, die schweren Kisten zu schleppen. Am Wochenende nach Feierabend habe ich außer meinen Lohn noch eine Tüte mit überreifen Bananen bekommen. Ich sagte zu dem Mann: Die Bananen kann er behalten.

Er fragte: Warum?

Da habe ich ihm die Geschichte von meiner ersten Banane erzählt. Er lachte herzhaft darüber und sagte: Iss jetzt einmal eine Banane, dann merkst du, was du die ganzen Jahre versäumt hast.

Es stimmte. Die Banane war süß und saftig.

Ich habe auch meine Lehren daraus gezogen. Nach einem Misserfolg habe ich ein zweites, oft auch ein drittes Mal die Sache probiert.

Beim Essengehen war es nicht anders. Wenn ein schlechter Koch in der Küche stand, war das Essen miserabel. Ein anderes Mal hat das gleiche Essen vorzüglich geschmeckt.

Äpfel auf den Rieselfeldern

Wenn wir im Herbst zu den Rieselfeldern gingen, um Äpfel zu ernten, war es mitunter eine aufregende Sache für uns.

Die Apfelbäume gehörten nicht uns. Die Bäume waren alle verpachtet. Es gab viele Wege und noch mehr Obstbäume. Wenn der Rucksack voll war, war an diesem Tag die Ernte beendet. Es gab auch Aufpasser mit Fahrrädern, die uns oft genug geschnappt haben und die Äpfel einkassierten. Sie wollten natürlich auch genau wissen, von wo wir herkommen. Der Ort stimmte, aber der Name nicht. Wir Jungs hatten uns jeder einen Vor- und Familiennamen ausgedacht. Der Name kam schnell und sicher über unsere Lippen. Da mussten die Aufpasser den Namen einfach glauben.

Um ganz Berlin gab es Rieselfelder. Dies waren die Auffanggebiete für die Abwasser von Berlin. Diese Flächen wurden durch Wälle aufgeteilt, dadurch konnten die einzelnen Grundstücke mit dem Abwasser geflutet werden. Dies war natürlicher Dünger für die Saat, welche anschließend auf diese Felder kam.

Farbtaschenlampe

Ich habe bei uns Zuhause eine 3-Farben-Taschenlampe gefunden, die mein Interesse erweckte. Natürlich ohne Batterie. Durch Herumfragen in der Schule habe ich für einen Tennisball eine Batterie bekommen. Ein ungleiches Geschäft. Ich brauchte aber die Batterie.

Die beste Farbe war rot außer gelb und blau. Mit einem Stift als Schieber konnten die Farben eingestellt werden. Mit der Farbe Rot konnte man die Autofahrer so schön ärgern. Im eingeschalteten Zustand und einer kreisenden Handbewegung bedeutete dies für die Autofahrer Stopp. Es klappte immer. Aber nicht so, wie wir uns das vorgestellt hatten. Na ja, einen Notplan hatten wir uns erarbeitet.

Ein Pkw-Fahrer, den wir angehalten haben, stieg irgendwann aus und schimpfte. Wir haben uns vor Lachen gebogen. Das muss wohl der Autofahrer gehört haben. Er stieg in sein Auto und kam hinter uns her. Wir rannten um die Kirche. Was der Autofahrer nicht wusste: Dies war nur ein schmaler Fußweg. Er raste mit voller Wucht in einen Schulgartenzaun. Unser Streich war erfolgreich beendet.

Wir Kinder haben uns getrennt und sind nach Hause getrillert.

Am nächsten Tag stand das beschädigte Auto immer noch dort. Eine ganz schöne Strecke vom Zaun war auch nur noch Kleinholz.

Das Spielchen mit dem Autos-Anhalten ging eine ganze Weile gut. Es sind ja nicht allzu viele Autos vorbeigekommen. Bis wir einen Lkw auf unsere bewährte Art stoppten. Das Auto hielt an. Der Fahrer stieg aus und hörte unser Lachen. Da fing er auf Russisch an zu fluchen. Wir hatten ein Russenauto angehalten.

Da muss den Fahrer wohl die Wut gepackt haben. Es ist nur eine Vermutung. Er nahm seine Pistole und schoss hinter uns her. Oder nur in die Luft? Wir haben es nie erfahren.

Keiner von uns Jungs fasste die Taschenlampe für diese Zwecke mehr an. Wir waren kuriert.

Gefangene Landser

Es zogen öfter Kolonnen von deutschen Kriegsgefangenen durch unsere Straße. Sie sangen oft auch Lieder und waren auch fröhlich. Wenn meine Mutter und Tante in der Hoftür standen und den Gefangenen zuriefen, doch auf unseren Hof zu kommen, lachten sie nur. Einer sagte: Wir sind bald wieder zu Hause. - Die anderen müssen genauso gedacht haben. Gefahr zur Flucht war in dieser Situation nicht. Es waren zu viele Landser und zu wenig Russen in der Kolonne. Die Kurve in der Straße hat doch dem einen oder anderen Mut zur Flucht gegeben. Ich hatte einmal 9 Landser in unserer Scheune gezählt. Nur mit der Verpflegung wurde es manchmal dadurch knapp. Alle hatten Hunger.

Einfallsreichtum war gefragt: Es gab aus Brennnesseln gemachten Spinat mit Kartoffeln oder Melde, das ist normal ein Unkraut, war aber aromatisch. Mit Kartoffeln war es ein Eintopf. Die Fettaugen hatten sich bei solch einem Essen verkrümelt.

Die nun flüchtigen Soldaten blieben von einer Nacht bis zu einer Woche, um danach ihren Nachhauseweg zu suchen.

Später stellte sich heraus, dass die Sprüche bald zu Hause zu sein, ein großer Irrtum waren. Viele der Gefangenen kamen nie wieder. Sie sind in der Gefangenschaft gestorben.

Säuberung im Ort

An irgendeinem Tag kam eine Kolonne mit Russen, die Männer aus dem Ort abholten. Ich weiß nicht, was sie ausgefressen hatten.

Da kamen 2 Russen auf einen Hof, um den Besitzer zu holen. Der wollte nicht mit und schubste einen Russen um; bei der Flucht kam er nur ca. 15 m. Dann wurde er von hinten erschossen.

Ein anderer hatte 2 ganz scharfe Hunde, die er aus der Tür ließ, als er die Russen sah. Dadurch hatte er die Möglichkeit, auf der anderen Seite durch das Fenster zu fliehen. Seine Frau holte während des Unterrichts unter einem Vorwand ihre beiden Kinder ab und verschwand. Die Russen haben sie nicht bekommen.

Ein anderer wurde in unserer Unterrichtspause vor seinem Haus erschossen. Es war gruselig, dies mit anzusehen. Es heiß, dass über 30 Männer abgeholt wurden. Nur einer kam wieder.

Damals hieß es, dass er wie ein Fettauge sei, denn Fettaugen schwimmen immer oben. Heute sagen sie Wendehals dazu. Dieser Mann soll bei den Nazis ein hohes Tier gewesen sein. Im Gefangenenlager wurde er schnell ein Aufpasser. Dies machte später im Dorf die Runde. Als er dann wieder zu Hause war, hatte er bald wieder einen verantwortungsvollen Posten.

Schmalzstulle

Als wir eine große Schulpause hatten und einige Kinder und auch ich auf der Schultreppe standen und unsere Pausenbrote mampften, konnten wir alles übersehen und auch gesehen werden.

Es kam ein Flüchtlingstreck gerade an uns vorbei. Wir Kinder hatten so etwas ja schon öfter beobachtet. Es waren Leute mit ihrem letzten Hab und Gut. Einige hatten Wagen mit Pferden davor, aber ein Mann hatte die Deichsel, wo sonst das Pferd zog, in der Hand und einen Strick zum Ziehen über der Schulter.

Da gab er uns Kinder zu verstehen, dass er von auch etwas zum Essen haben möchte. Ich hatte gerade in meine saftige Schmalzstulle gebissen und war dermaßen unschlüssig, ihm etwas abzugeben. Den anderen Kindern ging es ebenso. Der Mann war mit dem Wagen an uns schon vorbei, aber er ruderte mit dem Arm immer noch herum. Ich habe Mitglied gehabt und bin hinterher gelaufen und habe ihm die Stulle gegeben. Er hat vor Freude oder Dankbarkeit geweint.

Ich hatte zwar keine Stulle mehr, aber ein zufriedenes Gewissen.

Sauerampfer

Wenn ich Hunger oder Appetit auf etwas Erfrischendes hatte, bin ich hinter unseren Garten auf die Wiesen gegangen, um Sauerampfer zu pflücken. Das sind ca. 10 cm lange fleischige Blätter. Einzeln schmecken sie nicht, es musste ein Bündel sein, um richtig reinbeißen zu können. Da schmeckte man im Mund erst den säuerlichen Geschmack.

Ich habe oft Sauerampfer gegessen, weil er mir so gut geschmeckt hat.

Zu Hause gab's den auch: Gekocht wie Spinat mit etwas Zucker, also süß-sauer, mit Eiern war es eine gelungene Mahlzeit.

Kirschbaum

In unserem Ort war eine Straße mit Kirschbäumen auf beiden Seiten der Kirschallee, die auch so hieß.

Die Frühkirschzeit war angebrochen. Da wollten wir etwas für unser eigenes Wohl tun. Wir sind in den ziemlich hohen

Baum geklettert und haben uns die schönen reifen Kirschen schmecken lassen.

Da kam doch wieder einmal ein Aufpasser vorbei und forderte uns auf, herunter zu kommen. Meine Antwort war, er solle doch heraufkommen, sein Weg ist genauso lang wie meiner.

Der Aufpasser sprang unten herum wie ein Rumpelstilzchen ums Feuer. Er ist nicht nach oben gekommen.

Wir haben ihn nur mit Kirschsteinen bespuckt. Irgendwann ist er davon gegangen. Wir waren satt und haben das gleiche getan.

Leichen in der Nuthe

Es kam immer wieder vor, dass Leichen im Fluss schwammen. Das war für uns Kinder schon alltäglich und wir hatten keine Scheu oder Ekel vor den Toten.

Es gab sehr viele, die dieses Leben nicht mehr ertragen konnten oder wollten. Aus unserem Ort gingen ganze Familien ins Wasser.

Als wieder eine Leichte angeschwommen kam, haben wir sie mit einer Stange ans Ufer gezogen. Wir fanden es interessant, eine Leiche aus der Nähe zu betrachten. Es war eine alte Frau. Wir wollten und konnten sie nicht aufs Land ziehen. Wir wussten, dass es große Probleme mit dem Bürgermeister gegeben hätte.

Wir haben sie wieder ins stärker fließende Wasser geschubst, wo sie schnell aus unseren Augen verschwand.

Korkenzieherlocken

Wenn meine Tante ausgehen wollte, machte sie sich immer schick. Da gehörten die Haare auch dazu. Ihre Masche war, dass sie sich mit einem Heizstab ihre Haare aufwickelte.

Wir hatten keine Verlängerungsschnur mehr, denn die war wahrscheinlich durch Überlastung kaputt geschmort. Die Lösung war: Es wurde an der Deckenlampe ein Adapter eingeschraubt. Der Adapter hatte ein Außen- und

Innengewunde für die Birne. Dazwischen waren 2 Steckvorrichtungen zum Abnehmen von Strom.

Da ist meine Tante ran gegangen, um ihre Locken zu wickeln. Jede Strähne musste einzeln gewickelt werden, bis der Kopf voller Locken war.

Ich sagte Korkenzieherlocken dazu.

Holzzaun ins Wasser

Hinter unserer Scheune war ein riesiger Garten und an diesem Garten floss die alte Nuthe.

Zwischen den Zäunen und dem Fluss war ein schmaler Weg zum Laufen. Auch für Diebe, die von hinten auf die Grundstücke kamen. Die Diebstähle hatten ganz schön überhand genommen. Die Gemeinde reagierte. Sie baute an jeder Grundstücksgrenze einen Bretterzaun bis ins Wasser. Dies alles sah von weitem alles ganz gut aus, aber geholfen hat es wenig. Die Diebstähle gingen weiter.

Im Sommer, wenn im Fluss gar kein Wasser war, haben sich die Diebe noch nicht einmal die Füße nass gemacht. Und im Winter bei Hochwasser, wenn das Wasser fast bis zum Gartenzaun reichte und eine

20 cm dicke Eisschicht darauf war, war dieser Zaun auch wertlos.

Für mich war der Zaun zu dieser Zeit wertvoll. Ich wollte meinem Bruder einen Denkzettel verpassen und setzte dies auch in die Tat um.

Ich nahm ein Beil und schlug vorne zum Wasser hinter den Zaun ein verhältnismäßig großes Loch, in der Erwartung, dass mein Bruder dort reinfällt. Meine Vorfreude war groß, aber nicht lange.

Mein großer Bruder war wieder einmal hinter mir her. Ich wusste, dass er mich nicht einholt, denn ich war schneller. Die Jagd ging durch den Garten, dann um den Zaun, um auf dem Nachbargrundstück weiter zu rennen. Da war aber hinter dem Zaun noch ein Loch, in das ich rein plumpste. Mein Bruder bog sich vor Lachen. Seine Schadenfreude war riesengroß. Ich kletterte aus dem Loch und tropfte wie ein nass gewordener Pudel

Im Nachhinein kam mir erst die Erleuchtung. Wäre ich dabei unter das Eis geraten und von der Strömung mitgespült worden, wäre es mein Tod gewesen.

Der Spruch: Wer Anderen eine Grube gräbt, fällt selbst hinein, hat sich bewahrheitet.

Steine und Wärmflasche

Das Zimmer, wo wir Kinder schliefen, war auf dem Dachboden. Die Wände waren nur aus Brettern. Im Sommer war es sehr warm und im Winter lausig kalt. Es gab auch keinen Ofen in diesem Raum. Als Thermometer dienten die Eisblumen an dem Fenster. Wenn es nur wenige Minusgrade waren, sahen die Eisblumen richtig schön aus. Sehr häufig war das Fenster ganz dick voller Eis. Die Wände schimmerten denn auch voller Eiskristalle. Die Betten waren auch wie Eisklumpen. Von wo sollte nun die Wärme herkommen?

Die Lösung meiner Mutter war: Sie machte auf der Herdplatte Mauersteine heiß, wickelte sie in Zeitungspapier, damit sie länger warm blieben, und ab ging es damit am Fußende ins Bett. Im oberen Bereich kam noch eine Wärmflasche aus Gummi, gefüllt mit heißem Wasser.

Wenn ich in das Bett schlüpfte, steckte ich meinen Kopf sofort unter die Zudecke. Durch meinen Atem wurde das Bett schneller warm.

Meine Oma

Als meine Oma nach dem Krieg aus Schwerin zu uns kam, veränderte sich vieles. Zum Guten und zum Schlechten. Ich durfte nicht mehr alles machen, was ich wollte. Meine Oma war immer da und sagte mir, wo es lang ging. Meine persönliche Freiheit war futsch.

Sie fand immer wieder neue Arbeit für mich. Ich war mitunter erstaunt, wo sie die herholte. Bei diesen Arbeiten hat sie mir viel erzählt oder beigebracht.

Ein Beispiel: Meine Oma und ich haben auf dem Hof gesessen und haben Bohnen aus den Schalen gepult.

Ich hörte Schüsse von der Nuthe her. Meine Vermutung, dass die Russen Wildenten vom Himmel schießen, haben meine Kumpels bestätigt. So etwas ist doch viel interessanter als Bohnen auspulen. Meine Oma lakonisch: Wer essen will, muss auch was dafür tun. - Na ja, heute kann ich das alles verstehen.

Am meisten habe ich es gehasst, wenn sie ein Brot anschnitt und ich die erste Scheibe bekam. Sie schmierte grundsätzlich die kleine Seite, um sie auch zu belegen. Auf der anderen Seite hätte das Doppelte raufgepasst.

Wann haben wir zunehmenden Mond und wann abnehmenden? In der Schule haben wir es nicht gelernt. Aber ich von meiner Oma. Das α fängt oben links an, das zeigt den abnehmenden Mond an. Der zunehmende Mond fängt oben rechts an:).

Ob ich wollte oder nicht: Sonntags war der Kirchgang angesagt, denn meine Oma war ja sehr fromm.

Eines Sonntags kam ich aus der Kirche nach Hause und sagte: In die Kirche gehe ich nicht mehr, die singen dort ja nur Halleluja.

<u>Entstehung der Erde</u>

Am ersten Tag schuf Gott das Licht.
Am zweiten er den Himmel richt.
Am dritten schuf er Land und Meer.
Am vierten er die Sterne her.
Am Fünften Fisch und Vogelschar.
Am sechsten Tier und Mensch da war.
Am siebten Tag hat Gott geruht, denn seine Werke waren gut.

So etwas habe ich auch von meiner Oma gelernt.

Sie wusste auch über die Natur sehr gut Bescheid. Wolkenformationen waren eine Leidenschaft von ihr. Eine bestimmte Formation - sagte sie: In 10 Minuten regnet es. Es hatte nach 10 Minuten geregnet. Mit dieser Weisheit habe ich später andere Leute verblüfft.

Ein anderes Mal jaulte der Hund vom Nachbarn 3 Tage von früh bis spät. Da sagte meine Oma: In ein paar Tagen wird dort jemand sterben. - Nach 5 Tagen war der Nachbar tot.

Und dann noch ein Witz von meiner Oma:

Der Pfarrer ärgerte sich, dass jedes Jahr die Äpfel von seinem Baum im Garten geklaut wurden. Er heftete ein Schild an den Baum mit der Aufschrift: Der liebe Gott sieht alles.

Am nächsten Tag waren wieder alle Äpfel verschwunden. Auf dem Schild stand zusätzlich: Der liebe Gott hat uns gesehen, aber er verrät uns nicht.

Wir hatten auch 2 Schafe und haben vorher immer die Wolle verkauft. Das hat sich durch die Anwesenheit meiner Oma alles geändert. Die geschorene Wolle wurde gewaschen. Das ausrangierte Spinnrad vom Boden geholt und schon hatte meine Oma eine Winterbeschäftigung. Meine Beschäftigung war, mit beiden Armen die vom Spinnrad aufgewickelte Wolle zu halten, damit sie zu einem Knäuel gewickelt werden konnte. Es entstanden daraus schöne naturfarbene Strümpfe, Handschuhe, Mützen, Schals und Jacken.

Scherenschleifer

Es war immer wieder ein Erlebnis, wenn der Scherenschleifer in unsere Straße kam und mit einer Bimmel seine Anwesenheit zum Besten gab. Ob Messer, Scheren, Beile, auch Sicheln, alles hat er wieder scharf gemacht.

Es war faszinierend, dem Schleifer bei der Arbeit zuzusehen. Das Gestell war aus Holz. Es war mit 2 Rädern und einem verhältnismäßig großen Stein-Schleifrad versehen, das durch einen Trog mit Wasser sich drehte. Und trotzdem spritzten die Funken beim Schleifen.

Angetrieben wurde es mit Beinkraft, welches ein Schwungrad antrieb. Das funktionierte wie bei einer Nähmaschine.

Stinkbombe

Wenn wir einmal jemanden so richtig ärgern wollten, haben wir eine Stinkbombe gebastelt. Um eine Stinkbombe herstellen zu können, braucht man einen ausrangierten Negativfilm. So etwas hatte keiner von uns Jungs häufig gehabt. Der Film wurde in Zeitungspapier gewickelt, angesteckt und die Flamme ausgetreten. Der Film glimmte weiter. Es stank fürchterlich. Das war ja auch der Sinn, wenn so einer in einen Hausbriefkasten landete.

Vater aus Kriegsgefangenschaft

Als mein Vater aus der Kriegsgefangenschaft kam, war es Frühling im Jahre 1947. Also war er nicht lange in der Gefangenschaft. Die überwiegende Zeit hat er als Fleischer gearbeitet. Da hatte er mehr zu essen als die anderen Mitgefangenen. Er hat nicht nur als Fleischer gearbeitet - es war auch sein Beruf. Er hatte auch noch andere Berufe wie Viehhändler, Landwirt und ein halber Tierarzt.

Als mein Vater unverhofft zu Hause aufkreuzte, war bei meiner Mutter die Freude groß. Für mich war es ein fremder Mann in seinen zerrissenen und abgetragenen Sachen. Er hatte aber 2 hochinteressante Sachen mitgebracht: einen Rucksack voll Schinken. Es waren zwei gut geräucherte Schweineschinken, die rochen so gut. Wenn ich heute noch daran denke, läuft mir das Wasser im Mund zusammen.

Ein Schinken kam gleich in den Backofen, unseren Spezialtresor. Der andere wurde von einer Krankheit befallen: Er hat die Schwindsucht bekommen, der wurde immer weniger. Als ich meinen Vater fragte, von wo er den Schinken denn her hat, sagte er: Die Schinken hingen über einer offenen Feuerstelle im Rauchfang. Der Bauernhof war verlassen und verwaist. Dadurch hatte er die Gelegenheit, nach etwas Essbarem zu suchen. Als Fleischer wusste er, wo man was finden kann.

Das andere war: Für jeden von uns Jungs hatte er eine Trillerpfeife mitgebracht. Und dann noch eine spezielle. Die

Pfeife hatte am Ende 2 Löcher, wo man mit den Fingern unterschiedliche Töne erzeugen konnte. Ich fand die Pfeife so was von dufte, weil die sich wie die von dem Fellsammler anhörte.

Der Fellsammler zog durch die Straßen und verkündete mit der Interwalltrillerpfeife, dass er da war, um Felle, hauptsächlich Kaninchenfelle gegen Zucker oder Mehl einzutauschen. Denn Geld war zu dieser Zeit ganz knapp.

Ich war gerade einmal 9 Jahre alt und hatte überwiegend nur Blödsinn im Kopf. So viel Blödsinn, den ich in meiner Kindheit verzapft habe, reicht für mehrere Kinder in ihrem Leben. Auf jeden Fall bin ich mit der Trillerpfeife los, um den Felleinkäufer nachzuahmen.

Das hat auch prima geklappt. Die Leute kamen mit ihren Fellen aus den Häusern und haben nur mich gesehen. Sie fanden dies nicht so lustig wie ich. Sie schimpften erst über mich und später mit meinen Eltern.

Angel bauen

Wer von uns Jungs aus unserer Straße eine Angel haben wollte, musste sich selbst eine bauen. Wir waren 8 gleichaltrige Kinder, aber einer hatte so viel Geld, um sich eine Bambusrute zu kaufen. Wir anderen waren ganz schön neidisch.

Ich habe zugeguckt, wie mein älterer Bruder sich eine Angel gebaut hat. Daher wusste ich, wie es geht und worauf man achten muss.

2 Kumpel und ich sind in einem 4 km entfernten Busch gelaufen, wo es Weidenruten für unsere zukünftigen Angeln gab. Ich habe mir da eine 3 m lange Rute mit einem Messer abgeschnitten. Sie war zwar nicht kerzengerade, sondern ein bisschen krumm und schief, aber dafür geschmeidig und biegsam.

Sehne und Angelhaken mussten gekauft werden. Die Angelhaken hatten damals noch keine Sehne, das musste man selbst machen und das war das Allerschwerste vom Angelbau. Falsch oder zu lose gebunden, war beim Angeln nicht nur der Fisch, sondern auch der Angelhaken futsch.

Für die Pose habe ich einen Federkiel von einem Gänseflügel genommen und zum Schwimmen eine Scheibe von einem Weinkorken.

Jetzt kam das Geduldsspiel dran: die richtige Menge Blei an der Sehne zu befestigen. Es musste so viel Blei sein, dass die Pose gerade noch auf dem Wasser schwimmt. Der Fisch sollte es leicht haben, wenn er an dem Angelhaken zog. Da musste dann die Pose leicht untergehen. Für das Blei an der Angel musste ein Zinnsoldat aus meiner Sammlung sterben. Es gab zu wenig Blei. Zinn hat den gleichen Zweck erfüllt.

Die Ufer der Nuthe waren mit Reisig Befestigt, um damit eine Unterspülung zu verhindern. Für uns Angler war die Befestigung der reinste Angelhakenkiller.

Was das Allerwichtigste war: Es gab reichlich Fische in diesem Fluss.

Handgranaten – Fischfang

Wenn die Russen kamen, um sich Fische zu holen, war für uns Kinder auch immer eine große Beute drin. Sie zündeten eine Handgranate und schmissen sie ins Wasser. Wenn gerade ein großer Schwarm Fische da war, kamen sehr viele Fisch hoch. Durch die Druckwelle platzten ihre Blasen.

Die Russen zogen sich bis auf die Unterhosen aus und sprangen ins Wasser, um Fische an Land zu holen. Die Russen hatten grundsätzlich immer, auch im Sommer, lange Unterhosen an. Sie konnten gar nicht so viele Fische greifen, wie dort schwammen. Wir Jungs standen jeder mit einem Käscher auf der Brücke, um die ankommenden Fische damit aus dem Wasser zu holen. Am meisten habe ich mich darüber geärgert, wenn ein Fisch größer war als mein Käscher, der dann auf Nimmerwiedersehen verschwand.

Dann flog die nächste Handgranate ins Wasser, die dort explodierte. Das Fische-Einsammeln ging weiter. Da kam mit einemmal ein Fisch geschwommen, einen so großen Fisch hatten wir alle noch nicht gesehen. Der hätte auch in keinen Käscher rein gepasst, denn der Fisch war über 1 m lang. Da er ziemlich dicht am Ufer schwamm, kam mir die

Idee, erst einmal den Fisch mit unserem Käscher festzuhalten. Ein Kumpel und ich sind ganz schnell von der Brücke zum Ufer hin, um den Fisch ans Ufer zu ziehen, damit er nicht durch den Stau saust. Wir hatten eine gute Lösung. Ein Käscher wurde über den Kopf gezogen und der andere über den Schwanz. So konnten wir den Fisch festhalten und hoffen, dass die Russen dies nicht mitbekommen. Sie haben nichts mitbekommen.

Ein Junge hatte in der Zwischenzeit ein Seil geholt. Die Russen waren wieder abgerückt und wir konnten den Fisch bergen. Ein Junge ist ins Wasser gesprungen, um das Seil hinter den Kiemen festzubinden und an Land zu ziehen. Wir haben anschließend in Erfahrung gebracht, dass es ein Wels ist, den man essen kann. Wir haben uns riesig darüber gefreut.

Karbid – Fische

Um selbst Fische wie die Russen zu bekommen, haben wir Jungs uns auch etwas einfallen lassen.

Wir hatten keine Handgranaten, aber Handgranatenersatz: Eine Flasche mit Schnappverschluss war erforderlich, denn es musste dabei schnell gehen. Die Flasche wurde halbvoll mit Sand oder Kieselsteinen gefüllt, damit die Flasche, wenn sie ins Wasser geworfen wurde, schnell untergeht. In die Flasche kam noch so viel Wasser mit rein, bis der Sand bedeckt war. Dann kamen erst kleine Karbidstückchen mit hinein. Durch diese Karbid-Wasser-Mischung entstanden erst die Gase, die es ermöglichten, dass die Flasche explodierte und die Fische nach oben trieben.

Die Fische, die wir nicht mit dem Käscher erreichten, wurden mit einer langen Stange ans Ufer gezogen und mit einem Käscher aus dem Wasser gehievt.

Den Fisch gab's gebraten, gekocht, auch als Suppe und Buletten. Unsere Katzen bekamen die Köpfe und Gräten.

Sauerkohl selbst gemacht

Wenn die Herbstzeit kam, kam auch für mich die Arbeitszeit. Auf dem Feld waren die Kohlköpfe, die noch da waren, sie warteten auf die Verarbeitung.

Mein Vater war des Öfteren nachts auf dem Feld, um den noch zu erntenden Kohl und Kartoffeln zu bewachen, denn es wurde reichlich geklaut. Na ja, Schwund gibt es überall. Der Hunger war ja noch überall zu Hause.

Im Kartoffelfeld hatte mein Vater ein Schild aufgestellt: Vorsicht. Selbstschussanlage - welches aber nicht stimmte. 5 m um das Schild wurden die Kartoffeln gemopst. Jetzt war erst die Kohlernte dran, denn wir hatten auch noch Wirsing und Rotkohl.

Ein großer Teil von den Weißkohlköpfen wurde für Sauerkohl verarbeitet. Es standen gleich mehrere Holzfässer parat und warteten auf den Inhalt. Die Kohlköpfe wurden klein geschnitten und gleich in das erste Fass geworfen. Als das Fass ungefähr 30 cm voll war, fing meine Arbeit an. Ich musste mit meinen Beinen in das Fass. Die Füße musste ich mir aber vorher waschen, um in den Kohlschnipseln rumzustampfen. Zwischendurch kam auch Salz dazu. Ich musste mit meinen Beinen so lange rumstampfen, bis sich vom Kohl Flüssigkeit gebildet hatte. Dann stieg ich in das andere Fass mit der gleichen Aufgabe. So ging es weiter, bis die Fässer voll waren. Damit kamen wir gut über den Winter.

Eisbein – Motorrad

Meine Mutter hatte gern, wenn sie kochte, zwischendurch hin und wieder vom Essen genascht. So war es auch an diesem Tag. Meine Mutter hatte am Vortag Spitzbein mit Sauerkohl für 2 Tage gekocht. Meine Muter brauchte an diesem Tag nur noch das Essen warm zu machen. Ein großer Happs Sauerkohl zwischendurch sollte es auch sein. Mein Vater hasste diese Näscherei. Meine Mutter hörte ihn schon kommen und hatte den Mund voller Sauerkohl. Es musste alles so schnell wie möglich runter geschluckt werden. Der Versuch war da, nur zwischen dem Sauerkohl war ein kleiner Knochen vom Spitzbein. Dieser Knochen wollte partout nicht vor noch zurück. Was nun? Die Zeit verrann. Der Hals fing schon langsam an zuzuschwellen.

Ein Mann aus unserer Straße hatte ein Motorrad mit Beiwagen. Der sollte meine Mutter in ein 10 km entferntes Krankenhaus fahren. Das lehnte der Motorradfahrer aber ab. Er sagte, dass die Beleuchtung vom Motorrad kaputt ist und er somit nicht in die Stadt fahren kann, aber bis zur 5 km entfernten Straßenbahn. Damit könne meine Muter dann weiter ins Krankenhaus fahren. Gesagt, getan.

Meine Mutter fuhr in der überfüllten Straßenbahn, die bei der Fahrt ganz schön schaukelte. Ihr wurde dadurch ganz übel. Sie musste brechen. Sie stürzte zur Tür und riss sie auf. Keinen Augenblick zu spät. Das Glück im Unglück: Durch das Übergeben ist der Knochen mit heraus gekommen.

Meine Mutter ist an der nächsten Haltestelle ausgestiegen. Vor lauter Freude und Zufriedenheit, dass alles so gut verlaufen ist, ging sie zu Fuß nach Hause.

Fahrrad – Steine

Meine Mutter ist gern Fahrradgefahren und hat mich auch öfter mitgenommen.

Ein Handicap hatte sie - man sagt auch Macke dazu. Wenn ein Stein auf dem Weg lag, auf dem sie gerade fuhr, hat der Stein das Fahrrad magisch angezogen. Ob sie wollte oder nicht: Sie musste über diesen Stein. Dies war keine einmalige Sache. Es war immer so. Kaputte Schläuche. Abschürfungen beim Fahrradsturz. Sie hat nichts daraus gelernt.

Die Scheune

Die Scheune war verhältnismäßig groß. In der Mitte der Scheune war die Einfahrt. Diese Einfahrt war so groß, dass ein hoch beladener Leiterwagen hinein passte, trotz einer großen Dreschmaschine, die im hinteren Bereich der Tenne stand. Am Ende der Tenne war eine Tür zum Garten.

Links von der Einfahrt war der Pferdestall. Platz für 2 Pferde. Daneben war der Schweinestall mit 3 Boxen. Platz für je 3 Schweine.

Rechts von der Einfahrt war der Kuhstall. Platz für 5 Rinder. Daneben war der Hühnerstall.

Die Scheune wurde nicht bis zum rechten Nachbarn angebaut. Es waren noch ein paar Meter Platz, so groß, dass ein Leiterwagen eingestellt werden konnte. Es war immer noch reichlich Platz zwischen den Stallungen und dem Leiterwagen. Dies alles war mit einem Holzdach versehen. Das Dach war so lang wie die Scheine. Reichlich Platz für Holz, Fahrräder, Handwagen und andere nützliche Sachen.

Vor all diesem war noch ein kleiner Schuppen: unsere Werkzeugkammer. Zwischen der Kammer und dem Wohnhaus war unsere Ruhezone. Da stand auch eine Linde, ein richtiges Prachtstück. Darunter stand eine Bank, die mein Vater gebaut hatte, und ein Tisch. Diese Idylle wurde von uns Kindern häufig genutzt.

An der linken Nachbarseite im hinteren Bereich war das Klo. Es war auf der Jauchegrube gemauert. Ein Dach mit Ziegeln und einer Holztür. Es war alles ein wenig luftig. Im Sommer warm und im Winter war es schon beinahe kriminell. Nicht nur, dass man sich fast den Hintern abfror. Nein, man musste den angehäuften gefrorenen Kothaufen mit einem Spaten und reichlich Kraftaufwand verkleinern. Danach konnte man dem vorhandenen Haufen eine Zipfelmütze aufsetzen.

Zum Reinigen des Hintern wurde Zeitungspapier genommen. Das war so hart, dass es erst einer Vorbehandlung bedurfte. Es wurde eine Seite genommen und reichlich geknuddelt und geknetet, bis es einigermaßen weich war. Dann wurde es in handliche Stücke gerissen für den Gebrauch der Hinterlassenschaft. So kann ein Winter sein.

Im Sommer war alles anders. Da hatte ich fast immer einen sogenannten Dreigroschenroman zwischen Dachbalken und Dachziegel versteckt. Ich weiß nicht mehr, ob jede Woche oder Monat solch ein Roman raus kam. Es gab auf jeden Fall reichlich Nachschub. Nur einige dieser Serien Tom Brak mit seinem Hengst Blitz, ein Westernroman. Krimis waren Frank Allan, Jerry Cotton und Tom Brox. Gelesen habe ich viel, wenn ich Zeit dazu hatte.

Vor dem Klo war auf der gleichen Seite noch ein großer Misthaufen. Wenn der sich selbst entzündete und qualmte, wurde er mit Jauche gelöscht.

Leiter in der Scheune

Um auf die Stalldächer in der Scheune zu kommen, brauchte man eine Leiter. Um runter zu kommen, genauso. 1000 Mal probiert, 1000 Mal ist nichts passiert. Aber an diesem Tag doch.

Mein großer Bruder sagte, ich soll von da oben runter kommen, was ich auch tat. Nicht mit dem Gesicht zur Leiter, nein vorwärts. Woran ich nicht dachte, war, dass ja in dem oberen Bereich eine Sprosse fehlte. Dadurch habe ich den Halt verloren und bin in hohem Bogen runter geflogen und brach mir den Knochen über dem rechten Handgelenk. Als ich aufstand, habe ich sofort gesehen, dass die Hand seitlich weggeknickt war.

Mein Bruder hatte dies nicht mitbekommen. Er sagte: Gott sei Dank, dass dir nichts passiert ist. Als ich ihm meine Hand zeigte, ist er fast in Ohnmacht gefallen. Er erholte sich aber schnell und sagte, ich soll hier warten. Er rannte in den Holzschuppen, um ein Brettstück und ein Stoffteil aus einem Lumpenberg zu holen. Die Hand und der Arm passten genau auf das Brett. Dann riss er aus dem Stoff schmale Streifen und band den Arm auf das Brett fest.

Meine Mutter staunte nicht schlecht, als sie das Kunstwerk sah. Sie fragte, ob ich lange geweint habe. Da fiel es mir erst auf, dass ich keine Träne vergossen hatte.

Meine Mutter ist dann mit mir ins Krankenhaus gefahren, um den gebrochenen Arm ordnungsgemäß versorgen zu lassen.

Als der Gipsarm fertig war und ich nur noch die Fingerspitzen herausgucken sah, war meine erste Freude:

Ich brauche nicht zur Schule - welches meinerseits ein großer Irrtum war, denn zur Schule musste ich trotzdem gehen. Nur die Schularbeiten sind ausgefallen.

Dieses Handicap brachte auch eine große Lebenserfahrung. Ich konnte mit einem Mal fast nichts mehr selbst machen. Selbst das Essen, welches schon mundgerecht vorbereitet wurde, ist mit der linken Hand ein Balanceakt geworden. Es gib mit der linken Hand vieles, man muss nur die richtige Einstellung dafür bekommen.

Meine Mutter hatte häufig flotte Sprüche auf Lager. Zu meinem Malheur sagte sie: Unkraut vergeht nicht, und bis zur Hochzeit ist alles wieder heil.

Sie hatte ja so recht gehabt mit ihren Weisheiten. Jetzt bin ich schon über 70 Jahre und über 50 Jahre verheiratet.

Getreide und Heufach

In der Scheune waren hinter den abgemauerten Ställen freie Fächer. Man nannte es Tas. Ich diese Fächer kamen die Getreidebunde, später das Stroh. In einem Fach war das Heu. Ein Tummelplatz für uns Kinder. So manches Mal sind bis zu 15 Kinder zusammengekommen. Da tobte das Leben.

In der Mitte des Faches war ein ziemlich dicker Balken von ca. 15 x 20 cm zum Halten der Außenmauer auf einer Höhe von ca. 2 m.

Mitte Juni war die erste Mahd. Das Gras war schnell trocken und ich sollte das Heu holen. Ich hatte einen duften Kumpel, der mir dabei half. Das hat dem Kumpel auch noch Spaß gemacht. Ich konnte so viel Spaß nicht vertragen. Mein Kumpel hat das Heu mit der Forke auf den Wagen gehievt. Ich habe dann das Heu auf den Wagen gestapelt, so wie es mir beigebracht wurde und ich gelernt habe. Aber irgendwo habe ich nicht aufgepasst. Einmal ist die Heufuhre nicht heil nach Hause gekommen. Ein Teil der Fuhre ist unterwes auseinandergerutscht. Die Hälfte Heu von der Fuhre lag auf dem Weg. Was blieb uns anderes übrig, als den vorhandenen Teil nach Hause zu fahren, abzuliefern und anschließend die andere Hälfte zu holen?

Das Tas füllte sich langsam mit Heu und es maßte Spaß, vom Stalldach in das duftende Heu zu springen. Allein wegen der vielen getrockneten Kräuter roch es so angenehm.

Versteckspielen

Noch mehr machte, das Versteckspielen Spaß. Die ganze Scheune war ein großer Tummelplatz.

Das Heutas wurde immer voller. Jetzt kam das Heu auf das Stalldach und von dort in das Fach. Jetzt sind wir Kinder mit der Leiter eine Balkenlage höher gestiegen. Von dort konnte ich einen dreifachen Salto in das Heu machen. Jeder war nicht so mutig wie ich. Einer sprang nur so ohne Überschlag. Andere versuchten es mit ein oder zwei Überschlägen.

Als sich das Tas immer weiter füllte, fiel das Heu auch auf den Balken, den so genannten Anker für die Außenwand. Dadurch entstand für uns ein ideales Versteck. Es war wie ein Zeltdach, aber aus Heu. Das Glück war außerdem noch auf meiner Seite. Genau unter diesem Balken war noch eine Maueröffnung, nicht größer als ein hochkant stehender Stein. Diese Öffnung sorgte für Licht und Luft und für uns ein Wohlbefinden.

Tonrohre in Nuthe

Hinter der Scheune war unser Garten, ca. 2.000 qm groß. Dahinter war der Fluss. Es war Winter. Der Fluss führte Hochwasser. Außerdem war das Eis mindestens 20 cm stark. Ideal zum Schlittschuhlaufen, aber keiner von uns Jungs hatte Lust dazu. Was konnten wir nur machen?

Ich hatte eine für meine Begriffe gute Idee. In unserem Garten lag ein großer Stapel Tonrohre, die 1 m lang waren und eine Öffnung von 15 cm hatten. Die Dinger waren so schwer, dass 4 Kinder solch ein Rohr getragen haben, um damit auf das Eis zu kommen. Dann wurde Stroh aus der Scheune geholt und in das Rohr gestopft. Ein Junge hatte ein Sturmfeuerzeug dabei, womit das Stroh angesteckt wurde. Solch ein Feuerzeug war für uns eine Rarität. Streichhölzer gab es so gut wie keine. Die Flamme ging auch bei starkem Wind nicht aus.

Als das Stroh im Rohr so richtig brannte, haben wir es aufgerichtet. Erst kam der Qualm wie aus einem Schornstein aus dem Rohr, bis die Flammen sich zeigten. Das war ein Spaß. Die Hände konnten wir uns an dem Rohr auch noch wärmen. Durch die Hitze des Rohres schmolz das Eis. Das Tonrohr verschwand mit einem Zischen ins brodelnde Wasser. Das hatte uns Kindern so gut gefallen und Spaß gemacht, dass wir erst aufhörten, als das letzte Rohr im Fluss versenkt war.

An die Folgen habe ich keinen Gedanken verschwendet. Die kamen erst später.

Als mein Vater die Tonrohre verlegen wollte und keine mehr da waren, musste ich beichten. Mein Vater schüttelte nur den Kopf und ging.

Die Rohre wurden im Sommer bei Niedrigwasser aus dem Fluss geholt. Schaden hatten sie nicht genommen.

Feuer in Scheune

Mein kleiner Bruder, der bei dem Tonrohre-Versenken auch dabei war, muss das Feuermachen so gut gefallen haben, dass er es auch einmal ausprobieren wollte und auch machte. Er hatte sich nur den falschen Platz dafür ausgesucht. Das Feuer hatte er in der Scheune gemacht.

Die Folgen waren gewaltig, aber nicht verheerend. Als durch das brennende Stroh, welches in der Tenne angezündet wurde, sich das Feuer schnell ausbreitete und der Qualm durch die Dachziegel drang, war Alarm angesagt. Es waren mit einem Mal viele Leute da, die geholfen haben, den Brand zu löschen.

Unten wurde mit Wasser aus der Pumpe gelöscht. Oben wurden die brennenden Bunde aus der Dachluke geworfen. Sie haben es geschafft, den Brand zu löschen. Nur die Dreschmaschine und die Klapper, die in der Tenne standen, haben bleibende Brandspuren behalten.

Fahrrad-Kittelschürze

Meine Mutter war mit dem Fahrrad im Nachbarort und hatte bei einer Feierlichkeit geholfen.

Als sie in der Nacht die 4 km nach Hause fuhr, merkte sie, dass jemand hinter ihr her war. Sie fuhr so schnell, wie sie konnte. Aber er ließ sich nicht abschütteln. Da war immer noch jemand hinter ihr her.

Als sie total außer Puste zu Hause angekommen war und vom Fahrrad sprang, war ihr alles egal, was mit ihr geschieht.

Da stellte sie fest, dass die Kittelschürze, die sie auf dem Fahrradständer hatte, sich gelöst hatte und nur noch an einem Band von dem Fahrrad gehalten wurde. Durch den Fahrtwind hat die flatternde Schürze alles noch verstärkt. Als unsere Mutter dies am nächsten Tag erzählte, haben wir herzhaft gelacht.

Maxim Gorki

Mein großer Bruder hatte zu seiner Konfirmation ein Buch geschenkt bekommen. Es war das einzige Buch im Haus. Die Bücher, die wir im Haus hatten, sind von den Russen verbrannt worden.

Dieses Buch hieß „Maxim Gorki". In der Anfangsseite war in Buchgröße Maxim Gorki abgebildet, aber auch noch andere Bilder. Mein kleiner Bruder und ich haben das Buch schon wegen der Bilder öfter durchgeblättert.

Unsere Mutter ist mit uns beiden in die Stadt gefahren, um eine Dampferfahrt zu machen. Diese Idee hatten viele andere auch. Der Dampfer war rappelvoll und wir mussten stehen.

Meine Muter hatte den Kleinen auf dem Arm. Als meine Mutter eine halbe Drehung machte, sah mein kleiner Bruder ein Bild an der Schiffswand und sagte: Mutti, guck mal, Maxim Gorki. - Es hing das gleiche Bild wie aus dem Buch dort.

Die Leute haben sich die ganze Dampferfahrt nicht mehr eingekriegt, woher der Steppke den Schriftsteller kennt. Als meine Mutter darüber befragt wurde, sagte sie nur: Diesen Mann muss man doch kennen.

Briefmarkenalbum als Schulheft

Auf unserem Boden lag ein ziemlich dickes Briefmarkenalbum herum. Es waren viele Marken drin. Einige waren interessant, weil sie so schön bunt waren. Interessiert haben mich diese Briefmarken zu dieser Zeit noch nicht. Es war ein Album mit Marken aus aller Welt.
Mein älterer Bruder hatte irgendwann eine andere Verwendung dafür. Er benutzte die Rückseiten der Blätter zum Schularbeiten machen. Wir hatten wieder einmal kein Geld, um Schreib- oder Rechenhefte zu kaufen.
Ich weiß noch, dass ich mit einem älteren Jungen Briefmarken für einen Tennisball tauschte. Ich war stolz, solch einen Ball zu besitzen.
Mein Bruder hat bis heute kein Interesse, Briefmarken zu sammeln. So sind auch die anderen Marken nach Irgendwo gewandert. Es waren bestimmt auch wertvolle Marken dabei.
Man sollte im Leben solchen Sachen nicht nachtrauern. Erstens kommt es anders und zweitens als man denkt.

Holzpantinen – Barfuß

Im Sommer bin ich grundsätzlich barfuß gelaufen. Holzpantinen, die ich auch hatte, wurden geschont, denn die waren recht teuer. Morgens, wenn ich zur Schule ging und es noch kalt war, haben die Füße ganz schön gezingert. Der Sommer war halt Barfußzeit.
Die Nerven der Beine waren ganz schön abgestumpft. Kleine Steine oder andere Sachen wurden auf dem Weg ignoriert. Selbst auf den abgemähten Getreidefeldern sind wir über die Stoppelfelder geflitzt. Blaue Flecken oder offene Wunden wurden einfach ignoriert. Meine Oma sage zu den offenen Wunden: Puller darauf, das desinfiziert.

Ich hatte dafür einen Lenker und das hatte auch meistens auch funktioniert. Es ist auch des Öfteren Schmutz in die Wunde gekommen. Dann musste dieser Fuß in ein Kernseifenbad. Die Wunde wurde gründlich ausgewaschen. Anschließend mit einem Lappen verbunden. Pflaster und Binden war rar.

Im Winter, wenn überall Eis oder Schnee war, machte das Schliddern mit den Holzpantinen so richtig Spaß. Das einzige Handicap: Die Pantinen haben sich zu schnell abgenutzt. Wenn nicht rechtzeitig etwas dagegen unternommen wurde, ist die zu dünn gewordene Holzsohle durchgebrochen. Weiterlaufen mit den kaputten Pantinen war unmöglich. Zu Hause wurden die Pantinen wieder auf Vordermann gebracht. Es wurden Sohlen aus einem Fahrradmantel geschnitten und mit Texe, keine Nägel, darunter genagelt. Dies musste reichen, bis der Stellmacher neue Holzsohlen gefertigt hatte.

Igeliet oder Baggalietstiefel

Im Winter, wenn der Schnee so hoch lag, dass Holzpantinen tragen so gut wie unmöglich war, dann waren nasse Socken vorprogrammiert.

Da kamen dann die Igeliet oder Baggalietstiefel zum Einsatz. Für mich war es der erste Kunststoff. Ohne Rosshaarsocken hätte man sich die Zehen abfrieren können. Außerdem waren sie sehr schweißtreibend. Der Berliner würde sagen: Det sind richtige Keesebeene. Wenn die Stiefel ausgezogen wurden, stank es zum Himmel. Der Vorteil war, dass man auch durch hohen Schnee laufen konnte und auf der Schlidderbahn ungeahnte Weiten erreichte. Am besten hat es mir gefallen, eine Station an der hinteren Stoßstange vom Bus sich festzuhalten und mitzuschliddern. Auf den Straßen war der Schnee nur festgefahren. Geräumt wurden die Straßen zu dieser Zeit noch nicht.

Wenn dann einmal ein Schlitten mit ein oder zwei Pferden davor kam, durften wir Kinder unsere Schlitten hinten anhängen und mitfahren. Das hat immer Spaß gemacht.

Pumpe und Kanne eingefroren

Im Winter hatten wir oft Probleme mit unserer Wasserpumpe auf dem Hof. Obwohl die Pumpe mit reichlich Stroh eingepackt wurde, konnte es passieren, wenn das Wasser nicht abgelassen wurde, dass die Pumpe einfror.

Nun hatten meine Eltern Probleme, die Pumpe wieder aufzutauen. Es gab zwei Möglichkeiten. Salz reinschütten oder Stroh um die Pumpe legen und anstecken. Beides sollte das Eis in der Pumpe zum Schmelzen bringen, was ja auch immer klappte.

Besser war es, das Wasser abzulassen. Mit einem kleinen Hebel wurde das Wasser abgelassen. Vorher musste aber erst noch ein Eimer Wasser abgepumt werden, um es am nächsten Tag zum Auffüllen parat zu haben.

Einmal wurde eine große Milchkanne mit Wasser drin draußen stehen gelassen. Ich war erstaunt, was Frost bewirken konnte. Das gefrorene Eis in der Kanne hatte einen großen Riss im Boden verursacht.

Porree im Garten

Der Porree in unserem Garten wurde geerntet, wenn er gebraucht wurde. Im Winter hatten wir Probleme. Wenn der Fluss Hochwasser führte, sickerte das Wasser durchs Erdreich und unser Garten stand zur Hälfte unter Wasser. Wenn noch Frost dazu kam, musste mit einem Beil geerntet werden. Mit einem Beil wurde das Eis um den Porree zerschlagen, um anschließend die Staude herauszuziehen.

Schlachten im Winter

Im Winter, von November bis März, ist mein Vater schlachten gegangen. Es waren hauptsächlich Schweine, aber auch Ziegen, Schafe und Rinder.

Ein Schwein zu schlachten und zu verarbeiten, war an einem Tag zu schaffen. Nur die Länge der Arbeitszeit war unterschiedlich. Es richtete sich danach, wie viel Leute mitgeholfen haben.

Das Schwein wurde mit einem Bolzenschussgerät betäubt. Am Ende des Gerätes kam eine kleine Platzpatrone rein. Wenn diese Patrone gezündet wurde, kam vorne ein Bolzen heraus und betäubte das Schwein. Das Gerät musste dabei direkt an die Stirn des Schweins gehalten werden, um das Schwein zu betäuben. Dann wurde am Vorderbein die Hauptschlagader aufgeschnitten. In einer großen Schüssel wurde das Blut aufgefangen. Dabei wurde das Blut mit der Hand gerührt, damit es nicht klumpig wird, musste es ununterbrochen mit der Hand gerührt werden. Das blut wurde für die Blutwurst benötigt. Danach wurde das Schwein in einem Trog mit heißem Wasser übergossen. Es war eigentlich kochendes Wasser, damit sich die Borsten von der Haut lösen und sich besser mit einer Schrubglocke abschruppen lassen. Dann wurde das Schwein an den Beinen gepackt und dann auf eine extra zum Schlachten gefertigte Leiter gehievt. An den Hinterbeinen angebunden, wurde die Leiter zur Ausweidung an eine Wand gestellt. Anschließend wurde das Schwein zerkleinert. Schinken und Speck kamen in eine Salzlake zum Pökeln und das andere wurde überwiegend zu Wurst verarbeitet.

Für diese Arbeit gab es oft kein Geld, sondern Sachwerte: Etwas vom Geschlachteten. Geld hatte zu dieser Zeit kaum einer. Die Bauern, es waren meist Großbauern, die am meisten hatten, gaben am wenigsten. Noch nicht einmal Wurstbrühe.

Mein Vater kannte seine Pappenheimer und handelte danach.

Das Schweinefell, außer Bauch und Kopfteil, musste zur Lederverarbeitung abgegeben werden. Der Fachmann, mein Vater, konnte das Fell vom Fett ganz säuberlich trennen. Bei den knausrigen Bauern aber nicht, da blieb reichlich Fett an der Schwarte. Da mein Vater diese Schweinefelle sammelte und ablieferte, war die Möglichkeit gegeben, das Fell einer Sonderbehandlung zu unterziehen. Das Fett wurde von der Schwarte abgetrennt.

Kleine Fleischstückchen und die Fettstücke wurden in einer Pfanne gebraten. Die Grieben haben mir am besten geschmeckt. Wenn es Topfwurst gab, kamen da auch Grieben rauf und wurden dann zum Brutzeln in die Grude geschoben. Mit Salzkartoffeln war es das beste Essen, das man sich vorstellen konnte.

Pfannkuchen und Hering

Bei meinem Vater war es das Gegenteil. Wenn er zu den Leuten schlachten ging, hatte er den halben Tag mit Abkosten der Wurstmasse zu tun. Das rohe Fleisch, welches im Wolf zerkleinert wurde, wurde für die Schlakwurst oder Hackepeter verwendet. Hackepeter habe ich immer gerne gegessen.

Die Wurstmasse würzte mein Vater nach Gefühl aus der Hand. Das konnte er sehr gut. Dies war auch die Meinung all seiner Kunden. Wenn die Kochwurst an die Reihe kam, wenn wir schlachteten, musste ich auch immer mit ran. Das Fleisch in kleine Würfel schneiden. Meistens war es Wellfleisch. Damals habe ich das Wellfleisch gerne gegessen. Es ist halbgar gekochtes Fleisch. Heute lasse ich das Fette vom gekochten Schinken auf dem Tellerrand liegen.

Wenn mein Vater die Masse in der Molle zusammengemanscht hatte, mit all den Gewürzen, sah es nicht appetitlich aus. Gewürzt wurde wie der Berliner sagt: Frei nach Schnauze. Das konnte mein Vater sehr gut. Abgeschmeckt wurde sofort. Andere Fleischer haben die Masse erst gebraten.

Wenn mein Vater von der Arbeit nach Hause kam, wollte er kein Fleisch mehr essen. Er aß dafür andere Sachen. Für mich waren sie kurios. Einmal hatte er in der einen Hand einen Hering und in der anderen einen Pfannkuchen. Den Hering lutschte er von der Gräte und anschließend biss er in den Pfannkuchen.

Für ihn war eine solche Zusammenstellung eine Delikatesse.

Messer schärfen

Der Tagesablauf meines Vaters war immer der gleiche: Tiere schlachten; und weil es oft genug sehr kalt war, wurde ihm auch Schnaps angeboten. Na ja, der Tag war lang. Auf dem Nachhauseweg ist er noch in die Gaststätte eingekehrt. Die war ja gleich nebenan. Ein paar Bierchen mussten es schon sein. Sonntags ist mein Vater nicht schlachten gegangen, da musste ich dann mit einer Siffonflasche Bier holen. Flaschenbier war knapp und teuer.
Am Abend hat mein Vater alle seine Messer, die er zum Schlachten benötigte, geschärft. Anschließend mussten wir Kinder ihn knuddeln. Mit den Fäusten auf seinen Rücken schlagen. Wenn ich dran war und keine Lust dazu hatte, habe ich mit aller Wucht zugeschlagen und habe meine stille Wut ausgelassen. Sein Kommentar: Das hast du aber gut gemacht!
Am meisten war ich fasziniert darüber: Wenn er Feuer brauchte, um eine Zigarette anzuzünden, nahm er ein Stück Glut aus dem Ofen. Er hat sich nicht dabei die Finger verbrannt. Es war schon erstaunlich, nachdem er die Glut wieder in den Ofen geworfen hatte.

Tierarzt-Ersatz

Mein Vater wurde oft gerufen als Retter in der Not, um Tieren zu helfen.
Da war eine Kuh, die zu viel Klee gefressen hatte, was Blähungen verursachte. Die Kuh hatte schon einen wahnsinnig dicken Bauch. Es sah aus, als wenn sie platzen würde. Also notschlachten.
Mein Vater wusste durch das Schlachten immer, wo die inneren Organe sitzen und handelte danach. Er nahm einen Metallstab, klopfte mit einem Hammer eine Spitze ran und hielt den Stab in das Feuer, welches in der Zwischenzeit gemacht wurde. So wurde der Stahl steril gemacht. Anschließend rammte mein Vater diesen Stab in den Kuhleib. Mir ist ganz schlecht geworden vom bloßen Zugucken.

Die Gase konnten entweichen und die Kuh war gerettet.

Ich habe auch öfter zugeschaut, wie kleine Schweinchen, Ferkel, kastriert wurden. Mein Vater nahm, sitzend, ein Schweinchen zwischen die Beine und schnitt mit einer Rasierklinge die Hoden ab.

Ein anderes Mal wurde mein Vater gerufen, weil ein Kälbchen nicht auf die Welt kommen wollte oder konnte. Die werdende Mutter hatte schon die ganze Nachbarschaft zusammen gebrüllt.

Ich war auch auf diesem Hof, durfte aber nicht mit in den Stall. Das ist nichts für kleine Kinder, wurde mir gesagt. Mein Vater erzählte, dass das Kälbchen verkehrt herum lag. Er hat es im Körper der Kuh gedreht. Das Kälbchen kam ganz natürlich zur Welt. Beide Tiere waren gerettet.

Schweinetrog

Mein Vater wollte am kommenden Tag im Nachbarort beim Gastwirt ein Schwein schlachten. Der Trog war schon da.

In der Gaststätte waren Männer, denen das Bier sehr gut schmeckte. Einer von denen war so abgefüllt, dass er nicht mehr gehen konnte. Sein Saufkumpane hatten eine Lösung: Sie nahmen den Wagen mit dem Trog darauf, bugsierten den Kumpel in den Trog, um ihn so nach Hause zu fahren. Der Weg führte durch den halben Ort. Der sogenannte Bürgersteig war ein Sandweg. Nur die Einfahrten zu den einzelnen Gehöften waren gepflastert.

Als die Saufkumpane mit diesem Gefährt über solch eine gepflasterte Hofeinfahrt fuhren, sprang der Kumpel aus dem Trog und gab jedem der anwesenden Kumpel eine schallende Ohrfeige und legte sich anschließend wieder in den Trog. Die Kumpel verstanden die Welt nicht mehr. Sie brachten ihn aber trotzdem nach Hause.

Am nächsten Tag wollten sie wissen, warum er sie geschlagen habe. Seine Antwort war: Sie hätten die Luft aus seinem Autoreifen gelassen. Denn er war der Einzige im Ort, der zu dieser Zeit einen Personenwagen besessen hatte.

Tierhändler

Mein Vater handelte auch mit Tieren. Vom Kälbchen bis zum Bullen. Wenn es irgendwas oder irgendwo etwas zu kaufen oder verkaufen gab, war mein Vater am Ball. Da war mein kleiner Bruder immer dabei. Da gab es dann, meistens, für ihn ein Trinkgeld, das sogenannte Schwanzgeld für einen guten Abschluss oder ein gutes Ende.

Mich hat so etwas überhaupt nicht interessiert. Ein einziges Mal war ich am Verkauf einer Ferse beteiligt. Eine Ferse ist noch eine jungfräuliche Kuh. Da habe ich 3 Mark bekommen, das war für mich ein Haufen Geld. Für einmal ins Kino gehen, kostete der Eintritt 25 Pfennig.

Ziegen und Hundefleisch

Ich weiß nicht, was mein Vater damit bezweckte, mich zu beauftragen, ein zu klein geratenes Zicklein zu schlachten und zu vergraben.

Ich konnte noch nicht einmal ein Huhn schlachten.

Wir hatten in unserer Straße einen Flüchtling, von dem gesagt wurde, dass er auch Hundefleisch isst. Mein Weg führte mich zu diesem Flüchtling. Er war begeistert von meinem Angebot. Er kam gleich mit, um die Ziege abzuholen. Als mein Vater nach Hause kam, war seine erste Frage, ob die Ziege noch da ist. Ich konnte es verneinen und erzählte ihm die Geschichte. Seine Antwort war: Ist auch gut. - Was er wirklich darüber dachte, habe ich nie erfahren.

Keller Ofenfeuer

Wenn wir abends in unserer Kellerküche waren zum Essen, kam häufig die Stromsperre und wir saßen im Dunkeln. Um Kerzen zu sparen, sind wir zum gemütlichen Teil übergegangen. Alle haben wir uns eine Sitzgelegenheit gesucht. Eine Hutsche, ein umgedrehter Eimer, ein Stuhl war schon zu hoch. Meine Mutter machte die Tür von der Brennstelle auf, so konnten wir sehen, wie das Feuer brannte. Wir sagten uns, dass dies ein Kaminfeuer ist, obwohl es nur mausegroß war. Einbildung macht stark.

Wir saßen vor dem Ofen und schauten in das Feuer und sangen meistens Kanons. Oder meine Mutter erzählte uns kleine lustige Geschichten. So machten wir aus der Not eine Tugend und hatten auch noch Spaß dabei. Kerzen haben wir auch noch gespart.

Großer Waschkessel

Wenn man vom Flur die Kellertreppe runter ging, stand in der Ecke zwischen 2 Türen ein Waschkessel.

Wie der Name schon sagte: Dieser Kessel wurde alle 14 Tage zum Wäschekochen genommen. Es war immer ein ganz schwerer Arbeitstag für meine Mutter und auch für uns, denn wir mussten, wenn wir aus der Schule kamen, immer helfen, die Wäsche auszuwringen.

In den Kochkessel kam ein Waschpulver von Henkel. Zum Schrubben auf dem Waschbrett benutzte man Ata und Kernseife, um den Schmutz aus der Wäsche zu bekommen. Die Wäschestücke gingen damals dadurch schneller kaputt als wie heute.

Ich habe zu meiner Konfirmation noch ein Oberhemd bekommen, welches noch einen zweiten Kragen hatte. Wenn der eine schmutzig war, wurde der andere benutzt. Gehalten wurden die Kragen wie mit Manschettenknöpfen, nur kleiner. Die Manschetten waren doppelt so lang. Wenn sie schmutzig waren, wurden sie nach innen geklappt. Ich bekam auch noch Manschettenknöpfe für das Hemd. Zu den Socken, die ich bekam, waren auch noch Strumpfhalter. Die Socken hatten zu dieser Zeit noch keinen Gummizug.

Pflaumenmus

In diesem Waschkessel wurde auch noch Pflaumenmus gekocht. Die Pflaumen wurden gewaschen, entkernt, dann kamen sie in den Kessel, bis er voll war. Es dauerte Stunden, bis das Pflaumenmus fertig war.

Zum Anfang mussten wir Kinder zum Rühren ran. Da ging es noch leicht, weil das zu werdende Mus noch dünn war. Der Rührstab bestand aus einer Stange mit einem Brett vorne dran. Dieses Brettstück reichte bis zum Boden des Kessels. Je mehr die Pflaumen einkochten, umso schwerer war das Mus zu rühren. Gerührt musste ununterbrochen werden, sonst konnte das Mus anbrennen und die Arbeit wäre umsonst gewesen. Angebranntes Mus schmeckt scheußlich. Als es für uns Kinder zu schwer wurde, haben die Erwachsenen weiter gerührt, bis das Mus fertig war.

Panzerfaust – Entschärfer

Unser neuer Nachbar war Bombenentschärfer und wir profitierten auch davon.

Außer Bomben, Handgranaten und anderer Munition machte er auch Panzerfäuste unschädlich. Die Schwefelmasse brachte er immer mit, sie war sehr gut zum Feuer anmachen. Die Masse des Schwefels war sehr fest. Es mussten mit einem Hammer Stücke davon abgeschlagen werden, um damit Feuer zu machen. Diese Panzerfaustmasse war nicht explosiv. Es war schwer, das Zeug anzustecken, wenn es aber brannte, war es schwer zu löschen. Dadurch wurde auch nasses Holz trocken. Der einzige Nachteil war: Nach dem Anstecken der Masse stank es fürchterlich.

Alles Gute beieinander kann man nicht haben.

Kohlrüben und Bratkartoffeln

Wir hatten einen großen gusseisernen Topf mit Kohlrüben zum Essen. Aber keiner von uns wollte sie. Die schmeckten ausgesprochen eklig. Die Rüben waren furchtbar angebrannt.

Da kam der Mann, der aus dem Nachbarort stammte und einen Lkw besaß und uns auch schon viel damit geholfen hatte. Meine Mutter bot ihm von diesen Kohlrüben an, aber mit Vorwarnung. Dem schmeckten die Rüben so gut, dass er den ganzen Topf leer futterte.

Der muss ja einen Magen, so groß wie ein Wassereimer, gehabt haben.

Ein anderes Mal: Meine Mutter hatte gerade eine große Pfanne voll Bratkartoffeln fertig. Da kam wieder dieser Mann. Meine Mutter hat ihm als erstes die Bratkartoffeln angeboten. Sie sagte, wir könnten ja danach welche davon essen. Der Mann hörte aber nicht auf zu essen. Bis ich wütend rief: Mutti, jetzt hat er die letzte im Rachen!

Ich war voller Zorn und meiner Mutter waren meine Worte sehr peinlich.

Solche Sachen passierten aber später noch öfter.

Alu-Kochtöpfe

Wir haben nach dem krieg fast nur Aluminiumkochtöpfe gehabt. Das war das billigste Material zu dieser Zeit, weil es aus Tonerde gewonnen wurde. Nur die Qualität und Haltbarkeit waren miserabel. Irgendwann war ein Loch durch die Hitze im Kochtopf entstanden. Zum Wegschmeißen war er zu kostbar. Der Topf wurde repariert. Ein Aluminiumplättchen und ein gleich großes Asbestplättchen von innen und außen zusammengeschraubt, und schon war der Topf verwendungsfähig.

Backofen – Backen

Als sich später alles wieder einigermaßen normalisiert hatte und die Russen nicht mehr plündernd durch die Häuser zogen, da haben wir auch wieder gebacken. Das war für mich ein großes Erlebnis.

Die Grude hatte einen anderen Stammplatz gefunden. Nun konnte der Backofen angeheizt werden. Im Ofen wurde so viel Reisig verbrannt, bis die Backofensteine rotglühend waren.

Zuerst kamen riesige Brote in den Ofen. Meine Mutter sagte, dass ein Brot ca. 10 Pfund wiegt. Nach der halben Backzeit wurde das Brot in Wasser getaucht. Sie bekamen dadurch eine dickere Kruste und blieben dadurch länger frisch. Die rechten und linken Nachbarn haben auch ihre Sachen gebracht. Es wurde ja nicht nur Brot gebacken. Als nächstes kamen die Napfkuchen und anschließend die Kuchenbleche in den Ofen. Zum Schluss wurden noch Schrippen und Kekse gebacken. Dafür reichte die Resthitze noch aus.

Lebensmittelkarten Mäuse

Wir hatten zu dieser Zeit auch noch Lebensmittelkarten. Später wurden wir durch den Landbesitz Selbstversorger.

Die Lebensmittelkarten wurden nach dem Einkauf auf dem Tisch liegen gelassen. Am Morgen waren die Karten verschwunden. Alles Suchen half nichts. Die Karten muss jemand gestohlen haben, bis mir etwas runter fiel. Beim Aufheben des Gegenstandes sah ich ein Schnipselchen Papier. Es entpuppte sich als ein Stückchen von den Lebensmittelkarten. Es waren Mäuse am Werk. Im Sturzbereich der Türfüllung zum Nachbarraum wurden die anderen Schnipsel gefunden. Die Mäuse hatten sich ein schönes warmes Nest gebaut.

Wir haben uns alle um den Tisch gesetzt und haben angefangen, die Schnipsel zu sortieren. Anschließend wurden sie mit Mehlkleister auf Zeitungspapier zusammengeklebt. Andere Klebmasse hatten wir nicht.

Beim Kaufmann wurde unser Kunstwerk abgenommen.

Schaukelpferd

Mit meinen 2 Geschwistern, beide 5 Jahre nach oben und unten auseinander, gab es immer Zoff. Wir haben uns in den seltensten Fällen vertragen, unsere Anschauungen waren zu unterschiedlich.

Einmal, da haben mein älterer Bruder und ich uns wieder einmal fürchterlich geprügelt. Das ging alles nur, weil ich viel schneller war als er. Ich habe ihn mit einem Besenstiel geschlagen und auch am Bein verletzt. Seine Wut kannte keine Grenzen mehr. Ich war auf der Flucht und er hinter mir her.

Rein ins Haus, die Treppe hoch und rein in unser Kinderzimmer Es standen 3 Betten und 2 Schränke darin. 2 Betten standen wie sogenannte Ehebetten zusammen. Mein Bruder war dicht hinter mir. Ich über die 2 Betten, raus aus dem Zimmer und habe die Tür zugeknallt. Er wusste nicht, dass ich hinter der Tür stehen geblieben bin. Als er die Tür aufriss und hinter mir her wollte, da habe ich ihm mit all meiner Kraft einen Schwinger in die Magengrube verpasst. Da ist ihm die Luft weggeblieben und er konnte nicht mehr hinter mir her.

Da stand auf diesem Treppenabsatz ein ziemlich großes und schönes, mit Fell bezogenes Schaukelpferd. Mein Bruder schnappte sich dieses Pferd, um es mir auf den Kopf zu werfen. Hätte mich das Pferd getroffen, würde ich kaputt sein und nicht das Pferd. Es waren nur noch Bruchstücke. Also Schrott. Es war nicht mehr zu reparieren.

Schularbeiten

Mein Bruder und ich hatten wieder einmal große Meinungsverschiedenheiten und Handgreiflichkeiten. Der sichtbare Erfolg war ein blaues Auge meinerseits. Mein armer geschundener Körper.

Mein Bruder hatte auch schon Schulhefte. Er hatte für diesen Tag auch schon Schularbeiten gemacht.

Meine Rachegelüste waren groß. Mir fiel nichts Besseres ein, als die für den nächsten Tag gemachten Schularbeiten meines Bruders aus den Heften zu reißen.

Der nächste Schultag muss für meinen Bruder schrecklich gewesen sein. Er meinte, dass er mich am liebsten umgebracht hätte.

Bettkissen

Irgendwie hätte er es auch fast geschafft.

Wir lagen am Morgen noch in den Betten und alberten rum. Da ist ein Zipfel von meinem Kopfkissen aus Versehen in sein Auge geraten. Das Geheule war groß und die Wut auf mich noch größer.

Er nahm sein Kopfkissen und drückte es mir ins Gesicht. Erst dachte ich, es wäre eine Spaßattacke. Als meine Luft zum Atmen immer weniger wurde und schreien nicht möglich war, sondern nur noch strampeln, war meine Todesangst riesengroß. Irgendwann bin ich bewusstlos geworden. Ein Kribbeln im Gesicht war meine erste Wahrnehmung. Das Kribbeln war die streichelnde Hand meiner Muter.

Von da an konnte ich nicht mehr mit meinem Bruder in dem großen Familienbett schlafen. Ich habe daraufhin das Einzelbett, aber im gleichen Zimmer, bekommen.

Lachanfall

Wir saßen in der Waschküche im Keller, welches nun unsere Küche ist, und aßen Bratkartoffeln.

Irgendwie musste meine Mutter über irgendwas lachen. Ich fiel in das Lachen mit ein. Mein Vater wurde darüber wütend und wir beide lachten noch mehr. Das steigerte sich mit dem Lachen soweit, dass meine Muter einen Lachkrampf bekam.

Mein Vater ist fürchterlich wütend geworden, dass er vor lauter Wut den Teller mit den Bratkartoffeln an die Wand geworfen hat.

Meine Mutter und ich rannten raus in den Flur, um uns auf der Treppe sitzend auszulachen.

Als wir dann wieder in die Küche kamen, war mein Vater verschwunden. Es gab noch einen zweiten Ausgang zum Hof. Meine Mutter nahm die Bratkartoffeln vom Teller in die Pfanne, um sie noch einmal heiß zu machen. Wir verspeisten gemütlich die Bratkartoffeln. Erst dann hatte meine Mutter das von meinem Vater angerichtete Chaos beseitigt.

Linde und Bruder

Mein kleiner Bruder hatte die Angewohnheit, fast alles zu verraten, wenn ich Blödsinn angestellt hatte. Wir konnten als Clique den Petzer nicht gebrauchen. Er wollte aber unbedingt mitkommen. Mir blieb keine andere Wahl, als drastische Maßnahmen zu ergreifen.

Es lag ein Tau, das ist ein ganz dickes Seil, auf dem Hof, welches ich meinem Bruder unter die Arme festband. Wir hatten auf dem Hof eine Linde, an der ich das Tau über einen Ast warf und so straff anzog, dass mein Bruder nur noch auf Zehenspitzen stehen konnte. Dies alles nur, damit er sich nicht von allein befreien konnte.

Dies machte meinen Vater, als er ein paar Stunden später von der Arbeit nach Hause kam, recht wütend.

Als ich nach hause kam, schnappte mich mein Vater, befreite sich von seinem Gürtel und walkte meinen zarten Popo gewaltig durch.

Ich konnte ein paar Tage nicht so richtig sitzen. Die Verfärbungen am Po veränderten sich jeden Tag: von rot, blau ging es dann in braun über. Es hatte danach auch fürchterlich gejuckt.

Ich hatte davor und danach meinen Vater nie mehr so wütend gesehen. Es war auch das einzige Mal, wo ich Prügel von ihm bezogen habe.

Brennnessel-Tee

Meine Oma hatte einen unwahrscheinlichen Wissensschatz über die Natur. Diesmal geht es über die Kraft des Mondes für die Pflanzen. Wenn der Mond abnimmt, geht die Kraft in die Pflanzen, die in der Erde wachsen wie Mohrrüben und Radieschen. Bei zunehmendem Mond ist es umgekehrt, da geht die Kraft in die Pflanzen über der Erde wie Salate und Gemüse.

Meine Oma hat mir dies bei Brennnesseln nicht nur erklärt, sondern auch vorgeführt. Sie hat einen Brennnessel-Tee bei zunehmendem Mond aufgebrüht. Der Tee war aromatisch und hat gut geschmeckt. Der Tee bei abnehmendem Mond sah genau so aus. Eine schöne braune Farbe. Er hat nur wie Wasser geschmeckt.

Ich benutzte da lieber mein Brausepulver, um meine Geschmacksnerven zu stimulieren. Aus Brause habe ich mir nichts gemacht. Aus dem Pulver schon. Es sprudelte so schön im Mund.

Rattenfalle

Um die Ratten in der Scheune und in den Stallungen loszuwerden, hätten wir 20 Fallen gebraucht, denn der Nachschub von Wasser war sehr groß und die Gebärfreude der Ratten noch größer.

Mein Vater baute sich nur eine Rattenfalle, aber die hatte es in sich. Sie war brutal.

Der Kasten war 20 x 20 x 50 cm aus Holzbrettern gefertigt. Vorn am Kasten war ein Drahtgitter. Oben eine Klappe und hinten eine Wippe. Diese Wippe war so groß, dass sie die gesamte Öffnung versperrte. Der Köder war im oberen Bereich der Wippe. Die Ratte, die an den Köder wollte, musste so hoch, dass die Wippe nach innen klappte. Im unteren Bereich der Wippe war ein Stab als Sperre, damit die Ratte nicht mehr von innen nach außen konnte. Die Ratte war gefangen.

Als mein Vater die gefangene Ratte sah, meinte er: Jetzt werde ich alles vorbereiten. Da habe ich Reißaus genommen. Ich habe dieses Szenario einmal miterlebt. Das hatte mir gereicht.

Mein Vater machte einen Feuerhaken glühend, um anschließend der Ratte das Fell zu versengen. Die Ratte schrie fürchterlich. Darum bin ich abgehauen.

Das mit dem Rattengeschrei war die Absicht, den anderen Ratten das Fürchten zu lehren. Anschließend ließ er die Ratte frei. Unser Grundstück und das der beiden Nachbarn waren für das nächste halbe Jahr rattenfrei.

Meiner Mutter Ehering

Obwohl meine Mutter jeden Tag von früh bis spät sehr viel arbeiten musste oder auch wollte, hat sie bei der Arbeit nie den Ehering abgenommen.

Als sie im Garten war und Erdbeeren pflückte - sie war immer in Zeitnot -, passierte es, dass ihr Ehering mit einem Mal verschwunden war. Alles Suchen, auch wir Kinder waren dabei, half nichts. Der Ring war weg. Für einen neuen Ring war kein Geld da. Meine Mutter war sehr traurig.

Nach 2 Jahren, als mein Vater mit einer Grabegabel im Garten arbeitete, sah er mit einem Mal an einem Zinken etwas blinken. Es war der Ring von meiner Mutter. Solche Zufälle hat man nicht oft im Leben.

Auf jeden Fall war die Freude bei meiner Mutter groß.

Grillen im Flur

Wir Jungs fanden, das Grillengezirpe in der Natur immer sehr lustig. So ein Tierchen wollte ich auch haben. Ein Kumpel ebenfalls.

Wir buddelten 2 Grillen aus dem Erdreich und nahmen sie mit nach Hause. Zu Hause suchte ich mir eine Holzkiste, wo ich meinte, dass sie groß genug für eine Grille sei. Ich füllte Erde vom Maulwurfshaufen in die Kiste. Es sollte ja die gleiche Erde sein, in der die Grille ihr Zuhause hatte. Die Grille hatte sich sofort eingegraben. Es sind sehr schnelle

Tiere. Sie sind schwarz und 2,5 cm lang. Mein Kumpel durfte seine Grille nicht behalten. Er brachte sie mir. Nun hatte ich 2 Grillen. Auch gut. Sie zirpten auch öfters.

Der Sandkasten mit den Grillen stand im Flur zur Straße, der so gut wie nie benutzt wurde.

Das ging alles so lange gut, bis die Grillen das Weite suchten. Sie verschwanden unter der Fußbodendielung im Flur. Die Grillen zirpten 2 Jahre lang im Haus.

Mein Vater ist dagegen allergisch geworden. Wenn die Grillen zirpten, ist er ausgerastet - er kam ja an die Grillen nicht heran. Aber nur solange, bis ihn die Wut packte und er die gesamte Fußbodendielung herausriss, um an die Grillen zu kommen. Er bekam sie. Es kehrte wieder Ruhe im Haus ein.

Russenuhr und Fahrrad

Die Russen wollten das alles besitzen, was sie zu Hause nie hatten. Wenn die Russen kein Wort Deutsch konnten, aber Uhri - Uhri war denen geläufig. Sie waren scharf auf Uhren. Obwohl einige Russen schon mindestens 5 Uhren am Arm hatten. Bei denen spielte Zeit weniger eine Rolle als der Besitz von Uhren.

Genauso oder noch begehrter waren Fahrräder. Wer noch oder schon wieder ein Fahrrad hatte, war nicht sicher, dass es nicht von einem Russen geklaut wurde, denn es gab zu dieser Zeit noch keine Fahrradsicherungen.

Die einzigste Sicherung des Fahrrades, das meiner Mutter gehörte, war, wenn ich die Kette vom Pedalkranz abmachte. Dadurch war das schnelle Klauen des Fahrrades nicht möglich.

Als ein Russe mein Fahrrad klauen wollte, ist er damit auf die Nase gefallen.

Straßentreppe

Wir hatten eine schöne Treppe zum Hauseingang mit einem schmucken schmiedeeisernen Geländer. Es waren meine

Mutter und von ihr noch 3 Geschwister auf dieser Treppe. Eine Tante, die einen großen Schalk im Nacken hatte, nahm den Glockenrock von der Schwester und zog ihn über ihren Kopf. Band ihn oben zusammen. Die Tante hatte nur Schlüpfer an und das auf der Straße, wo doch die Tante so eitel war.

Als alles vorüber war, gab es fürchterlichen Ärger zwischen den beiden Geschwistern. Bei diesem Streich, das konnte selbst ich verstehen.

Ein paar Tage später war diese Treppe Vergangenheit. Ein betrunkener oder ungeübter Panzerfahrer hatte die Kurve in der Straße nicht so richtig bekommen und hat unsere schöne Treppe mit dem Panzer flach gemacht. Es lagen nur noch einzelne Steine auf der Straße. Das Geländer war nur noch ein Knäuel.

Die Treppe wurde nie wieder aufgebaut.

Die Tür wurde auf Brüstungshöhe zugemauert, ein Fenster eingesetzt. Es wurde dadurch Wohnraum gewonnen.

Frettchen – Spatzen

Es gab in unserem Ort einen Frettchenzüchter. Mit dem haben wir Kinder saisonbedingt gute Geschäfte gemacht.

Nach der Maisernte wurden die Blätter von den Kolben nach oben gezogen und zusammengebunden, anschließend über Leinen zum Nachtrocknen gehangen. Die Eltern von einem Kumpel aus unserer Straße hatten große Räumlichkeiten, in denen der Mais aufgehangen wurde. Unten war eine Werkstatt und oben hing der Mais. In der Etage waren 5 Fenster, die Tag und Nach offen standen, damit der Mais besser trocknen konnte.

Das haben auch die Spatzen rausgefunden, wie gut sie an den Mais kommen. Es waren Massen von Spatzen, die sich an diesem Mais satt fraßen.

Wenn wir Kinder in den Raum stürmten, um die Fenster zu schließen, waren die meisten Spatzen schon geflüchtet. Wir mussten es raffinierter anstellen, um mehr Spatzen zu fangen, denn für jeden Spatz gab es Geld vom Frettchenzüchter. Der brauchte ja Futter für seine Tiere.

Uns ist eine List dazu eingefallen: Es wurde eine Schnur an jedem offenen Fenster angebracht, dann zu einem Bündel gebunden. Dieses Bündel wurde mit einer Wäscheleine verlängert, um anschließend durch ein Astloch im Fußboden in die untere Etage zu stecken. Nach der Schule war unsere erste Handlung, die Fenster zu schließen. Das klappte prima. Es waren jede Menge Spatzen in der Etage gefangen

Die Spatzen wurden dann mit Käschern eingefangen. Es war jeden Tag aufs Neue ein reicher Fang.

Wir hatten nie gedacht, dass es so viel Spatzen gibt.

Frettchen – Mäuse

Im Herbst, wenn das Wasser im Fluss angestaut wurde und dadurch die Wiesen überschwemmt wurden, kam unsere Zeit, Geld zu verdienen. Geld haben wir immer gebraucht, am meisten fürs Kino, obwohl wir dafür 7 km laufen mussten. Das Kino war zwei Orte weiter.

Durch die Überschwemmungen der Wiesen mussten die Mäuse ihre Behausungen verlassen und flüchteten auf kleine Erderhebungen. Das war unsere Zeit, um die Mäuse einzusammeln. Da musste man nur aufpassen, dass die Maus nicht zubeißen konnte. Das tat ganz schön weh. Mitunter Blutete es auch. Am besten war es, wenn sie am Schwanz gepackt wurden. Sie kamen dann in Gläser, wo ein Deckel drauf war, oder in einen Eimer. Um mit trockenen Füßen durch das seichte Wasser zu kommen, hatten wir Bagalit oder Igelitstiefel an.

Die Mäuse wurden anschließend an den Frettchenzüchter verkauft. Geld haben wir nicht allzu viel bekommen. Es hat uns trotzdem sehr viel Spaß gemacht.

Frettchen – Kaninchen

Wenn der Züchter mit seinen Frettchen loszog, um Kaninchen zu fangen, war ich auch dabei. Natürlich nur, wenn ich Zeit hatte. Davon hatte ich wenig.

Meistens sind wir zum Bahndamm gepilgert. Da war alles übersichtlicher, um Kaninchen zu fangen. Da waren die Ein- und Ausgänge leichter zu erkennen. Allein schon durch den Sand, der aus dem Loch befördert wurde.

Ein Kaninchenbau hatte mindestens 3-4 Öffnungen, um bei Gefahr besser flüchten zu können.

Im Wald war es schwieriger, diese Öffnungen zu finden. Wenn der Besitzer sein Frettchen in den Bau ließ, band er vorher dem Frettchen eine kleine Glocke um den Hals. Wenn das Frettchen sich bewegte, bimmelte es. Das war erforderlich, um vielleicht schlafende Kaninchen aufzuwecken. Wenn das Frettchen ein Kaninchen erwischt hätte, wäre es tagelang nicht mehr aus dem Bau gekommen. Ein Kaninchen wäre eine fette Beute gewesen.

An den Kaninchenbauausgängen wurden speziell dafür gefertigte Netze gespannt. Sauste ein Kaninchen in solch ein Netz, zog dieses sich zu und der Braten war gefangen.

Es kam aber vor, dass 2 Kaninchen den gleichen Ausgang wählten oder wir einen übersehen hatten. Das war Glück für das Kaninchen und Pech für uns.

Holzgasauto

Nach dem krieg sind die Lkws mit Holzhohlengas gefahren. So ein Auto brachte Getränke zur Gaststätte nebenan. Sie kamen einmal in der Woche. Jedes Mal machten wir das gleiche Spiel:

Wir machten das Feuer im Auto aus. Das machte uns jedes Mal aufs neue Spaß und den Lkw-Fahrer wütend. Er musste mit Holzwolle die Holzkohle neu anzünden. Das raubte dem Fahrer kostbare Zeit. Auf dem Lkw stand ein großer Behälter, in dem faustgroße Holzstücke darin waren. Durch das Feuer entstand Holzkohle. Durch diese Holzkohle entstand Gas, das wiederum das Auto antrieb.

Wir Kinder hatten diesen Prozess unterbrochen. Neben der Beifahrertür war eine kleine Klappe, die sehr laut klapperte, für die Frischluftzufuhr für das Feuer unter dem Kessel. Wir machten das Feuer im Auto mit Wasser aus. Das war's.

Bruder – Mühle

Mein Bruder sollte mit dem Schlitten Getreide zur Mühle bringen und Mehl, Brot und Kleie wieder mitbringen. Er nahm den kürzesten Weg. Der führte auf dem Bahndamm an den Schienen entlang. Es muss beschwerlich gewesen sein, denn es hatte vorher sehr viel geschneit. Darum hatte er wahrscheinlich den weiteren Weg auf der Straße benutzt.

Es war schon dunkel und mein Bruder war immer noch nicht zu Hause. Meine Tante und ich machten uns auf, ihm entgegenzugehen. Da merkten wir, wie beschwerlich dieser Weg war. Aber kein Bruder weit und breit.

Mit einem Male hörten wir eine weinende Stimme, die von der Richtung Straße kam.

Meine Tante und ich sind den Bahndamm runter, um über den Feldern den Weg zur Straße abzukürzen. Es war ein beschwerlicher Weg. Auf den Feldern lag über einen halben Meter Schnee. Hätte meine Tante nicht den Weg durch den Schnee gebahnt, ich wäre alleine nicht durchgekommen. Je näher wir der Straße kamen, umso deutlicher hörten wir die weinerliche Stimme von meinem Bruder. Ein Satz ist mir in Erinnerung geblieben: Die sitzen zu Hause in der warmen Stube und ich muss mich hier quälen.

Er hatte sich wirklich gequält.

Auf der Straße lag kein Schnee. Der Wind hatte allen Schnee von der Straße geweht.

Ab nun ging der Weg nach Hause durch meine Tante leichter.

Fuchs auf dem Dach

Ein Fuchs war in unseren Hühnerstall geschlichen. Wir hatten die Hühnerklappe in der Tür nicht geschlossen. Er hatte viele Hühner gekillt. Wenn er nur ein Huhn genommen hätte, wäre es ja noch gegangen. Er war wahrscheinlich im Blutrausch. Es war für uns ein ganz schöner Verlust.

Mit einem Mal saß der Fuchs ein paar Tage später bei uns auf dem Scheunendach.

Es hatte gerade an diesem Tag frisch geschneit. Es ließ sich die Spur gut verfolgen, woher er gekommen war. Mein Vater spannte eine Schlinge an das Zaunloch, durch das der Fuchs gekommen war. Einen Tag später war dieses Problem gelöst. Es wurde dem Fuchs das Fell über die Ohren gezogen. Meine Mutter hat dann das Fell im Westen verkauft.

Da musste ich an mein gelerntes Lied denken: Fuchs du hast die Gans gestohlen, gib sie wieder her, sonst wird dich der Jäger holen mit dem Schießgewehr.

Weihnachten

Weihnachten war für uns Kinder immer eine aufregende Sache. Es gab fast jeden Tag Kuchen und ein großer Teller mit Keksen stand auch auf dem Tisch. Die Kekse auf dem Teller waren aber krank: Sie hatten die Schwindsucht. Meine Mutter hatte immer reichlich Pfefferkuchen gebacken. Einen Teil der Kekse legte sie in einen Steintopf, wo sie nicht austrockneten. Die Pfefferkuchen aus dem Topf schmeckten auch später noch wie frisch.

Heilig Abend

Heilig Abend gab es immer Kartoffelsalat mit Würstchen. Das änderte sich sofort, als mein Vater aus der Kriegsgefangenschaft wiederkam.

In den Wintermonaten ist er bei den Großbauern schlachten gegangen. Geld als Zahlung für das Schlachten hatte kaum einer. Es wurde Fleisch oder Würste dafür gegeben. Dadurch hatten wir schon am Heiligen Abend Schweinebraten auf dem Teller. An den Feiertagen gab es Gänsebraten.

Die Gans und der Braten wurden in einem Topf zum Bäcker gebracht, was viele Leute taten. Dort wurden die Gans und der Braten im Backofen knusprig gebraten.

Zu Weihnachten gehörte auch ein Weichnachtsmann. Als Kind habe ich ihn aber nie gesehen. Ich habe mir so sehr gewünscht, wenigstens einmal den Weihnachtsmann zu begrüßen. Ich hatte doch auch ein Gedicht zum Aufsagen gelernt.

An diesem Abend ist unsere Oma mit uns Kindern immer in die Kirche gegangen. Für mich war es spannend, das Krippenspiel zu bestaunen. Es waren richtige Tiere da: mehrere Schafe und auch ein Esel. Es war sehr lustig, wenn die Tiere nicht so wollten wie die Hirten aus dem Morgenland.

Als wir Kinder erwartungsvoll aus der Kirche nach Hause kamen, war ich auf der einen Seite enttäuscht, dass der Weihnachtsmann schon dagewesen war. Auf der anderen Seite war ich erfreut, dass er Geschenke für uns Kinder da gelassen hatte. Die Geschenke lagen unter dem geschmückten Baum. Der Baum war, ich kannte es nicht anders, aus der heutigen Sicht eine jammervolle Krücke. Und das war jedes Jahr so, bis mein Vater wieder aus der Gefangenschaft zu Hause war.

Der Baum ließ immer noch viel zu wünschen übrig, aber mein Vater brachte ihn auf Vordermann. Da, wo Äste am Baum fehlten, setzte er aus dem Wald mitgebrachte Äste ein. Es wurden mit einem Handbohrer Löcher in den Stamm gebohrt und Äste eingesteckt. Dadurch sah dann der Baum ganz passabel aus.

Ein starker Draht mit einem Kerzenhalter und ein Gewinde vorne dran wurden in den Baumstamm gedreht. Somit waren die Kerzen außerhalb der Zweige, um die Brandgefahr zu bannen. 2 Eimer mit Wasser standen immer parat.

Der Schmuck sah auch ganz anders aus. Weihnachtsmänner, Engel, Tannenzapfen und andere Formen aus Glas. Wir hatten immer Bleilametta am Baum. Unter dem Baum lagen alte Zeitungen, um das Kerzenwachs aufzufangen. Die Kerzen tropften zu der damaligen Zeit noch fürchterlich.

Es gab zu dieser Zeit kaum Kerzen zu kaufen. Zu Weihnachten waren aber immer welche da.

Einmal hatten wir auch Wunderkerzen. Das war ein Spaß. Wir durften jeden Tag eine Wunderkerze anzünden. Der Baum stand in unserer guten Stube, die kaum geheizt wurde, bis Ostern. Der Schokoladenschmuck im Baum war mit winzigen Liebesperlen verziert. Die Formen waren Herzen, Blumen, Ringe und andere Sachen. Jeden Tag verschwanden ein Teil oder auch mehrere Teile aus dem Baum. Da war die Weihnachtsmaus ganz schön fleißig.

Meine Mutter hatte zwischen Weihnachten und Neujahr Geburtstag. Da bekam sie jedes Jahr eine Camelie geschenkt. Diese stand dann auch in der guten Stube. Sie blühte bis Ostern. Die Camelien sahen immer sehr schön aus. Ich habe diese Blume sehr gemocht.

Wenn der Baum zu Ostern abgeschmückt wurde, ist vor der Entsorgung die Spitze mit dem letzten Jahresring abgeschnitten worden, denn der wurde noch gebraucht.

Der Astkranz wurde bis auf 3 cm gekürzt und die Spitze auf die passende Länge gebracht. Die Rinde wurde abgeschält, und schon war ein Quirl für die Küche fertig.

Federwisch

Der Gänsebraten war schon lange vertilgt. Die Flügelspitze von der Gans kam dann auch zum Einsatz. Der Flügel wurde zum Krümel entfernen auf dem Tisch oder für andere Sachen benutzt.

Diese Flügelspitze nannten wir Federwisch.

Eisenschlitten

Die Wintersaison war noch nicht alt, und ich hatte schon 3 Schlitten zu Bruch gefahren, weil ich immer zu schnell und rasant den Berg herunter raste. Wir hatten ja schließlich einen 90 Meter hohen Berg am Ortsrand. Meinen Vater nervte mein Verschleiß an Schlitten und zog daraus Konsequenzen.

Er ließ in der Schmiede, die wir im ort hatten, einen Schlitten aus Metall bauen. Die anderen waren aus Holz.

Der Metallschlitten war schwerer, aber unwahrscheinlich robust. Ich konnte damit viele andere Sachen machen, die mit einem Holzschlitten nicht möglich gewesen wären. Am Berg waren große Schanzensprünge, ohne dass der Schlitten seinen Geist aufgab.

Das Interessanteste war, dass ich mit diesem Schlitten Segelfahrten machen konnte. Die Holzleisten auf dem Schlitten waren mit Metallschrauben befestigt. Dadurch konnte ich die mittlere Latte abschrauben und hatte Platz für einen Mast, der mit Streben in Kufen und Sitzbereich befestigt wurde. Als Segel diente ein ausrangiertes Bettlaken. Auf dem Schlitten hatten 3 Jungs Platz.

Die Wiesen waren kilometerweit überschwemmt und zugefroren. Wenn Wind war, sind wir mit hoher Geschwindigkeit über das Eis gesaust. Das war eine ganz andere Art von Spaß. Vor allen Dingen, wenn wir mit dem Schlitten umgekippt sind.

Schlittschuhe mit Schuhen

Als meinen Eltern für mich solche Schuhe mit Kufen dran angeboten wurden, war ich hellauf begeistert. Ich als einziger Junge im ganzen Ort mit solchen Schuhen!

Es stellte sich ganz schnell heraus, dass es auch reichlich Nachteile gab. Die Kufen waren anders. Ich musste fast alles neu lernen. Ein großer Vorteil war: Ich konnte mir beim Schlittschuhlauf keine Hacken abreißen.

Das schlimmste war, dass ich meine Straßenschuhe zurücklassen musste. Alle wussten, dass es meine Schuhe waren, und trotzdem waren sie eines Tages verschwunden.

Ich hatte mit anderen Jungs Eishockey gespielt. Da konnte ich nicht immerzu auf die Schuhe achten. Die Schuhe waren verschwunden und blieben es auch. Ich musste mit den Schlittschuhen nach Hause laufen. Ärger habe ich wegen des Schuhverlustes nicht bekommen.

Ein anderes Mal fehlte eine Pantine. Da habe ich diese Art von Schlittschuhlauf aufgegeben.

Einbruch am Durchlass

Unter der Straße zum Nachbarort war ein Durchlass für Wasser, um auch die Wiesen auf der anderen Straßenseite zu überschwemmen. Im Allgemeinen war die Stelle am Durchfluss immer offen. Durch die Bewegung des Wassers konnte sich kein Eis bilden. In der Folgenacht war es so kalt, dass auch diese Stelle zugefroren war.

So sorglos wie wir waren, sausten wir mit unseren Schlittschuhen über das Eis und kamen an die Stelle, an der das Eis noch sehr dünn war. Ehe wir uns versahen, waren 2 Kumpel und ich im Eis eingebrochen und in den Fluten verschwunden.

Passieren konnte nicht viel, weil das Wasser weniger als 1 Meter hoch war. Nur wir waren klitschnass und sind auf dem schnellsten Weg nach Hause, um keine Erkältung zu bekommen.

Meine Mutter wusste schon, dass ich eingebrochen war. Dies hatte ihr eine Frau erzählt, die mit dem Fahrrad gerade vorbei gefahren war. Meine Mutter sah dies alles nicht so tragisch. Mir war ja nichts Schwerwiegendes passiert. Meine Mutter half mir beim Ausziehen der nassen Sachen, um anschließend die Sachen auszuwringen. Die Schuhe voller Papier gesteckt und mich ins Bett.

Da fällt mir ein Gedicht ein, welches ich in der Schule gelernt habe:

Ein Büblein steht am Weiher und spricht so zu sich leis:
Das Eis, das muss doch tragen, wer weiß?
Das Büblein stampft und hackt mit seinen Stiefelein
Das Eis auf einmal knacket und Krach: schon bricht's hinein.
O helft, o helft, ich muss ertrinken im tiefen, tiefen See!
O helft, o helft, ich muss versinken in lauter Eis und Schnee.
Wär nicht ein Mann gekommen,
der sich ein Herz genommen, o weh.
Er packt es bei dem Schopfe und zieht es dann heraus.
Das Büblein hat getropfet. Der Vater hat's geklopfet zu Haus.

Schlittschuh – Bob

Beim Schlittschuhlaufen – na ja, wir haben Hockey gespielt – habe ich mir vom Schuh einen Hacken abgerissen. Der Schuster war weit, ich hatte aber Lust, auf dem Eis zu sein. Da baute ich mir aus Brettern einen Bob. Ich nahm 2 Brettstreifen zur Aufnahme der Schlittschuhe und nagelte Bretter darauf. Es waren eigentlich nur Brettstücke, worauf ich knien konnte. 2 ca. 50 cm lange Besenstielstücke , wo ich jeweils einen Nagel am Ende des Stückes einschlug. Den Nagelkopf habe ich mit einer Zange abgeknipst und schon war der Bob fertig.
Da ich viel Kraft in den Armen hatte, war ich auf dem Eis sehr schnell.

Schlittenfahrt vom Bahnhof

Wir hatten am Ortsrand auch einen Bahnhof mit einer ziemlich schrägen Auf- oder Abfahrt. Der Bahnhof selbst war noch außer Betrieb. Der Bahnhof war eher ein Eldorado für uns. Die reinste Spielwiese.
Auf jeden Fall hatten wir Winter und es lag auch genügend Schnee, um Schlittenfahrten zu machen. Dies war eigentlich eine gefährliche Fahrt, denn am Ende dieser Strecke musste man über die Straße bis auf die Wiese. Solch ein Tempo hatte man drauf. Das war eigentlich Russisch-Roulett für uns. Hinter der Bahnbrücke hätten wir ein heranfahrendes Auto nicht gesehen. Es war ein Spiel mit dem Tod. Aber zu der damaligen Zeit sind so wenig Autos gefahren, dass wir keine Angst davor gehabt hatten. Es war auf jeden Fall alles gut gegangen.

Plattenabbruch

Auf dem Weg von der Straße zum Bahnhof lagen sehr große Betonplatten. Die waren mindestens 20 cm dick. Diese Platten wurden in Sand verlegt. Da ist es passiert, dass im oberen Bereich, schon fast am Bahnhof, bei einer Platte durch Regenwasser Sand weggespült war. Ein großer Teil des Sandes unter der Platte fehlte schon. Für uns Kinder aber noch zu wenig. Wir buddelten den Sand weiter aus und schmissen ihn den Bahndamm runter. Nun hatten wir so viel Platz, dass wir unter dieser Platte alle Platz hatten. Wir sahen keinen und wurden auch nicht gesehen. Ein gutes Versteck.

Wir waren bei der Überlegung, ob wir nicht ein Loch bis zur anderen Bahndammseite buddeln sollten. Da passierte das Unglück: Die Platte brach durch. Auf der Hangseite sackte sie ab und versperrte uns den Weg nach draußen. Uns ist dabei nichts passiert. Gott sei Dank. Aber wir saßen in der Falle und dann noch stockdunkel. Wir waren 5 Jungs, die darin gefangen waren. 2 Jungs fingen an zu weinen und jammerten, dass sie nun sterben müssten. Die hätten lieber ihren Denkapparat in Gang setzen sollen. Was wir anderen 3 Jungs auch taten.

Wir kamen zu dem Schluss, ein Loch neben der abgebrochenen Platte zu buddeln. Wir wechselten uns beim Buddeln ab und die anderen mussten den ausgebuddelten Sand mit Händen und Armen weiter nach hinten schaffen. Im Dunkeln gar nicht so einfach.

Unser Bemühen wurde beloht. Wir kamen alle unversehrt frei.

Bahnräder

Auf dem Bahnhofgelände standen aus einem Stück gegossene Zugräder herum. Die Räder waren größer als wir Kinder. Diese Ungetüme konnten wir sogar in Gang setzen. Was wir auch taten.

Es war ein wenig abschüssig und das Radgestell machte sich selbständig. Es rollte diagonal zum Bahndamm und wurde immer schneller, bis es den Abhang runter polterte. Es rollte nicht, es hat sich mehrmals überschlagen, bis es auf der Wiese landete.

Da kam uns die Idee, die anderen Radpaare auch auf diese Wiese zu schicken. Bloß wie? Die standen kreuz und quer. Es waren noch 8 solcher Gestelle.

Einer kam auf die Idee, einen Stein hinzulegen, so dass ein Rad dagegen rollt, um die Richtung zu verändern. Das andere Rad ist etwas herum gerutscht. Es war nicht viel, aber es klappte. Es war eine richtige Schinderei. Wir wollten den Erfolg und bekamen ihn.

Irgendwann rollte dieses Gestell den Bahndamm herunter. Unsere Freude war groß. Die Zahl der Kinder wurde auch größer, denn das hatte sich in der Schule herumgesprochen. Nach einer Woche lagen alle Räder unten auf der Wiese.

Messingbehälter

Auf diesem Gelände lagen auch noch mehrere Behälter herum. Sie waren ca. 1,50 x 2,00 x 0,50 cm groß. Nur dass diese Behälter einen Deckel hatten. Der Deckel war mit Muttern verschraubt und davon gab es viele. Einige davon ließen sich ganz schwer lösen. Der Maulschlüssel wurde mit einem Stück Rohr verlängert. Mit dieser Hebelwirkung haben wir jede Schraube abbekommen.

Auf den überschwemmten Wiesen haben wir diesen Behälter auch geschafft. Bis zu 6 Kinder hatten Platz darin. Mit Stangen kamen wir gut voran. Wir hatten einen neuen Spaß. Aber nur solange, bis jemand feststellte, dass dieser Behälter aus Messing war.

Ein Vater von unserer Truppe hat diesen Behälter mit Pferd und Wagen zum Schrotthändler gefahren. Es gab für unsere Verhältnisse reichlich Geld.

Ich habe einen großen Teil zu Hause abgegeben. Für Kino oder Kuchenkrümel blieb noch genug übrig. Eine Tüte voll Kuchenkrümel kostete nur 5 Pfennige.

Streuselkuchen

Wenn meine Mutter am Backen war, musste ich immer Kuchenbleche und Napfkuchen zum Bäcker tragen. Am liebsten war mir der Streuselkuchen, da konnte ich beim hintragen immer Streusel vom Blech naschen. Das fiel nicht weiter auf. Das war meine Vorstellung.

Meine Mutter muss es doch gemerkt haben. Wenn ich Streuselkuchen zum Bäcker tragen sollte drückte sie mir 2 Bleche unter die Arme, um den Streuselschwund zu unterbinden. Sie rechnete nicht mit meinem Einfallsreichtum. Es gab auf dem Weg zum Bäcker reichlich Haustreppen wo ich die Bleche abstellen konnte. Das alte Spielchen war das neue Spiel.

Naschen war angesagt.

Gardinen waschen

Wenn bei meiner Mutter Gardinen waschen angesagt war, musste ich auch immer mit ran.

Es wurde dafür immer Regenwasser aufgefangen, denn das Wasser war weicher. Man brauchte nicht so viel Waschmittel. Es ist trotzdem reichlich Waschpulver zum Kochen der Gardinen und Kernseife zum Schruppen drauf gegangen. Das Auswringen empfand ich als schwere Arbeit. Dann wurde die Gardine säuberlich auf ein Brettgestell zum Trocknen gespannt. Die Gardine wäre sonst eingelaufen. Und heute kommt sie in die Waschmaschine. Nass wieder aufgehangen. Fertig.

Patrone im Ofen

Als meine Mutter den Kachelofen geheizt hatte und den Rest von dem Zackenzeug mit einer Müllschippe in den Ofen tat, flog die Ofentür, die meine Mutter gerade zuschrauben wollte, auf und knallte ihr an den Kopf. Ihre Nase und Wange hatten ganz schön geblutet. Wie konnte so etwas passieren?

Meinem Vater muss wohl eine Platzpatrone, die er zum Schlachten benötigte, herunter gefallen sein. Er hatte immer Schachteln, in die 100 Patronen rein passten. Da muss wohl eine zwischen die Holzabfälle gekommen sein und landete im Ofen.

Das Glück im Unglück war: Wäre die Ofentür nur einen Augenblick früher zugedreht worden, hätte der ganze Ofen in die Luft fliegen können.

Klimpertante

Eine Tante, die nach der Flucht in Schwerin geblieben war, haben mein älterer Bruder und ich einmal besucht.

Unsere Mutter, die mit uns fahren wollte, war kurzfristig verhindert. Dadurch sind wir beide alleine gefahren.

Der Aufenthalt bei der Tante war von A bis Z ein großer Reinfall. Ihr Mann, unser Onkel, ist im Krieg gefallen. Somit musste sie sich alleine durchs Leben schlagen. Arm kann sie nicht gewesen sein, denn sie hatte sehr viel wertvollen Schmuck, den sie sehr liebte und gern zur Schau stellte. Sie hatte davon 2 Schubladen voll.

Als Begrüßung bei ihr gab es zu Mittag eine Rennfahrersuppe mit Kurveneinlage zu essen. Ein paar Kartoffeln und Mohrübenstückchen schwammen im Wasser. Am Salz hat sie auch noch gespart. Es war sehr wenig drin.

Da fragte doch die Tante, ob es uns geschmeckt hat. Wir haben gelogen und sagten ja. Die Tante hat sich gefreut.

Unsere Betten waren kurios. Die Bettbezüge waren nur noch aneinander genähte Flicken. Von den Originalbezügen war kaum noch etwas zu sehen. Am nächsten Tag habe ich unter der Tagesdecke vom Bett meiner Tante gekuckt, denn ich war sehr neugierig. Der Bettbezug sah genauso aus wie unser Bettbezug: nur Lumpen.

Als unsere Tante am nächsten Tag einen Bummel mit uns in Schwerin machte, hatte sie an jedem Finger einen Ring, an beiden Handgelenken reichlich Reifen und um den Hals mehrere Ketten. An den Ohren hatte sie auch große Ohrringe. Sie sah aus wie ein reichlich geschmückter Weihnachtsbaum. Mit jedem Schritt klimperte es an ihrem Körper. Seit diesem Tag hieß sie nur noch für mich ‚Klimpertante'.

Das fanden die anderen in meinem Umfeld auch so und übernahmen diesen Spitznamen.

Ostern

Ostern war für meine Mutter Bastelzeit und für uns Kinder war Spaß angesagt.

Für die Eier wurden nur Naturfarben benutzt. Zwiebelschalen für Braun, Rotkohl für Blau, Spinat für Grün usw. Für den Ostertisch hatte jeder von uns ein Ei mit seinem Namen. Vor dem Einfärben hat meine Mutter auf die Eier mit einem Streichholz und Kerzenwachs die Namen geschrieben, nach dem Färben das Wachs heiß gemacht und abgewischt. Es wurden auch Gesichter auf die Eier gebracht und mit kleinen Hütchen und Kappen versehen. Lustig und originell sahen die Eier aus, wenn sie vor dem Färben mit Gardinenresten bespannt wurden. Es waren alles Unikate.

Das Eiersuchen hat auch Spaß gemacht. Noch viel mehr das Eiertrudeln.

Wir haben am Bahndamm eine Eiertrudelbahn gebaut. Weil der Hang so steil war, wurden große Schleifen eingebaut. Am Ende war eine Mulde, in der die Eier aufgefangen wurden. Das hat uns großen Spaß gemacht.

Noch mehr Spaß hat uns das Eierklopfen gemacht. Es wurden 2 Eier aneinander gestoßen. Derjenige, dessen Ei kaputt war, der hatte verloren und musste sein Ei dem Gewinner geben. Ich war der große Gewinner, denn ich hatte von 8 Kindern die Eier. Meins war immer noch ganz. Ich hatte meinen persönlichen Spaß und habe jedem sein Ei zurückgegeben.

Ich hatte geschummelt. Es war keinem von den anderen Kindern aufgefallen, dass ich ein Gipsei verwendet hatte. Das hatte mir keiner übel genommen. Wir haben alle nur gelacht.

Hühner legen ihre Eier gern in ein Nest, in dem schon ein Ei oder mehrere Eier liegen. Dafür sind Gipseier gut.

Zigarettenschachteldeckel

Um einen Ersatz für Spielkarten zu haben, sammelten wir Zigarettenschachteldeckel. Die kosteten nichts, waren aber für uns Kinder hochinteressant. Seltene Zigarettenmarken waren Raritäten. Wenn man solch ein Deckblatt hatte, kam es in die persönliche Sammlung.

Das Spiel ging so: Der Name der Schachteln wurde nach unten gehalten. Jeder in der Runde legte einen Deckel in die Mitte auf de Haufen. Das ging solange, bis einer die gleiche Zigarettenmarke auf den Tisch legte wie die, die schon da war. Demjenigen gehörte dann der ganze Stapel. Es war ein ausgeglichenes Spiel mit Gewinn und Verlust. Mit den Deckeln, mit denen wir damals spielten, von denen gibt es heute keine Marke mehr, nur einige Namen davon: Ekstein, Juno Rund, Stella oder Orient.

Am interessantesten der Zigarettendeckblätter waren immer die amerikanischen. Wenn wir Kinder nach Wannsee zum Einkaufen fuhren, wurden von uns die Papierkörbe durchgestöbert nach Zigarettenschachteln.

Gewitter – Koffer

Mein Elternhaus wurde 1907 neu gebaut. Das alte war vorher abgebrannt. Zu dieser Zeit waren die Außenwände aus Stein gemauert. Im Inneren waren Decken und Wände aus Holz.

Wenn nachts ein Gewitter war, mussten wir alle aus den Betten und uns anziehen. Wir saßen dann auf der Treppe, bis das Gewitter vorbei war. Meine Mutter hatte dann immer ein Köfferchen mit den wichtigsten Papieren dabei. Hätte ein Blitz in unser Haus eingeschlagen und es wäre vielleicht ein Brand ausgebrochen, wäre eine Flucht schnell möglich gewesen.

Lose Hand

Wir hatten ein Pferd, das Lotte hieß. Es hatte schlimme Erfahrungen gesammelt, denn es wurde von einem Lkw angefahren. Wenn das Pferd einen Lkw sah, scheute es und musste beruhigt werden.

Mein kleiner Bruder hatte irgendetwas ausgefressen, was meine Mutter erzürnte. Er sollte dafür gezüchtigt werden. Der Arm von meiner Mutter war schon in Schlagposition, da sagte mein Bruder ruhig: Lotte, sei ganz ruhig. – Da bekam meine Mutter einen Lachanfall und ihr Zorn war verflogen.

Ein anderes Mal war eine Frau zu uns gekommen, um sich über meine Schandtaten zu beschweren. Und schwupp die wupp sauste die Hand meiner Mutter in mein Gesicht. Solche Schläge habe ich öfter von ihr bekommen. Darum habe ich heute solch ein Backpfeifengesicht.

Durch die weitere Unterhaltung stellte sich heraus, dass ich bei diesem Streich gar nicht dabei gewesen sein konnte. Als die Frau gegangen war, stellte ich meine Mutter zur Rede und wollte wissen, warum ich nun geschlagen wurde und das umsonst.

Ihre lakonische Antwort: Da hast du einmal gut.

Krebse

Wenn wir Jungs Lust hatten, sind wir mit Harken an den Fluss gegangen, um Krebse zu fangen. Das Krebsefangen war ganz einfach. Die Krebse hielten sich am Uferrand im Gras, welches ins Wasser wuchs, auf. Mit den Harken, die wir dabei hatten, brauchten wir die Krebse nur an Land zu harken. Wenn der mitgebrachte Wassereimer halb voll war, sind wir zu mir nach Hause.

Ich habe Feuer im Herd gemacht, den gusseisernen Topf mit Wasser zum Kochen gebracht. Die ca. 100 Krebse landeten im kochenden Wasser. Sie waren sofort tot. Sie verfärbten sich rot. Nach ein paar Minuten haben wir die Schwänze ausgepult und gegessen. Es war für uns eine volle Mahlzeit.

Maiglöckchen

Im Mai hatten wir Kinder eine gute Einnahmequelle: Das waren Maiglöckchen. Die wuchsen reichlich im Busch. Sie waren kostenlos zu haben, da sie keinem gehörten. Der

Busch ist ein Gelände, wo überwiegend Sträucher und Farne wachsen. Und diese Maiglöckchen.

Ende April sind mein Freund und ich schon in den Busch, um zu gucken, wie weit die Maiglöckchen aus der Erde sind. Es war ein riesiges Feld davon. Maiglöckchen vermehren sich verhältnismäßig schnell. Wenn an den Stängeln schon ein Glöckchen blühte, konnten sie gepflückt werden.

Wichtig war für uns, dass die Maiglöckchen schon vor dem Muttertag zu blühen anfingen. Da hatten wir Jungs schöne Blumen für unsere Mutter zum Muttertag und sie ließen sich sehr gut verkaufen. Jeder hat eine Mutter. Aber diese Blumen gibt es nur einmal im Jahr. Der Duft der Blumen ist gewaltig. Für einen Strauß mit 12 – 15 Blütenstängeln und ein paar Maiglöckchenblätter herum haben wir in der Stadt 15-20 Pfennige bekommen.

Meine Oma hat mir öfter gute Ratschläge gegeben, auch bei den Maiglöckchen. Wer sich gute Kleidung leisten kann, hat auch Geld in der Tasche. So war es auch. Es wurden mitunter 5 Sträuße für 1 Mark gekauft, um daraus nur einen Strauß zu machen.

Einmal kam ein verhärmtes Muttchen und fragte, ob sie nur einmal an den Blumen riechen dürfe. Sie findet den Duft der Blumen so himmlisch. Leisten kann sie sich solch einen Strauß nicht.

Ohne groß zu zögern, habe ich ihr einen Strauß geschenkt. Mit Tränen in den Augen hat sie mich mit ihren dürren Armen umarmt. Das war wiederum für mich mehr wert als das Geld, welches ich von jemand anderem bekommen hätte.

Maikäfer

Warum es in manchen Jahren so viele und in anderen Jahren so wenig Maikäfer gab, konnte ich nicht erfahren.

In einem Jahr, in dem es ganz wenige Maikäfer gab, war ich der König der Könige. Ich hatte 5 Königsmaikäfer gefangen. Das sind ganz seltene Tierchen und dementsprechend kostbar. Ich habe diese Kostbarkeiten auch dementsprechend nur abgegeben. Für 2 Maikäfer habe ich

Geld bekommen. Für einen habe ich einen Tennisball bekommen. Die Krönung war für mich aber ein Kreisel aus Metall. Er war ziemlich groß und hatte in der Mitte einen Stab mit einem Knauf oben dran. Nach dem Herausziehen und wieder Reindrücken des Stabes kam der Kreisel durch ein Zahnrad so richtig in Schwung. Mit seinen Farben auf dem Metall war es schön, dem rotierenden Kreisel zuzusehen.

Es gab auch andere Maikäfer, die ihren Namen nach ihrem Aussehen bekommen haben. Ein Schornsteinfeger hatte eine Anthrazitfarbe, also fast schwarz. Ein Müller hatte ganz helle Punkte an seinen Härchen. Er glänzte so richtig weiß. Es gab noch viele andere Sorten von Maikäfern.

Zu Hause hatte ich eine Zigarrenkiste, in die ich oben mit einer Schere Luftlöcher rein gepickt hatte für meine Käfer. Zur Schule reichte eine Streichholzschachtel zum Käfertauschen.

Himbeeren im Busch

Es waren reichlich davon da. Nur der Weg zu den Himbeeren war ganz schön weit. Es waren rund 4 km.

Wir waren mitunter bis zu 6 Jungs in der Gruppe, das machte alles immer mehr Spaß. Wir sind diese Strecke nicht gegangen, sondern gerannt. Ausruhen konnten wir uns ja beim Pflücken und Essen der Beeren. Es waren große Flächen mit Himbeersträuchern da. Das Pflücken war dementsprechend leicht. Nur die Dornen an den Sträuchern haben uns ganz schöne Schrammen verpasst. Mitunter ist ganz viel Blut geflossen. Der Schmerz wurde ignoriert und ein Gegenmittel für das Bluten hatten wir auch.

Ein Tipp von meiner Oma: Wegerichblätter, die am Wegesrand oder auf der Wiese wachsen, pflücken und den Saft mit dem Blatt auf die Wunde reiben. Der Saft stoppte das Bluten und verhinderte im trockenen Zustand das Eindringen von Schmutz. Geholfen hat es immer. Es gab keine Entzündungen. Narben habe ich aber heute noch. Aus Langeweile oder weil mich der Schorf störte, habe ich den Heilungsprozess durch das Abkratzen des Schorfes unterbrochen. Dadurch entstand dann eine Narbe. Ich habe daraus nichts gelernt, denn ich tat es immer wieder.

Als ich mit Bauchschmerzen von den vielen Himbeeren essen nach Hause kam, wurde ich von meiner Oma auf Holzböcke untersucht. Ich habe jedes Mal welche mitgebracht. Meine Oma machte die Spitze von einer Sicherheitsnadel, die sie immer für alle möglichen Notfälle an ihrer Kittelschürze hatte, über einer Kerzenflamme steril. Damit entfernte sie dann die Holzböcke.

1. Mai Anbaden

Später wusste keiner von den Jungs, wer angefangen hat, am 1. Mai in dem Fluss baden zu gehen. Auf jeden Fall ist es Tradition geworden. Kaum einer hat sich davor gedrückt. Keiner wollte als Feigling bezeichnet werden. Fast alle waren da.

Nicht nur das Wasser war kalt, auch die Luft. Einmal hat es sogar geschneit. Bibbern war angesagt.

Eine Ordnung gab es auch. Bis zu den Knien ins Wasser zu steigen, galt nichts. Pflicht war bis zum Hals. Das hat den einen oder anderen eine große Überwindung gekostet.

Fischfang am Ausfluss

Wenn im Frühjahr das Hochwasser mit dem Stau, welches an der Straßenbrücke war, auf Normalwasser umgestellt wurde, war für uns Jungs der große Fischfang angesagt.

Durch das Absenken des Wassers im Fluss floss auch das Wasser, welches auf den Wiesen angestaut war, wieder zurück in den Fluss. Dafür waren in regelmäßigen Abständen ca. 50 cm starke Tonrohre im Damm verlegt. Es waren reichlich Fische beim Überfluten der Wiesen gekommen und nun wollten sie wieder zurück. Das machten wir uns zunutze.

Auf dem Damm zur Wiesenseite wurde beobachtet, wenn ein größerer Fisch angeschwommen kam, wie Aale, Hechte, Zander usw. Dann hat einer von uns einen großen

Sackkescher auf der Flussseite ins Wasser gehalten, und der Fisch war unser. So haben wir in kürzester Zeit jede Menge Fische gefangen und hatten auch noch Spaß dabei.

Stubben

Mein Vater hat das Geld schwerer verdient als wir Kinder. Er hat im Wald Stubben ausgebuddelt. Das sind die Wurzeln der umgemachten Bäume – für viele wertlos, für meinen Vater nicht. das Holz war total harzig. Sehr gut zum Feuer anmachen. Das brannte auch im nassen Zustand. Die Stubben wurden mit dem Pferdewagen nach Hause geholt und auf dem Hof in 20 cm Stücke zersägt, klein gehackt und gebündelt. Diese Bunde wurden dann in Westberlin verkauft.

Ich habe lieber Margaritten, die auf der Wiese im Gras standen, verkauft. Das Pflücken der Blumen war einfach, das Verkaufen auch. Und dafür gab es noch gutes Geld.

Bobby

Das war ein ganz Lieber. Er war eine Terrier-Promenaden-Mischung. Er war schwarz-weiß und ein wenig größer. Seine Haare waren auch länger. Er war unwahrscheinlich schnell und wendig. Sein Jagdtrieb war auch sehr ausgeprägt.

Mein Vater mähte das Gras mit Pferd und einer Mähmaschine, um daraus Heu zu machen. Bobby stromerte in der Nähe herum. Das machte er immer so. Da sprangen 3 Hasen aus dem hohen Gras auf, um zu flüchten. Bobby schnappte gleich einen Hasen im Genick, den zweiten hatte er nach ein paar Metern. Der dritte wollte den Bahndamm hinauf. Auch dieser Hase hatte keine Chance, auch er wurde gekillt. Hasen haben keinen Bau wie Kaninchen, sondern nur eine Mulde im Erdreich, nicht größer, als die Hasen selbst sind.

Dann waren noch die Jungen von den Rehen, die sich im hohen Gras versteckten. Wenn für die Kitze Gefahr drohte, dann flüchteten sie nicht. Sie duckten sich nur noch tiefer in das Gras. Es passierte des Öfteren beim Mähen, dass Kitze von der Mähmaschine stark verletzt wurden.

Bobby machte, wenn er dabei war, es fast unmöglich. Er fand diese Kitze und scheuchte sie hoch. Er hatte es gelernt, diesen Tieren nichts zu tun. Durch sein Gebell flüchteten die Kitze panikartig.

Geld im Bett

Meine Mutter war dabei, die Ehebetten wieder auf Vordermann zu bringen. In den Bettunterlagen wurde Stroh gestopft. Das Stroh schaffte eine weiche Unterlage und wärmte auch noch. Der Nachteil der Strohunterlage war: Es zerbröselte mit der Zeit. Um das zerbröselte Stroh aufzufangen, wurde zwischen Unterbett und Bretter Wellpappe gelegt. Und in dieser Wellpappe hatte mein Vater 50 Mark versteckt. Meine Mutter hat dieses Geld gefunden, bevor sie die Pappe in den Ofen steckte und verbrannte. Mich hatte sie aber eingeweiht.

Als meine Mutter am Abend ganz beiläufig erzählte, dass sie die Betten neu gemacht hat, ist mein Vater aufgestanden und ist im Schlafzimmer verschwunden. Meine Mutter und ich haben uns nur angegrinst. Kurz danach fing auch schon das Gefluche an.

Als er zurückkam, wollte er wissen, wo die 50 Mark geblieben sind, die in der Wellpappe waren. Meine Mutter sagte mit einer Unschuldsmiene, sie habe kein Geld gesehen beim Verbrennen der Pappe. Da ist mein Vater richtig ausgerastet. So wütend habe ich ihn ganz selten gesehen.

Als er sich wieder beruhigt hatte, wurde er aufgeklärt und bekam sein Geld zurück. Eine große Schachtel Pralinen war fällig.

Tannenzweige zur Kirche

Wenn im Dorf geheiratet wurde, wurden vom Haus des Brautpaares bis zur Kirche Blumenblätter gestreut. Einmal, ich weiß nicht, warum, wurden kleine Tannenzapfen gestreut.

Diese Tannenzapfen wurden später zusammenharkt und auf dem Schulabfallhaufen geworfen. Die Schule stand neben der Kirche und vor der Schule stand ein Haus, in dem eine alte Frau drin wohnte. Es war oft unser Ziel, diese Frau zu ärgern und sie ärgerte sich auch jedes Mal.

Nur eine von vielen Attacken: Der Frau haben wir den Namen Futscher gegeben. Sie hieß aber anders. Wenn die Futschern ihre Fensterläden geschlossen hatte, haben wir mit Fäusten gegen die Läden geschlagen. Sie hat dann die Läden aufgerissen und hat fürchterlich geschimpft. Wir standen hinter dicken Eichenbäumen, die auf dem Schulgeländе standen, und haben uns kaputt gelacht.

Dieses Spielchen haben wir öfter mit ihr gemacht. Sie dachte, wenn sie Nägel in die Läden schlägt, können wir nicht mehr klopfen. Wir haben aber die Nagelspitzen in den Läden gesehen und haben kleine Feldsteine genommen und weiter geklopft.

Nun zu den Tannenzweigen: Wir fanden, dass diese Zweige noch eine andere Verwendung bekommen konnten. Gesagt, getan. Wir nahmen eine Kiepe, die ein Junge von zu Hause holte, und machten sie voller Zweige. Damit wurde dann der Weg von der Kirche bis zur Futschern dick mit diesen Zweigen bestreut. Als wir fast fertig waren, kam ein Mann aus dieser Nachbarschaft und fing an zu brüllen. Wir hatten Angst bekommen und sind weggerannt. Er hinter uns her. Wir waren eine Menge Kinder, ich war der Zweitschnellste. Aber auf mich hatte er es abgesehen. Am Ende dieser Straße hatte er mich eingeholt. Ein Tritt mit dem Fuß in meinen Hintern und ich flog in hohem Bogen in den Sand.

Ich hatte mir Rache geschworen, dass er sich gerade mich ausgesucht hatte. Ich habe mir von meinem Vater ein Schlachtemesser ausgeborgt und habe einen Reifen von seinem Fahrrad zerstochen. Er vermutete es sofort, dass ich das war. Aber beweisen konnte er mir gar nichts. Meine Rache war süß.

Impfen – Karte

In meiner Kindheit hatte ich riesengroße Furcht vor Spritzen. Später, als es dann schon Fernseher gab und dort gespritzt wurde, ist mir schon schlecht geworden.

Dann gab es irgendwann eine Impfaktion, wo man reichlich Spritzen für alle möglichen Sachen bekam. Zur Kontrolle wurde von einer Karte so ähnlich wie Lebensmittelkarten das entsprechende Feld abgeschnitten.

Der Raum zum Impfen war so aufgeteilt, dass am ersten Tisch die Anwesenheit eingetragen wurde. Danach wurden die passenden Abschnitte eingesammelt, anschließend die zu impfende Stelle desinfiziert. An dem Tisch, wo gespritzt wurde, habe ich mich vorbeigemogelt. Es hatte immer geklappt. Später musste ich mitjammern, wenn bei den anderen die Impfstelle so weh tat.

Irgendwann lag ich mit einem komplizierten Fußbruch im Krankenhaus. Die Schmerzen waren manchmal unerträglich. Eines Nachts war es auch so. Es war ein 8-Betten-Zimmer, voll belegt. Ich habe wegen einer schmerzstillenden Spritze geklingelt. Die Schwester kam mit einer Spritze. Sie meinte: Sie möchte kein Licht machen, um die anderen nicht zu wecken. Ich solle doch die Taschenlampe halten, wenn sie spritzt. Was ich auch tat. Sie hat die Nadel gesetzt. Ich habe zugeguckt und mich gefreut, dass gleich die Schmerzen nachlassen würden.

Von dieser Zeit an hatte ich keine Angst mehr vor dem Impfen. Ich gucke auch heute noch dabei zu.

Rummel – Luftballons

2 - 3 Mal im Jahr kam auch ein Rummel in unseren Ort. Karussell und Luftschaukel waren dabei die Attraktion. Die Luftschaukel war für Mutige zum Überschlagen. Das machte für mich den größten Spaß. Man durfte dabei nichts in den Hosentaschen haben, denn diese Sachen flogen oft durch die Gegend. Dann war da auch noch ein kleines Rondell mit einem Kreuz zum Drehen, und es kostete nicht viel. Wir sagten Kotzmühle dazu. Was auch öfter passierte.

Heute stehen diese Dinger auf den Kinderspielplätzen.

Den größten Spaß hatten wir aber an der Losbude. Die hatten auch gasgefüllte Luftballons. Wir Kinder hatten aber nicht so viel Geld, um uns solch einen Luftballon zu kaufen. Wir waren aber gut im Luftballon-Zerstören. Wir brauchten nur ein Stück Gummischnur und kleine Stücke Draht. Diese Drahtstücke wurden zu einem U geformt. Das Drahtstück kam über den Gummi und dann in den Mund, wo es mit den Zähnen gehalten wurde. Der Gummi wurde mit den Händen gespannt. Ab ging das Geschoss. Es gab einen Luftballon weniger.

Apfelsine

Wir sind mit dem Zug in den Spreewald gefahren. Es war für mich immer wieder faszinierend, wie die Uhr in meines Vaters Kopf funktionierte. Einen Wecker haben wir zu dieser Zeit nicht besessen.

Wenn es hieß, um 3, 4 oder 5 Uhr aufzustehen, schaffte es mein Vater jedes Mal, die richtige Zeit in seinem Kopf zu programmieren. Es war für mich etwas Besonderes, in den Spreewald zu fahren. Einen Picknick-Korb hatten wir auch dabei mit allerlei zum Essen. Eier und Bouletten hatte ich zu Hause schon gesehen. Als wir am Wegesrand auf einer Wiese Picknick machten, entdeckte ich auch eine Apfelsine. Zum Essen war sie viel zu schade. Fangeball spielen war viel interessanter. Das machte so lange Spaß, bis die Apfelsine an einen Baum flog und auseinanderbrach. Das Essen der Apfelsine hat uns Kindern noch mehr Spaß gemacht.

Knallbüchse – Holunder

Wir Kinder haben mit unseren Knallbüchsen rum geknallt oder uns gegenseitig angeschossen. Das hat mitunter ganz schön gezwickt. Das Material hatten wir zum Nulltarif, nur die Arbeit zur Herstellung war aufwändig.

Für die Büchse brauchte ich einen geraden Ast von ca. 25 cm Länge, bei dem das Innenmark mindestens 1 cm stark sein musste. Das Innenmark war weiß und weich. Ich habe es mit einem Draht herausgepult. Die Öffnung, das Loch, musste ganz sauber sein. Dann musste ein Stöpsel angefertigt werden. Der Stöpsel war 1 cm kürzer als die Büchse lang war. Am Ende des Stöpsels war ein Knauf von ca. 5 cm. Die Anfertigung war eine aufwändige Arbeit. Diese Arbeit habe ich gern gemacht, denn es brachte Spaß.

Zum Knallen brauchte man Eicheln. Davon gab es ja genug. Ich habe eine Eichel in der Mitte mit den Zähnen durchgebissen. Die erste Hälfte der Eichel wurde mit dem Knauf in die Büchse geschlagen und mit dem Stöpsel nach vorn gedrückt. Dann wurde die zweite Hälfte der Eichel eingeschlagen. Die Eichelhälfte wurde nach vorn gedrückt, bis die vorhandene Hälfte mit einem lauten Knall herausflog. Daher der Name Knallbüchse.

Schlüsselknaller

Uns Jungs kam es nur auf das Knallen an. Je lauter, umso besser.

Man benötigt einen Schlüssel, der ein Loch am vorderen Teil hat, einen Nagel, der in dieses Locht passte und eine Schnur, die ca. 50 cm lang ist.

Der Schlüssel wird auf der einen Seite der Schnur und der Nagel auf der anderen Seite angebunden. Anschließend kommt in das Schlüsselloch der Schwefel von ein, zwei oder drei Streichholzköpfen - je nachdem, wie laut der Knall und wie lange der Schlüssel halten sollten. Bei einer zu großen Schwefelmenge konnte der Schlüssel schon beim ersten Mal auseinanderbrechen. Also war Vorsicht geboten. Es konnten ziemlich große und hässliche Wunden durch die herumfliegenden Splitter gerissen werden. Ich habe mehrere solcher Verletzungen bei anderen Kindern gesehen. Darum stelle ich mich hinter eine Ecke. Der Nagel brachte beim Aufschlagen an die Wand den Schwefel zur Entzündung. Der Nagel flog aus dem Schlüssel. Der Knall war gewaltig.

Büchse mit Deckel

Es wird eine Büchse mit einem Deckel zum Eindrücken, also ein loser Deckel, benötigt. Man schlage mit einem Hammer und Nagel ein Loch in den Boden der Büchse. Tue ein Stückchen Karbid in die Büchse und spucke auf das Karbid. Schließe fest den Deckel.

Lege die Büchse ca. 2 m von einem Holzzaun entfernt mit dem Deckel zum Zaun. Setze einen Fuß auf die Büchse, damit die Büchse dort bleibt, wo sie gerade ist. Halte ein brennendes Streichholz an das Bodenloch der Büchse. Das ausströmende Gas entzündet sich. Der Deckel fliegt bis zur Bretterwand. Der Knall ist gewaltig. Lauter als ein Kanonenschlag. Und das noch fast zum Nulltarif.

Care-Paket

Die Amerikaner hatten ein Herz für die Bürger aus der SBZ, das Kürzel für Sowjetisch-Besetzte-Zone, gehabt. Jede Familie bekam ein Paket mit Lebensmitteln. Sie nannten es Care-Paket. Ich kann mich noch an Mehl, Bohnen, Linsen und Büchsenmilch erinnern. Es waren noch viele andere Sachen drin. Das war ein richtig großes Paket.

Es war von den DDR-Behörden verboten, diese Sachen einzuführen. Darum haben meine Eltern diese Pakete in Westberlin deponiert. Es wurden immer nur kleine Mengen mitgenommen. Ich hatte eine große Tüte mit Erbsen dabei, habe aber beim Verlassen des Bahnhofs durch die Kontrolle des Zolls mich sehr auffällig benommen und wurde geschnappt. Ich bin zu einem Holzhaus zur Abgabe der mitgebrachten Sachen geführt worden. Wir haben im Allgemeinen Bretterbuden dazu gesagt.

Drinnen war es ziemlich schummrig. Als sich meine Augen an die Dunkelheit gewöhnt hatten und das Chaos der vielen Menschen sah, habe ich die Sache erst einmal analysiert.

Ein Aufpasser war da, dass alles seine Richtigkeit hat. Ich stelle mich neben einen Mann in der Warteschlange und fing mit ihm ein Gespräch an. Der Aufpasser sollte glauben, dass er mein Vater ist. Was er dachte, weiß ich nicht. Er beachtete mich nicht weiter, als ich langsam zur Tür ging und mit einmal draußen stand. Keiner kam mir nach.

Ich wollte gerade weitergehen, als ich etwas Zerknülltes im Gras liegen sah, was wie Geld aussah. Ich hob es auf, behielt es aber in der Hand. Ich traute mir nicht, es in die Hosentasche zu stecken. Das konnte Aufmerksamkeit hervorrufen. Ich versuchte, ganz zwanglos durch die Kontrolle zu gehen. Ich schwitzte fürchterlich, kam aber ohne Beanstandung durch die Kontrolle.

Als ich weit genug weg war, habe ich die Hand aufgemacht und festgestellt, dass ich 20 Westmark gefunden habe. Das Geld muss wohl jemand, bevor er in die Baracke musste, weggeworfen haben.

Als ich mit dem Geld und den Erbsen zu Hause ankam und alles erzählte, hat sich meine Mutter kringelig gelacht. Sie hatte gleich Pläne mit dem Geld.

Ich aber auch. Ein großer Traum sollte für mich in Erfüllung gehen. Ich kaufte für 18 Mark ein Paar ganz schicke Schuhe mit einer dicken Kreppsohle.

Schoko und Heringstante

Es waren 2 Frauen aus Westberlin, die zu uns kamen, um Sachwert gegen Sachwert zu tauschen. Die eine Frau hatte Kisten mit Heringen und Bücklingen zum Tausch gegen Eier. Je Fisch kostete es ein Ei. Heute müsste man 10 Eier für einen Fisch geben. Die Preisspirale ist unwahrscheinlich auseinander gedriftet.

Die andere Frau hatte Kakaosachen wie Schokolade, Pralinen und auch Kakao. Wie da die Tauschpreise waren, weiß ich nicht. Aber die Schokolade hat mir immer gut geschmeckt.

Irgendwann hat uns die Kakao-Tante eingeladen, nach Berlin zu kommen. sie frage mich, was ich mir gerne zu essen wünsche. Meine Antwort kam schnell: einen großen Topf Kakao und Butterkekse. Das sagte sie mir auch zu.

Es dauerte aber noch 14 Tage bis zu unserer Einladung. Ich freute mich jeden Tag aufs Neue - meine Vorfreude war groß.

Der ersehnte Tag war da. Wir saßen am Kaffeetisch. Vor mir der Topf Kakao und ein großer Teller mit Butterkeksen. Alles war so, wie ich es mir die ganzen Tage ausgemalt hatte. Ich trank einen Schluck Kakao und biss in einen Keks, kaute und kaute. Ich musste mich sehr anstrengen, um den Bissen runterzubekommen. Der Hals war mir wie zugeschnürt. Es war Schluss mit Kekse essen. Meine Enttäuschung, ein großer Ärger auf mich selbst war riesengroß. Solch eine Situation habe ich in meinem späteren Leben nie wieder erlebt.

Ich hoffte sehr, dass die Tante mir wenigstens einen Keks mitgeben würde, wo sie doch noch so viele hatte.

Mein Wunsch ging nicht in Erfüllung.

Stiglitze

Wir hatten bei uns im Ort einen zugereisten Flüchtling, der als Vogelhändler und Fänger tätig war.

Uns Kinder machte es immer Spaß, beim Vogelfang zu helfen. Am Bahndamm wuchsen viele Blumensorten, darunter war auch die Königskerze. Wenn die Blume im Herbst ihre Schönheit verlor, war in den Blütenkapseln der Samen gereift, den die Vögel gerne fraßen. Am meisten waren Stiglitze an diesem Futter interessiert. Der Vogelfänger steckte kleine Ruten, die mit Leim beschmiert waren, in die Blütenkelche.

Wir Kinder sind hinter den Schwarm Stiglitze, um sie langsam, sehr langsam zu den präparierten Blumen zu treiben. Sie sollten nicht schon vorher das Weite suchen. Die Vögel sind, wie beabsichtigt, auf den Leimruten gelandet. Sie konnten mit den Ruten an den Beinen nicht mehr fliegen und sind zu Boden gefallen. Sie brauchten dann nur noch eingesammelt zu werden.

Auf dem Hof hatte der Vogelfänger einen großen Zwinger mit allen möglichen Vögeln. Damit lockte er auch andere Vögel an. Das war auch seine Absicht. Oben auf dem Dach hatte er Schalen mit Futter angebracht, das waren aber Fallen. Die Vögel sind in die Schalen gesprungen und schwupp waren sie in dem Käfig. Die Schalen hatten nämlich eine Wippvorrichtung, die schon nach geringer Belastung nach unten klappte.

Dann war in seinem Garten noch eine Vogelfangeinrichtung vorhanden. Es war ein ca. 4 m breites Netz, welches einen Meter in der Tiefe abdeckte. Da gab es reichlich Futter für die Vögel und Wasserschalen zum Trinken und Baden waren auch da. Das Netz war wie ein Bügel, welcher mit einem Seil aus der Ferne betätigt wurde. Damit hat er auch reichlich Vögel für den Verkauf gefangen.

Schweine – Eicheln

Wir hatten zu Hause mindestens 6 Schweine im Stall. Davon mussten meine Eltern 3 Schweine und mehr an den Staat abliefern. Mit anderen Produkten war es genauso, wie Kartoffeln, Gemüse, Getreide und Hülsenfrüchte. Es war schon komisch. Wir hatten viel angebaut und auch geerntet. Es musste reichlich an den Staat abgegeben werden. Wenn ein Produkt nicht reichte oder gar nicht angebaut wurde, musste mit einem anderen Produkt ein Ausgleich geschaffen werden. Das war manchmal ganz schön schwierig. Wir hatten manchmal weniger zu essen wie Leute mit Lebensmittelkarten. Da wir als Selbstversorger eingestuft wurden, haben wir auch keine Lebensmittelkarten mehr bekommen.

Fettes Schweinefleisch war zu dieser Zeit teurer als mageres. Wir Kinder mussten, wenn die Eicheln von den Bäumen fielen, diese immer sammeln gehen. Das war das richtige Kraftfutter für die Schweine. Sie setzten dann reichlich Fett an. Andere Sammler brachten auch Eicheln zu meinen Eltern. Sie bekamen dann Produkte aus der Landwirtschaft.

Tabak im Garten

Mein Vater baute in unserem großen Garten reichlich Tabak an. Nach der Ernte verkaufte er einen großen Teil davon, um Geld in die Haushaltskasse zu bekommen.

Ich habe gesehen, wie mein Vater die Tabakblätter in eine Blechbüchse stopfte und Pflaumensaft darüber goss, um dann diese Büchse in die heiße Röhre vom Ofen zu stellen, damit er richtig durchzieht. Mein Vater sagte: Der Tabak schmeckt danach noch einmal so gut.

Irgendwann ging der Tabak dann zur Neige. Das muss mein Vater wohl gewusst haben, denn der hat die Strunke von den Tabakpflanzen aufgehoben. Jetzt kamen die Strunke dran. Er hat mit einem Messer ganz kleine Späne geschnitten, um sie dann in der Pfeife zu rauchen. Dies war für mich ein Erlebnis. Wenn die Pfeife in Betrieb war, knisterte und krachte es darin. Es sind auch mitunter Funken geflogen. Wichtig war ja, dass die Pfeife qualmte.

Friedenspfeife

Wir Kinder haben irgendwann Indianerfilme gesehen. Das Interessanteste war, wenn die Indianer ihre Friedenspfeife rauchten. So etwas wollten wir auch. Wir hatten bloß keine Pfeife. Ich weiß nicht mehr, ob mein Vater seine Pfeife vergessen oder mit Absicht zu Hause gelassen hatte.

Ich habe mir seine kostbare Pfeife unerlaubter Weise ausgeborgt. Nun konnten wir auch unsere Friedenspfeife rauchen. Die Birkenblätter in der Pfeife haben fürchterlich gequalmt und auf der Zunge gebrannt. Auf jeden Fall hatten wir großen Spaß dabei.

Als ich nach Hause kam, um die Pfeife an ihren angestammten Platz zu bringen, war alles zu spät. Mein Vater suchte schon überall seine geliebte Pfeife. Da habe ich mir nicht mehr getraut, ihm die Pfeife zu geben. Es hat 2 Tage gedauert, bis ich den Mut fand, ihm meine Lüge aufzutischen. Ich habe die Pfeife ganz zufällig im Holzschuppen gefunden.

Mein Vater war daraufhin der glücklichste Mensch. Ich bekam als Finderlohn 2 Fünf- und 1 10-Pfennigschein. Damals war das Kleingeld noch aus Papier. Ich habe mir dafür 2 Negerküsse gekauft.

Irgendwann, später, habe ich meinem Vater alles erzählt. Da konnte er dann selbst darüber lachen.

Nüsse im Gemeindegarten

Es war ein verhältnismäßig großes Gemeindegrundstück in unserer Straße. Es gab dort ein Gemeindehaus mit einem Kindergarten und wir hatten dort unseren Konfirmandenunterricht. Dann war noch eine Jugendherberge, die im Sommer sehr gut besucht wurde.

Aber es gab auch einen Garten, in dem ein riesiger Nussbaum stand. Auf diesem Nussbaum hatten wir es abgesehen. Von der Straße konnten wir ihn nicht erreichen, denn das Grundstück wurde von einer 2 m hohen Mauer umgeben. Wir wollten aber an die Nüsse, die jetzt reif waren.

Wir wandten uns an eine alte Frau, die nicht mehr so richtig gucken konnte, aber die Schlüsselgewalt hatte. Ich habe ihr erzählt, dass unser Tennisball in diesen Garten gefallen ist. Sie hatte Verständnis und schloss den Garten auf. Wir suchten den Ball, der aber nicht zu finden war, aber Nüsse, die schon herunter gefallen waren, die uns aber noch nicht reichten. Wir haben den Ball im Baum gesehen. Ein Junge kletterte in den Baum, um den Ball herunter zu schütteln. Er schüttelte so lange, bis wir genug Nüsse in unseren Taschen und Hemden hatten. Endlich ist der Ball vor der Omi runtergefallen. Sie konnte ja nicht sehen, dass der Junge im Baum der Ballwerfer war.

Wir waren zufrieden. Die alte Frau auch.

Wir hatten für die ganze Woche Nüsse zu essen.

Tannennadeln – Hand

Wenn wir Jungs in den Wald gegangen sind, um Pilze zu suchen, aber keine fanden, weil es zu trocken war oder warum auch immer, wurde uns langweilig. Da kam ich auf ein neues Spiel, das auf eine Art gruselig war. Uns hat es Spaß gemacht.

Ich hatte mir aus Versehen eine Tannennadel in die Hand gepiekt. Es blutete. Es war ja nur eine Bagatelle, es juckte nur ein bisschen. Da kam mir die Idee, einen ganzen Zweig zu nehmen und den Handrücken damit zu pieksen.

Gemacht, getan. Es kam aber kein Blut aus den Wunden. Ich schwenkte darauf die Hand hin und her. Es kam Blut aus den Wunden.

Ich habe meinen Erfolg gleich meinen Kumpels gezeigt und die haben es gleich nachgemacht. Einer hat seinen ganzen Arm im Kreis gedreht. Das Blut ist richtig rausgeschossen. Das haben wir natürlich gleich nachgemacht. Es entstand gleich ein Wettstreit. Derjenige, bei dem am meisten Blut geflossen ist, der war Sieger.

Vater - Mutter – Kind

Seitdem wir Flüchtlinge in unserem Haus hatten, gab es auch 2 Mädchen. Die eine war so alt wie ich und die andere ein Jahr jünger.

Wir spielten oft zusammen. Es machte auch immer Spaß mit den Mädchen. Oft haben wir Vater, Mutter, Kind gespielt. Oder Onkel Doktor.

Am meisten und interessantesten waren die Onkel-Doktor-Spiele. Da wurde dann auch der ganze Körper von den Patienten untersucht. Das war spannend. Was man sonst noch alles anstellen konnte, wussten wir zu dieser Zeit noch nicht. Damals war alles noch anders.

Die Eltern von einem Kumpel hatten ein Ärztebuch, in dem auch ein nackter Mann und eine nackte Frau abgebildet waren. Das wurde vor den Kindern versteckt. Wir hatten es aber trotzdem gefunden. Aufgeklärt wurden wir von den Eltern auch nicht.

Fahrrad

Ich hatte es geschafft, ein Fahrrad zusammenzubauen. Es hatte nur einige Mängel. Es war ein Herrenfahrradrahmen, und die Räder hatten auch keine Bereifung. Es waren die blanken Felgen. Einen Sattel hatte es auch nicht, haben wir auch nicht gebraucht. Dafür waren wir viel zu klein. Es klappte aber trotzdem mit dem Fahren.

Beim Fahren musste das Fahrrad schräg gehalten werden, weil die Stange von dem Herrenfahrrad störte. Dass die Felgen keine Bereifung hatten, störte uns auch nicht. Wir sind im Garten auf Sandboden gefahren.

Halbe Autobahnbrücke

Im Krieg wurden viele Brücken zerstört, um den Vormarsch des Feindes zu behindern. Was aber nicht geholfen hat. Es wurden aus Holz auf die Schnelle neue Brücken erbaut.

Die Autobahnbrücke über unserem Fluss wurde auch zerstört. Sie wurde aber in kürzester Zeit zur Hälfte aus Holz wieder aufgebaut. So wurde der Verkehr von und nach Berlin aufrecht gehalten.

Es klappte so lange alles gut, bis ein Lkw-Fahrer den Fahrspurwechsel zur Holzbrücke verpasste, die Absperrung durchbrach und in den Fluss stürzte. Auf dem Lkw waren Kekse, Schokoladensachen und reichlich Alkoholflaschen geladen.

Als die Kinder aus dem Nachbarort, die in unsere Schule gingen, erzählten, dass ein Wagen voller Schnaps und Süßigkeiten in den Fluss gefallen ist und die Leute reichlich von den Sachen nach Hause trugen, gab es für mich kein Halten. Ich habe Schule, Schule sein lassen und bin mit meinem besten Kumpel zur Unfallstelle gerannt.

Für uns Kinder gab es dort nichts mehr zu ergattern. Alles lag im Fluss, wo wir Kinder nicht ran kamen. Die Erwachsenen sind mit Armen voller Schnaps in den Wald rein und sind ohne Schnaps wieder raus gekommen. Also haben sie die Flaschen dort versteckt.

Ich bin auch in diesen Wald gegangen, habe aber keine Schnapsflaschen gefunden. Ich habe mich im Wald versteckt, um zu beobachten, wo der Schnaps bleibt. Er wurde eingegraben. Als der Mann verschwunden war, bin ich hin und habe den Schnaps ausgegraben und bin mit den 3 Flaschen Schnaps, die ich dort gefunden habe, nach Hause gegangen.

Mein Vater hat sich darüber gefreut. Am meisten über den Weinbrand. Eine Flasche war Kirschlikör und die andere war

Danziger Goldwasser. Das Gold soll echt gewesen sein. Wenn man die Flasche schüttelte, schwamm das Gold im Schnaps.

Kaffee

Wenn mein Vater mal nicht seinen Bohnenkaffee bekam, wurde der fuchsteufelswild und rastete aus.
Es war ja nicht immer die Möglichkeit, aus dem Westen Kaffee zu holen. Meine Mutter hat dann von mehreren Tagen den Kaffeegrund aufgehoben, um dann noch einmal alles aufzubrühen. Oft konnte so etwas nicht gemacht werden.
Der Kaffee, den es bei uns im Geschäft zu kaufen gab, war in 25 g Päckchen abgefüllt und schmeckte nicht besonders. Mit diesem Kaffee konnte man sich das Kaffeetrinken abgewöhnen. Damals kostete ein Pfund Kaffee 10 Westmark und heute ist er billiger.

Zigaretten

Mein Vater war auch ein starker Raucher, ein sogenannter Kettenraucher. Er machte die neue Zigarette mit der Glut von der alten Zigarette an. 3 Schachteln, das sind 60 Zigaretten, das war sein Tagespensum.
Bei der kleinen Haushaltskasse, die schon chronisch schlecht war, ging sehr viel Geld in Rauch auf.
Es war mir immer peinlich, wenn ich beim Bäcker oder Kaufmann anschreiben lassen musste, weil kein Geld im Hause war.

Mutter trank

Als mein Vater wieder einmal - in letzter Zeit oft - aus der Kneipe nach Hause kam, wo er seinen Durst mit ein paar Bierchen herunter gespült hatte, flippte meine Mutter aus. Sie sagte: Ich werde auch einmal ausprobieren, ob betrunken sein schön ist und wie die Welt da aussieht. Meine Mutter trank normalerweise gar keinen Alkohol.

Wir hatten noch 2 Flaschen Likör im Haus. Da machte sich meine Mutter darüber her. Wie viel sie davon getrunken hatte, weiß ich nicht. Nur so viel: Sie war danach 3 Tage krank. Sie hätte Bier trinken sollen, denn durch Bier wird der Durst erst schön.

Mein erstes Bier habe ich mit 16 Jahren getrunken. In der Gaststätte wurden öfter große Hochzeiten gefeiert, alleine schon wegen des großen Saals. Wenn das Bier nicht alle geworden war, wurde es am nächsten Tag spendiert.

Ich habe 3 kleine Biere getrunken und war abgefüllt.

Späne-Ofen

Normalerweise wurden in den Ofen Späne verbrannt. Wir hatten aber keine zu Hause. Es war an diesem Tag sehr kalt. Ich wollte, wenn meine Eltern nach Hause kommen, dass sie eine warme Stube haben. Was tun?

Mein Kumpel und ich suchten Brettstücke und anderes Holz zusammen. Und ab in den Ofen. E waren unten und oben jeweils eine Klappe zum Nachfüllen. Ich versuchte, Feuer im Ofen zu machen. Mal brannte es, dann ging das Feuer wieder aus. So ging es ein paar Mal. Da muss wohl nasses Holz dabei gewesen sein. Bis mir die Idee kam, mit Diesel, den wir gerade zu Hause hatten, das Feuer zu entfachen. Gedacht, getan. Ich goss eine Büchse voll Diesel von oben in den Ofen. Da schoss eine Stichflamme aus der Klappe. In unserem Schreck rannte mein Kumpel weg und ich schmiss mich auf den Boden. Ich dachte, mein Rücken wird gebrutzelt, so heißt es war. Meinem Kumpel wurden die Haare am Hinterkopf angesengt. Durch das Wegrennen ist die Flamme hinter ihm her.

Das Zimmer sah danach wie eine Räucherkammer aus. Es musste total neu gemacht werden. Mein Handeln war wie ein Schuss in den Ofen.

Räucherkammer

Wir hatten auf dem Dachboden eine Räucherkammer von 2 x 2 m, in die vieles vom Geschlachteten rein kam. Es waren Würste, Speck und Schinken, auch ein Fass zum Pökeln stand darin.

Es stand ein Teller mitten im Raum, worauf Buchenspäne angezündet wurden. Die Flamme wurde dann gelöscht, nur die Glut glimmte weiter, was den gewünschten Rauch zum Räuchern erzeugte. Im Pökelfass waren die Schweinebeine der Speck und Schinken in der Salzlake eingelegt. Das langsam einziehende Salz gab dem Fleisch erst den richtigen Geschmack.

Zuerst kamen die Eis- und Spitzbeine heraus. Irgendwann der Speck. Nach 3 Monaten kamen die Schinken aus der Lake. Der Schinken wurde ja erst im Herbst gebraucht, wenn die Kartoffelernte anfing.

Zuerst verschwanden die Leber- und Fleischwürste aus der Kammer, dann die geräucherten Rippchen. Ich habe öfter mal eine Rippe mit Fleisch, so wie sie war, abgeknabbert. Das hat mir jedes Mal aufs Neue gut geschmeckt.

Der fette Speck war nach dem Räuchern auch ein Genuss. Das Salz von der Lake hatte sich auf dem Speck kristallisiert. Es knirschte richtig, wenn man mit dem Messer eine Scheibe abschnitt. Die Schlack- oder Dauerwürste wurden das ganze Jahr über verzehrt.

Diebstahl

Irgendwann im Winter, es hatte den ganzen Tag geschneit. Meine Eltern, Tante und wir Kinder saßen am Abend gemütlich in der warmen Stube und plauderten. Die Fensterläden waren zu.

Da wir mit einem mal ein Geräusch am Fenster. Dieses Geräusch wiederholte sich. Mein Vater und die Tante gingen vor die Tür, um zu sehen, woher das Geräusch kam. Meine Tante sagte gleich, da liegt ein Betrunkener. Dann sah es noch so aus, als wenn ein Hund zu dem Betrunkenen hin läuft. Durch den Schnee sah es auf jeden Fall so aus. Es war ja sonst stockdunkel. Meine Tante, mutig wie sie war, ist die Treppe runter, stapfte durch den Schnee zu dem vermeintlichen Betrunkenen. Da rief sie: Wurst und Schinken liegen hier.

Der Dieb, der die Räucherkammer leer geräumt hatte und dann gewarnt war, ist durch den Garten getürmt und hat das Weite gesucht. Die Würste und andere Sachen waren in Rucksäcken verpackt und durch das Dachfenster mit einem Seil heruntergelassen worden.

Die vollen Rucksäcke wurden herein geholt. Mein Vater machte sich auf die Spurensuche. Die Fußabdrücke waren in dem neuen Schnee gut zu erkennen. Der Dieb machte einen sehr großen Bogen, um nach Hause zu kommen. Es mussten mehrere Zäune überwunden werden.

Mein Vater musste kein Sherlock Holmes sein, um die Spur bis zum Ende zu verfolgen. Die Spur führte bis zum Elektrikermeister bei uns, diagonal über die Straße. Dass dieser Diebstahl von einem Nachbarn begangen wurde, damit hatten meine Eltern überhaupt nicht gerechnet.

Der Diebstahl musste nun nur noch bewiesen werden. Mein Vater fuhr mit den Rucksäcken, die stark mit Flicken besetzt waren, zu dem Neffen, der beim Meister beschäftigt war, um die Rucksäcke begutachten zu lassen. Der Neffe erkannte auf Anhieb die Rucksäcke wieder. Er sagte sofort: Das sind die Rucksäcke von meinem Onkel.

Mein Vater stellte den Nachbarn daraufhin zur Rede. Das Leugnen half bei der erdrückenden Beweislast auch nicht mehr.

Wie die Sache später geregelt wurde, weiß ich nicht. Nur soviel: Er hat sein Haus verkauft und ist mit seiner Familie weggezogen.

Russischlehrer

Wir hatten Schulhefte, in die wir jeden Tag unsere Schulaufgaben eintragen mussten. Lob und Tadel von den Lehrern kamen auch da rein. Das musste jede Woche von einem Elternteil unterschrieben werden.

Ein Junge hatte einen ziemlich großen Dolch in die Schule mitgebracht und fuchtelte im Unterricht damit herum. Wir hatten gerade Russischunterricht und gar keinen Respekt vor dem Lehrer. Einmal haben wir ihn in den Holzschuppen für eine Unterrichtsstunde eingesperrt. Und das ohne jegliche Konsequenzen.

Auf jeden Fall sollte der Schüler sein Tagebuch für einen Tadel nach vorn zum Lehrer bringen. Der Schüler verweigerte dies. Er sagte nur das: Hol es dir doch selber.

Der Lehrer kam auch, um sich das Tagebuch zu holen. Der Schüler steckte aber das Buch unter die Schreibplatte, wo die Schulmappe untergebracht war.

Der Lehrer war sehr wütend und wollte den Schüler aus der Bank zerren. Der Schüler zog den Deckel von dem Holz-Griffelkasten heraus und klatschte den Lehrer damit auf die Backe. Der Lehrer wurde noch wütender und der Schüler noch mutiger.

Der Schüler hob ein Bein und gab dem Lehrer einen Fußtritt vor die Brust. Der Lehrer überschlug sich und flog über die Nachbar-Tischreihe bis vor den Kachelofen. Der Lehrer rappelte sich auf und torkelte aus dem Zimmer. Wir waren ratlos: Was kommt nun?

Da hörten wir ein jämmerliches Weinen vom Lehrer hinter der Tür. Der weinte sich dort aus und kam anschließend wieder in die Klasse, als wenn nichts gewesen wäre. Er war auch nicht zur Schuldirektion gegangen, um dies anzuzeigen.

Da war er bei uns Schülern unten durch. Die Mädchen haben im Unterricht noch mitgearbeitet, wir Jungs aber nicht. In den 3 Jahren Russischunterricht gab es jedes Mal eine 3 im Zeugnis.

Ich konnte am Ende der Schulzeit noch nicht einmal meinen Namen auf Russisch schreiben.

Lieder, Gedichte und Reime

Was uns die Lehrer in der Schule nicht beigebracht haben:
Ai, Ai, Ai Sanella. Sanella auf den Teller. Wenn Sanella ranzig wird, dann kommt sie in den Keller. Kaum ist die

Kellertüre zu, hat Sanella keine Ruh, denn die Mäuse beißen zu.

Ein Mops kam in die Küche und stahl dem Koch ein Ei. Da nahm der Koch die Kelle und schlug den Mops zu Brei. Da kamen viele Möpse und machten ihm ein Grab und setzten ihm ein Denkmal, darauf geschrieben stand:
Ein Mops kam in die Küche …

Alles mit Selbstlauten neu einsetzen:
Dra Chanasen mat nam Kantrabass, da saßean af da Straßa and azahltan a was, da kam da Palaza, ans zwa dra, dra Chanasa mat nam Kantrabas.
Jetzt weiter mit e, i, o, u.

Es war einmal ein Mann, der hieß Popan.
Popan hieß er, große Furze ließ er. Den Furz steckt er in die Tasche, da war es eine Flasche.
Die Flasche stellt er in das Spind, da war es ein Kind.
Das Kind legt er in die Wiege, da war es eine Ziege.
Die Ziege stellt er in den Stall, da war es ein Ball.
Den Ball schmiss er in den Himmel, da war es ein Schimmel.
Den Schimmel spannt er vor den Wagen, da war es ein Kragen.
Den Kragen macht er sich um den Hals, da war es Schmalz.
Das Schmalz schmiert er sich aufs Brot, da war es Schrot.
Das Schrot macht er in die Flinte, da war es Tinte.
Die Tinte schrieb er aufs Papier, da war es Bier.
Das Bier trank er aus, da war es eine Maus.
Die Maus schmiss er an die Wand, da war es ein Mann und der Mann hieß Popan …

Witze

Da wollte ein Radfahrer sein Fahrrad an das Staatsratsgebäude abstellen. Da kam ein Ordnungshüter und sagte: Nehmen Sie das Rad dort weg, es kommt gleich eine russische Delegation. Da sagte der Berliner: Watt denn, klauen die denn immer noch die Fahrräder?

Ein russischer und ein amerikanischer Diplomat fahren mit einem Zug von Berlin nach Moskau. Nach einer Weile, als der Zug gerade gehalten hat, fragte der Ami den Russen, wie weit sie schon sind. Der Russe hält seinen Arm aus dem Zugfenster und sagt: Wir sind noch in der DDR. - Später bei einem erneuten Halt das gleiche Spiel: Jetzt sind wir in Polen. Und beim dritten Mal: Jetzt sind wir in Russland.

Das hat den Ami keine Ruhe gelassen, wie der Russe das rausbekommen hat, wo sie jeweils gewesen sind. Der Russe sagte: In der DDR haben sie mir die Hand geküsst. In Polen haben sie darauf gespuckt. In Russland haben sie mir die Armbanduhr geklaut.

*

Auf einem Diplomatenball hat sich bei der amerikanischen Diplomatenfrau das Kleid in den Pobacken festgesetzt. Keiner der Diplomaten traute sich etwas zu sagen. Außer der russische Diplomat: Karascho, ich werde ihr es sagen. - Er ging hin und sagte: Frau, Arsch frisst Kleid.

Musikunterricht frei

Unser Musiklehrer ist an meinem Gesang fast verzweifelt. Wenn wir gesungen haben, habe ich alle anderen Kinder durch meinen Gesang aus dem Takt gebracht.

Der Lehrer hatte für mich eine gute Lösung. War der Musikunterricht in der Mitte der Schulstunden, durfte ich auf der letzten Bank im Raum meine Schularbeiten machen. Und wenn er in der letzten Stunde war, durfte ich nach Hause gehen.

Andere Jungs wollten es genauso machen wie ich, was aber nicht klappte. Ich blieb ein Unikat.

Lehrer – Bienen

In unserer Schule war ein Lehrer, der reichlich Bienenstöcke hatte. Das war sein großes Hobby.

Da seine Bienen nicht weit von der Schule ihr Zuhause hatten, ist es einmal passiert. Als wir gerade Unterricht mit diesem Lehrer hatten, ist ein Bienenschwarm am Schulfenster vorbeigeflogen. Der Lehrer hat den Unterricht sausen lassen und ist hinter seinen Bienen hinterher, um sie wieder einzufangen. Das passiert nur, wenn eine junge Königin ein eigenes Volk gründen will und mit einem Teil der Arbeiterinnen ein neues Zuhause sucht.

Als wir mit diesem Lehrer eine für uns blöde Klassenarbeit schreiben sollten, ist einer von uns Jungs an das Fenster und schrie: Bienen, Bienen! - Das hatten wir vorher abgesprochen. Unser Lehrer war verschwunden.

Wir Kinder haben uns über diesen Streich krumm gelacht. Dieses Spielchen klappte aber nur noch einmal. Da hatte der Lehrer unsere Masche durchschaut. Es war Schluss mit lustig.

Bobby als Eierklauer

Er mopste sich gern Eier aus den Hühnernestern, um sie an einem ruhigen Plätzchen zu vertilgen. Die kaputten Eierschalen wurden gefunden, aber wer war das? Es konnte eigentlich nur Bobby sein.

Es wurde ein Ei vor ihn hingelegt und dann geschimpft.

Ein anderes Mal hat er auch Schläge mit einem Birkenzweig bekommen.

Es half alles nichts. Der Hund hat nicht verstanden, warum Frauchen und Herrchen so böse auf ihn waren.

An einem anderen Tag sah ich durch Zufall, wie der Hund - ein noch ganzes Ei im Maul - sich davon machen wollte. Ich habe den Hund festgehalten und meinen Vater gerufen, der auch gerade zu Hause war. Mein Vater hat einen Strick, der da gerade herum lag, genommen und hat dem Hund ein paar Schläge auf sein Hinterteil gegeben. Diesmal hat der Hund es kapiert, worum die Aufregung ging. Es fehlte danach nie wieder ein Ei.

Getreide Dreschtag

Es war ein Dreschtag angesagt. Da wurden viele Hände gebraucht.

Es war reichlich Platz in der Tenne, wo die Dreschmaschine stand. Die Getreidebunde, die im Fach oder Tass lagen, wurden mit der Forke aufgespießt und zur Dreschmaschine getragen. Das Getreide wurde von der Maschine ausgeschlagen und fiel in eine Auffangwanne. Die Wanne musste von Zeit zu Zeit geleert werden. Es war unwahrscheinlich viel Staub in der Luft. Es gab reichlich und viel Pumpenwasser zu trinken.

Mit der Zeit wurden die Getreidebunde im Fass immer weniger und die Ratten, die ein gemütliches warmes Schlafaffenland-Plätzchen hatten, wurden immer kleiner. Da wurden dann Vorsichtsmaßnahmen erforderlich.

Die Männer, die das Getreide aus dem Tass holten, haben sich mit einer Strippe die Hosenbeine zugebunden. Es war schon öfter passiert, dass Ratten in ihrer Angst sich in die Hosenbeine flüchteten, was dann durch den Biss der Ratte schmerzhafte und eitrige Wunden verursachen konnte.

Da kam Bobby zum Einsatz.

Von den ca. 12 Ratten killte Bobby 6. 3 wurden von den Männern erschlagen. Der Rest flüchtete. Das war schon eine aufregende Sache.

Später, nach dem Dreschen, kamen wir Kinder zum Einsatz. Das Getreide musste von der Spreu getrennt werden. Dafür hatten wir eine Klapper, wo das Getreide von der Spreu getrennt wurde. Das gereinigte Getreide fiel in einen Sack, der unter der Klapper befestigt war.

Für mich war das Drehen des Klapperrades eine ganz schön schwere Arbeit.

Hundehütte – Hühnerflöhe

Bei uns war kein Hund angeleint oder angekettet. Sie hatten aber ihre eigene Hütte.

Einmal brütete ein Huhn in dieser Hütte, Bobby gestattete es.

Als wir Kinder einmal Versteck spielten, kroch ich in diese Hundehütte, um mich zu verstecken. Das hätte ich lieber lassen sollen. Als ich aus dieser Hütte heraus kam, war ich voller Hühnerflöhe. Nicht nur die Sachen, die ich an hatte, nein, mein ganzer Körper war voller Flöhe.

Mit bloßen Händen bin ich sie nicht los geworden. Was nun?

Der Weg führte mich zu dem Fluss, der ja hinter unserem Garten vorbei floss. Ich bin mit all meinen Sachen, die ich an hatte, ins Wasser gesprungen. Ich war mindestens eine Minute total unter Wasser. Danach war ich die Hühnerflöhe los.

Ich konnte nur deshalb so lange unter Wasser bleiben, weil an unserer Badestelle die älteren Jungs einen Pfahl im Wasser eingeschlagen hatten. Da habe ich mich daran festgehalten. An dem Pfahl haben wir Jungs getestet, wie lange jeder von uns es unter Wasser aushält.

Die längste Zeit waren fast 4 Minuten.

Stammbuchbilder stechen

Es gab eine Zeit, in der Stammbuchbilder ein sehr begehrtes Sammelobjekt waren. Diese Bilder wurden mit flüssigem Puderzucker auf Kekse geklebt. Oder ins Poesiealbum. Die Motive waren vielfältig wie Kinder, Blumen, Tiere und auch Weihnachtsmänner.

Wir benutzten diese Bilder auch zum Glücksspiel. Es wurde ein vollgeschriebenes Schreib- oder Rechenheft genommen, die einzelnen Blätter in der Mitte geknifft, dass dadurch die offene Seite nach unten kam. In 6 von den Seiten kam ein Bild. Bei allen Kindern gleich.

Jetzt suche man sich einen Gegner, wo man mit einem Stück Pappe oder einem Stock abwechselnd in des Gegners Schulheft stach. Die Seite wurde aufgeklappt, wenn ein Bild darin war, wechselte es den Besitzer.

Dieses Glücksspiel machte jedes Mal aufs Neue Spaß. An einem Tag hatten wir Kinder uns die Schienen von der Bahn zum Hinsetzen ausgesucht, um Stammbuchbilder zu suchen. Wir waren 11 Kinder und keiner achtete auf die

Umwelt. Wir waren alle dermaßen in unsere Beschäftigung vertieft, dass keiner den herannahenden Zug bemerkt hat.

Es erschall ein schriller Pfeifton von der Lok, die schon riesengroß vor uns war.

Ich habe mich von dem Gleis nach hinten geschmissen und bin den Bahndamm herunter gekullert, bis ich auf der Wiese zum Liegen kam.

Alle Kinder konnten sich retten. Keinem ist bis auf ein paar Schrammen und blauen Flecken etwas Ernstes passiert.

Die Hefte mit den Bildern, die wir vor Schreck auf dem Bahngleis liegen gelassen haben, hat der Fahrtwind vom Zug mitgerissen. Es hat lange gedauert, bis wir danach fast alles wiedergefunden hatten. Wir suchten uns eine windgeschützte Stelle, wo die Bilder ausgebreitet wurden. Jeder suchte sich seine Bilder aus.

Obwohl uns der Schreck noch in den Gliedern saß, waren wir froh, dass wir noch am leben waren. Hätte der Zugführer nicht aufgepasst, wäre ein großes Unglück passiert.

Segelflieger

Um ein Segelflugzeug bauen zu können, brauchte man erst einmal einen Plan davon. Der kostete viel Geld, welches ich nicht hatte. Ich habe mir solch einen Bauplan für solch ein Flugzeug ausgeborgt - aber nicht ohne Gegenleistung. Ein Tauschobjekt musste ich schon hergeben.

Als allererstes habe ich die einzelnen Teile auf Pergamentpapier abgezeichnet und dann noch aus Pappe die einzelnen Teile geschnitten.

Das Allerschwierigste war das Beschaffen der Materialien wie Sperrholz für das Gerippe und Pergamentpapier als Haut. Das Papier habe ich im Westen gekauft. Dafür musste eine Taube aus meiner Sammlung ihr Leben lassen.

Für die Klebematerialien hatte ich mehr Glück. Ein Kumpel, dessen Vater eine Tischlerei hatte, durfte kleine Mengen Leim abzweigen. Dafür habe ich ihm meine Laubsäge geborgt. Laubsägeblätter hatte ich genug. Mein Vater hatte von irgendwoher eine Handvoll davon mitgebracht.

Die Vorfreude, den Flieger in der Luft zu sehen, war groß. Es machte Spaß zu sehen, wie der Flieger Gestalt annahm. Die einzelnen Sperrholzteile passten auch noch, bevor sie zusammengeleimt wurden. Als letztes wurde das Gerippe mit Pergamentpapier bespannt.

Um das Papier straff auf das Gerippe zu bekommen, wurde dieses angefeuchtet. Nun kam der große Augenblick des Fliegens. Oft war der Flieger seitenlastig. Eine Korrektur war nötig. Bleistückchen oder Unterlegscheiben kamen an die Gegenseite des Flügels ran. Der Balanceausgleich war oft nicht leicht.

Der Flieger hatte am unteren Teil einen ausgeschnittenen Haken. An diesen Haken wurde mit einer Schnur der Flieger in die Luft gezogen. Oder der Flieger wurde am Abhang von unserem Berg zum Fliegen gebracht. Wenn die Aufwinde gut waren, schraubte sich der Flieger in die Lüfte, um dann eine unbestimmte Richtung einzuschlagen.

Zwei Mal kurz hintereinander sind meine Flieger auf Nimmerwiedersehen verschwunden. Für mich ein großer Verlust. Die Waldgebiete waren zu groß, um solch ein kleines Flugzeug wiederzufinden.

Der größte Verlust war das Material, weil es so schwer zu beschaffen war. Die Arbeit, um ein neues Segelflugzeug zu bauen, hat mir immer viel Spaß gemacht.

Weitpinkeln

Einer von uns Jungs hatte die Idee, wer wohl am weitesten pinkeln kann.

Wir waren 3 Jungs, die dies probierten.

In der Schule hat sich unser Wettbewerb schnell herumgesprochen. Da waren wir mit einem mal schon 9 Jungs für das Weitpinkeln. Wir stellten uns in einer Reihe auf, um herauszufinden, wer den weitesten Wasserstrahl hat. Aber wer kann schon auf Bestellung pinkeln und dann noch mit Druck?!

Jeder wollte der Sieger sein, aber einer konnte es nur werden. Es hat uns allen viel Spaß gebracht.

Wir haben uns ausgeschüttet vor Lachen.

Furzen

Furzen tut jeder. Der eine mehr, der andere weniger. Genau so ist es mit laut und leise.

Ein Junge aus unserer Gruppe meinte, wer wohl am besten Furzen kann.

Es war nicht einfach, auf Bestellung so etwas zu machen. Jeder von den Jungs versuchte, den Furz so lange zurückzuhalten, bis es alle hören sollten.

Es kamen viele Varianten dabei heraus. Ein Junge war der Beste: Er hatte einen lang anhaltenden und hohen Furz. Wir anderen wollten auch so einen Furz produzieren.

Ich aß Butterstulle mit reichlich Zwiebeln und auch Bohnen. Wie das Sprichwort sagt: Jedes Böhnchen gibt ein Tönchen. - Ich habe es trotz aller Trickse nicht geschafft, so einen melodischen Furz hervorzubringen.

Der Mensch produziert am Tag ca. einen halben Liter von diesem Gasgemisch. Dies brachte uns auf eine neue Idee, solch einen Furz einmal anzustecken. Dies hatte geklappt. Es entstand eine Stichflamme. Bis zum dritten Mal: Da hat der Furz als Flammenwerfer die Pobacken des Jungen verbrannt. Da war auch dieses Spielchen beendet.

Jetzt noch eine Frage: Warum stinkt ein Pup? Damit ein Taubstummer auch was davon hat.

Munitionseimer

Als wir durch den Wald stromerten, kam einer von uns Jungs auf die Idee, doch die Munition, die überall noch im Wald lag, zu sammeln. Der Zweck war auch schnell gefunden. Wir brauchten einen Behälter, in den die Munition rein konnte. Die Schrottabladestelle am Berg war gerade richtig. Von dort holten wir einen Eimer, in den die Patronen rein kamen. Wir hatten einen guten Tag und hatten schnell einen halben Eimer voll.

Mit einem Brennglas wurde ein Feuerchen entfacht. Mit trockenen Ästen wurde es ein richtig großes Feuer. Dort stellten wir den Eimer mit der Munition rein. Die Patronen sollten sich selbst entzünden und ein Feuerwerk verursachen.

Jeder von uns Jungs hat sich einen Baum gesucht, wo er sich dahinter verstecken konnte, um keine Kugel abzubekommen. Wir wollten ja alle dicht dabei sein.

Es passierte erst einmal gar nichts. Dann ein Schuss. Wieder Funkstille. Die Munition explodierte nicht mit einem Male, sondern nur sporadisch. Das war ein blödes Spiel, was wir uns haben einfallen lassen.

Nach ca. einer Stunde haben wir uns verständigt und sind rückwärts gerobbt, immer hinter dem Baumschatten. Ich wollte keine Kugel in den Po oder sonst wo abbekommen. Wir sind alle unbeschadet da herausgekommen.

So ein verrücktes Spiel haben wir nie wieder gemacht.

Bobbys Tod

Eines Tages war mein Vater wieder einmal mit Pferd und Wagen zu unserem Feld unterwegs. Der Hund war wie üblich auch dabei.

Der Weg führte aus dem Ort heraus, unter der Eisenbahnbrücke durch, um dann den Sandweg, der parallel zum Bahndamm führte, zu benutzen. Rechts von diesem Weg fing der Wald an. Wir sagten ‚Kusseln' dazu, denn die Bäume waren nicht größer als 2 Meter.

In diesem Wald gab es auch Pilze.

Für den Hund war es ein Jagdgebiet auf Kaninchen. Er war jedes Mal, wenn es zu unserem Acker ging, in diesem Wald verschwunden. Immer wieder kam er irgendwann aus dem Wald. auch wenn wir schon wieder zu Hause waren. Der Hund kannte ja den Weg und sein Zuhause.

Ab Abend war der Hund immer noch nicht da, was ungewöhnlich war. Meine Mutter ist mit dem Fahrrad zu diesem Wald gefahren, um nach Bobby zu rufen.

Kein Laut war von dem Hund zu hören. Nur das Rauschen der Bäume.

Am nächsten Tag sind meine Eltern, mein älterer Bruder und ich in diesen Wald, wo der Hund verschwunden ist, um intensiv nach ihm zu suchen.

Jeder Kaninchenbau wurde untersucht, ob sich vielleicht der Hund darin festgesetzt hat. Unsere Stimmbänder waren schon ganz heiser von dem vielen Rufen.

Das Gebiet wurde immer größer, welches wir abgesucht haben. Es war kein Hund zu sehen oder zu hören. Nach ein paar Tagen gaben wir die Suche auf. Der Hund könnte ja auch in einem Kochtopf gewandert sein. Es waren viele Flüchtlinge im Ort, die auch, wie wir hörten, gern Hundefleisch aßen.

Meine Eltern haben den Hund abgeschrieben. So war der Lauf der Zeit.

Aber nach 17 Tagen kam ein Mann aus dem 5 km entfernten Nachbarort zu uns, um zu berichten, er habe gehört, dass wir einen Hund vermissen. Er habe beim Pilzesammeln einen toten Hund im Wald gefunden, der so aussieht, wie von uns beschrieben.

Mein Vater schnappte sich sein Fahrrad und fuhr mit dem Mann zu der Stelle, um zu sehen, ob es unser Bobby ist. Er war es.

Wir hatten nun die Gewissheit, dass er nicht in einen Kochtopf gewandert, sondern jämmerlich verreckt ist.

Bobby hatte sich bei der Jagd nach Kaninchen in einer Drahtschlinge, die eigentlich für Kaninchen gedacht war, verfangen. Sein rechtes Hinterbein war darin hängen geblieben und er konnte sich nicht mehr selbst befreien.

Unsere Nachforschungen haben ergeben, dass Leute aus dieser Nähe Jaulen und Bellen eines Hundes gehört haben, was aber keiner weiter beachtet hat. Niemals hatten meine Eltern geglaubt, dass der Hund so weit gelaufen ist, um auch da noch nach ihm zu suchen.

Wir haben Bobby eine würdige Begräbnisstätte in unserem Garten geschaffen.

Jaffamöbel (Jaffa = Apfelsinen)

Es gab im Allgemeinen ein geflügeltes Wort: Du hast wohl Jaffamöbel zu Hause. So wurden leichte, billige Möbel genannt.

Wir besaßen so etwas. Es waren Holzkisten, ca. 50 x 50 cm und 1 Meter breit. In der Mitte war die Kiste noch mit einem Steg, da waren Apfelsinen drin mit dem Namen Jaffa. Wir haben 2 solcher Kisten an der Wand befestigt, mit einem Vorhang versehen - und der Schuhschank war fertig.

Knecht Feduard

Wir hatten auch einen Knecht zu Hause. Der hieß Feduard. Woher er kam, weiß ich nicht. Er war auf jeden Fall nicht so richtig im Kopf. Hat aber überall, wo es nötig war, mitgeholfen.

Woran ich mich noch besonders erinnern kann, ist: Er konnte für 2 essen. Wenn wir mit dem Essen fertig waren und er Reste davon dem Hund rausbringen sollte, habe ich öfter durch das Fenster gesehen, dass, bevor er bei dem Hund war, nur noch die Hälfte auf dem Teller war.

Wir haben uns beide gut verstanden und haben unseren Spaß gehabt. Er konnte herzhaft lachen, aber auch bitterlich weinen.

Ein Huhn, welches er sehr gern hatte, knuddelte und streichelte er immer, wenn er Zeit dafür hatte. Als mein Vater dieses Huhn schlachtete, hat sich der Feduard fast nicht mehr eingekriegt.

Der Feduard soll aus einer rechen Familie stammen. Es war zu der damaligen Zeit üblich, geistig behinderte Kinder, entstanden durch Inzucht oder sonst wie, einfach abzugeben.

Als der Feduard gestorben war, wollten meine Eltern nicht, dass ich in das Totenzimmer gehe. Ich bin doch rein gegangen, um mich von ihm zu verabschieden. Ich habe ihm zum Abschied noch seine Hände gestreichelt.

Wir hatten im Ort noch so eine Person. Der hatte aber einen für mich bekannten Adelsnamen: Franz von Bredow. Er war klein und gnomenhaft. Ein ganz liebes Kerlchen. Der konnte sich selbst über einen Bonbon oder eine Zigarettenkippe freuen.

Stromleitung

Ich habe unser Haus nur noch mit Stromleitung kennen gelernt. Es waren Leerrohre, in die 2 Kabel aus Aluminium eingezogen waren. Die Kabel waren ganz sensibel: 2 Mal gebogen und schon waren sie kaputt. Das Gasrohr für die Beleuchtung hing noch aus der Decke. An der Verschlusskappe war auch ein Haken, an dem die Lampe hing. Wir hatten auch noch mehrere Petroleumlampen.

Personenwaage – Sahnebonbon

Mein Kumpel und ich waren in Wannsee auf dem S-Bahnhof und standen vor einer sehr großen Personenwaage. Wir begutachteten und bestaunten sie.
Da kam ein Mann zu uns und fragte, ob wir uns einmal wiegen wollen, er würde dies bezahlen. Wir waren begeistert.
Ich stellte mich auf die Waage und er das Geld in den Schlitz. Es kam eine Karte heraus, die aussah wie eine Bahnsteigkarte. Darauf standen der Tag, die Zeit und natürlich unser Gewicht. Ein bisschen enttäuscht stellten wir fest, dass jeder von uns nur ein Stück Pappe in der Hand hielt. Der Mann fragte uns, warum wir uns da nicht freuten. Da sagte ich ihm, dass ich lieber das Geld genommen hätte. Für 10 Pfennig hätte ich 5 Sahnebonbons bekommen. Diese 5 Bonbons waren in Cellophanpapier abgepackt. Es gab aber auch Bonbons für 1 Pfennig. Sie waren aber auch nur halb so dick.
Der Mann hatte ein Einsehen und gab jedem von uns 10 Pfennig für Sahnebonbons. Die hätten wir uns absolut nicht leisten können. Wir waren glücklich und zufrieden.
Ich habe 4 von den Bonbons bis nach Hause aufgelutscht gehabt. Den letzten Bonbon habe ich meiner Mutter gegeben. Auch sie freute sich darüber.
Am nächsten Tag hat sie mir den Bonbon wieder gegeben. Sie sagte, dass sie sich darüber gefreut hat, dass ich an sie gedacht habe.

Das System Beschenkt-Werden und Weiterschenken hat meine Mutter ihr ganzes Leben getan.

Pferd – Koppel

Es war schönes Wetter und wir hatten Lust, eine Radtour zu machen. Bloß wohin?

Mein Kumpel hatte ein eigenes Fahrrad und ich das von meiner Mutter.

Ich habe vorgeschlagen, zu einer Tante von mir zu fahren. Die Entfernung war aber über 30 Kilometer. Was soll's? Wir hatten ja Ferienzeit.

Die Tante und der Onkel hatten eine Dorfgaststätte. Da bekamen wir zur Begrüßung jeder ein großes Glas Sprudel. Aber nur weil der Onkel nicht da war. Er war ein ganz großer Geizkragen, der jeden Pfennig 3 x umdrehte.

Wir haben uns auf jeden Fall dort wohl gefühlt.

Unser Weg führte in den Garten. Dahinter waren Koppeln. Auf der Koppel von der Tante waren 2 Ponys und ein Esel. Dahinter auf der anderen Koppel war ein schwarzes Pferd, ein Rappe. Der galoppierte mit hoher Geschwindigkeit die Koppel rauf und runter. Er sah auch ganz wild aus und hatte blitzende Augen.

Wir haben angefangen, dieses Pferd zu ärgern. Es wurde immer wilder. Wir hatten Spaß und Freude dabei. Wir waren ja in Sicherheit. Haben wir aber nur gedacht. Das Pferd nahm Anlauf und sprang über den Zaun. Drehte sich um und kam auf uns zu. Wie auf Kommando machten wir beide einen Hechtsprung auf die Seite, wo vorher das Pferd war. Über die Koppel zurück konnten und wollten wir nicht. Wir sind dann auf einem Feldweg in einem großen Bogen zur Tante zurück.

Ich habe ihr erzählt, dass sie nun ein Pferd mehr auf der Koppel hat. Sie sagte nur: Dies passiert öfter mal. Es wäre ein Turnierpferd.

Kakao – Schrippe

Der größte Genuss war für mich Kakao und Schrippe, auf der Schmalz mit Harzer Käse drauf war.

Schrippen gab es aber nur sonnabends. Die Tasche voll Schrippen wurde auf dem Küchentisch ausgeschüttet, wo wir dann zulangten. Da hatte essen so richtig Spaß gemacht. Es war schade, dass es in der Woche nur einen Samstag gab.

Maulwurf

Wir hatten jedes Jahr immer wieder Maulwürfe in unserem Garten. Aber nicht für lange. Ein Maulwurf hat eine unwahrscheinliche Zeiteinteilung. Jeden Tag die gleiche Zeit, man konnte fast die Uhr danach einstellen, hat er neue Erdhügel produziert. Der Maulwurf suchte nach Würmern, Maden, Engerlingen und anderen fressbaren Sachen. Ein Maulwurf ist ganz schön flink mit seiner Buddelei. Da muss man auch flink sein, um ihn zu erwischen.

Meinen Vater ärgerten die Hügel im Garten und er schritt zur Tat. Die Zeit und Aktivität des Maulwurfs hatte er ja vom Tag zuvor.

Als der Maulwurf ganz oben im Hügel war, hat mein Vater mit einem Spaten den Rückweg abgeschnitten und hat ihn mit der Erde herausgeschleudert. Der Maulwurf wollte ganz schnell sich wieder einbuddeln, was er aber nicht schaffte. Mein Vater war schneller. Mit der flachen Seite vom Spaten wurde er platt gemacht. Das war's.

Kartoffelkäfer – Brot

Als es nach dem Krieg die ersten Kartoffelkäfer gab, waren diese so schädlich für das Wachstum der Kartoffeln. Es wurde in der Schule anhand von Bildern gezeigt, wie solch ein Käfer aussieht. Natürlich auch die Larven.

Als Belohnung war ein hoher Preis ausgesetzt. Für einen Kartoffelkäfer gab es ein Brot. Diese Schädlinge sollen von den Amerikanern abgeworfen worden sein, um die glorreiche DDR zu schädigen.

Ein paar Jahre später hatte ich schon bei solch einer Suchaktion ein kleines Glas voll dieser Käfer.

Flugblätter

Ein anderes Mal sind wir, unsere Klasse, über Feld und Wiesen, um Flugblätter zu suchen. Natürlich auch von den Amerikanern abgeworfen.

Uns Jungs hat das wenig interessiert: Wie, was oder warum? Wir hatten schulfrei.

Irgendwann hatten wir, 3 Jungs, keine Lust mehr, durch die Gegend zu latschen. Wir brauchten Abwechslung. Ein Wäldchen in der Nähe kam uns gerade recht. Da könnten ja essbare Pilze wachsen. Es war nicht weiter aufgefallen, dass wir in den Wald verschwunden waren.

Wir haben reichlich Pilze gefunden. Damit hatten wir gar nicht gerechnet. Wie sollten wir dies nur den anderen erklären?

Als wir auf der anderen Seite des Hains angekommen waren, trauten wir unseren Augen nicht. Da lag ein riesiger aufgeplatzter Luftballon mit feindlichen Flugblättern. Unsere Freude war groß. An den Ballon war noch eine Technik mit Uhr angebracht, die wahrscheinlich nicht funktionierte. Solch einen Ballon hatten wir überhaupt noch nie gesehen. Er war mindestens 1 Meter im Durchmesser.

Wir haben unsere Pilze, die Ballonhülle und die Technik in den Wald getragen und versteckt. Um die Flugblätter zu tragen, haben wir unsere Oberhemden ausgezogen. Da haben wir gemerkt, wie schwer Papier ist.

In der Schule bekamen wir von allen Seiten Belobigungen. Wir waren die Größten.

Die Pilze und die anderen Sachen habe ich am Nachmittag mit dem Fahrrad geholt.

Vogeleier – Sammlung

Wir Kumpels waren in diesem Jahr besonders fleißig im Vogeleiersammeln. Es sind schon über 40 verschiedene Sorten zusammengekommen.

Unser Domizil ist in unserem Haus: Ein schmaler Raum unter der Dachschräge. Dort sind unsere Schätze deponiert.

Ich weiß, dass Jungs aus einer anderen Gruppe uns schon öfter Vogeleier geklaut haben. Da kam ich auf die ausgefallenste Idee, den Raum abzusichern. Meine Mutter kannte die Jungs, die gekommen waren bei unserer Abwesenheit. Ich habe einem von den Jungs mit Absicht verraten, wo die Schlüssel von der Kammer versteckt sind. Die Tür habe ich aber vorher präpariert. Da kann mir heute noch schlecht werden, wenn ich nur daran denke, was hätte passieren können.

Ich wollte die Eierdiebe nur ein bisschen ärgern. Meine Konstruktion war ganz einfach. Vor der Tür legte ich eine große Eisenplatte hin, wo ich einen Teil des Stromkabels befestigte und die andere Hälfte an das Vorhängeschloss, welches die Tür absicherte. Nun stand die Tür unter Strom.

Als 2 von unseren Gegnern gerade die Treppe hoch kamen, hat mich doch das Gewissen geplagt. Ich habe den 2 Eindringlingen gezeigt, was hätte passieren können. Ich nahm eine selbst gebastelte Lampe und hielt ein Kabelende an die Platte und das andere ans Schloss. Die Lampe leuchtete. Die 2 sind fluchtartig getürmt.

Gänsezucht

Wir hatten außer Gänsen eine riesige Entenherde. Aber nun zu den Gänsen.

Es waren 50 Stück. Die Eier von den Gänsen waren sehr begehrt für die Nachzucht, weil sie eine hohe Ausbrütung garantierten, weil die Gänse ein optimales Umfeld hatten. Sie waren fast den ganzen Tag auf dem Wasser.

Wenn die Leute Gänseeier haben wollten, gaben sie für ein Gänseei 5 Hühnereier. Das Geld war knapp, bei uns auch. Die Hühnereier wurden in den Westen verkauft.

Wenn ich damit unterwegs war, bin ich immer damit durch die Grenzkontrolle gekommen. Es war im Verhältnis eine kleine Plastiktasche. Da passten genau 60 Eier rein. Es wurden 5 Eier auf einen Zeitungsbogen gelegt und eingerollt. 2 solcher Rollen passten nebeneinander in die Tasche und davon 6 übereinander.

Wenn ich damit in der S-Bahn saß, habe ich mir einen Fensterplatz gesucht und dann die Tasche zwischen mir und die Wand geschoben. Es war nichts mehr zu sehen.

Gans nach Stahnsdorf

Wenn wir Gänse in den Westen verkauft haben, wurde ein Trick angewandt.

Von Bekannten aus Stahnsdorf haben wir einen Brief gehabt, dass sie eine Gans haben möchten. Wir hatten keine direkte Verbindung nach Stahnsdorf, nur über Wannsee, und das war durch den Westen. Als der Zoll mich mit einer Ganz an der Grenze anhielt und die Gans beschlagnahmen wollte, habe ich protestiert. Ich wurde von 3 unterschiedlichen Leuten vernommen. Die haben immer wieder das gleiche von mir gehört. Der Eine sagte, ich wäre ein harter Brocken.

Die wollten die Gans behalten. Meine Vorstellung was anders. Ich werde diesen Raum nicht ohne die Gans verlassen.

Ich wurde nicht mehr beachtet. Nach einer halben Stunde fing ich an zu singen. Ein Lied, welches ich im Kindergarten gelernt hatte: Fuchs, du hast die Gans gestohlen, gib sie wieder her, sonst wird dich der Jäger holen mit dem Schießgewehr.

Irgendwann habe ich meine Gans wiederbekommen und habe sie im Westen verkauft.

Witz – Pfarrer

Meine Mutter hat mir diesen Witz erzählt:

2 Frauen haben jede 1 Pfund Kaffee gekauft und Angst gehabt, dass der Zoll ihnen den Kaffee abnimmt. Die Frauen sprachen den Pfarrer an, der im gleichen S-Bahnabteil war, ob er nicht ihren Kaffee unter seiner großen Kutte in seinen Hosentaschen verstecken kann. Gemacht und getan.

An der Grenze wurde der Pfarrer gefragt, ob er etwas zu verzollen hätte. Was nun? Lügen durfte er nicht. Seine Antwort: Ich habe ein reines Herz und eine reine Seele und was ich in den Hosen habe, gehört den beiden Frauen.

Der Zöllner: So genau wollte ich es auch nicht wissen.

Entenaufzucht

Meine Eltern hatten bis zu 900 Enten auf dem Hof. Das war immer ein Geschnatter.

Die Enten waren den ganzen Tag auf dem Wasser und wenn sie am Abend auf den Hof kamen, kriegten sie was zu fressen: Schrot mit Brennnesseln, Muscheln und auch Fische. Muscheln holen, war meine Aufgabe. Wir hatten durch die Wiesen ein Fließ, wo 30 cm Schlamm drin war und nur 10 cm Wasser flossen. Im Schlamm waren die Muscheln drin.

Ich hatte immer einen Kastenhandwagen und 2 bis 3 Kumpel dabei. Die Arbeit am Fließ war erst beendet, wenn der Wagen voller Muscheln war. Es ging verhältnismäßig schnell, denn in dem Schlamm waren reichlich Muscheln und auch Blutegel.

Als ich sie das erste Mal an den Beinen hatte und abstreifte, entstanden eklige Wunden. Meine Oma hatte ein Patentrezept. Sie sagte: Lass sie dran an deinen Beinen. Sie reinigen das Blut und fallen, wenn sie genug Blut gesaugt haben, von alleine ab. Ich war noch nicht zu Hause und die Ekel waren verschwunden.

Zu Hause auf dem Hof wurde der Handwagen mit den Muscheln ausgekippt. Auf den Hof verteilt und mit dem Hammer zerschlagen, damit die Enten die Muscheln ausschlabbern konnten.

Am nächsten Tag wurden dann die Muschelschalen zusammengefegt und in einem Bombentrichter verewigt.

Fischfang

In der Straßenbrücke über dem Fluss war ein Stau eingebaut, welches in den Sommermonaten das Wasser ca. 1,50 Meter anstaute.

Um den Fischen die Möglichkeit zu geben, in den oberen Teil des Flusslaufs zu kommen, war auf der einen Seite der Brücke eine Fischschleuse. Dadurch hatten dann die Fische, aber nur wenn ich es wollte, diese Möglichkeit.

Der Fischkasten hatte nach ca. jedem Meter eine Brettsperre. Über Kreuz waren 20 x 20 cm große Öffnungen für die Fische. In den sogenannten toten Winkeln konnten sich die Fische ausruhen. Im vordern Bereich war ein Schott angebracht, welches die Wassermenge mit einer Gewindestange und einem Rad im Straßenbereich regulierte.

Ich habe aber vor der Öffnung einen Kaninchendraht gespannt, so dass die Fische nicht weiter konnten. Zum Einsammeln der Fische mussten immer 2 sein. Einer, der die Fischkastenöffnung zudreht, und der andere einen Sack vor die unterste Öffnung hält, wo die Fische dann durch Wassermangel in den Sack rutschten. Ich musste aufpassen, dass nicht zu viele Fische in den Sack kamen, denn wir mussten den ja nach Hause tragen.

Zu Hause wurden die Fische noch sortiert. Es gab Fische, wie Bleie und Jüstern, die voller Gräten waren. Die nahmen wir nicht zum Braten oder für eine Fischsuppe. Unsere 2 Katzen wollten auch ihren Anteil. Der Rest wurde gekocht, durch den Wolf gedreht und an Enten und Hühner verfüttert.

Entenverkauf

Wenn die Enten 13 Wochen alt waren, wurden sie verkauft. Mein Vater sagte, danach ist es nur noch unnützes Füttern. Geschlachtet wurde dann fast jeden Tag. Unsere Enten waren begehrt. Durch Mundpropaganda sind die Leute von überall her gekommen. Ein großer Teil ist auch nach den

Westen gekommen. Genauso wie alle Federn. Die haben auch gutes Geld gebracht.

Es kam auch öfter vor, dass in der Gaststätte zu den Feierlichkeiten 50 bis 80 Enten bestellt wurden. Da gab es dann Entenbraten.

Zelten am Wasser

Ich hatte in unserer Straße eine riesige Zeltplane gefunden, die von einem Lkw stammte. Damit versuchte ich, auf unserem Hof ein Zelt zu bauen.

Na, es sah so ähnlich aus. Die Plane war ja viel zu groß. Ich fertigte eine Zeichnung an, um gar keine Fehler zu machen. Nun zerschnitten wir, mein Kumpel und ich, die Plane, um uns ein Zelt zu bauen. Das Zuschneiden der Zeltplane ging ja noch ganz gut, aber das Nähen hatte seine Tücken, die Löcher in die Plane zu bekommen und dann noch die richtige Schnur. Es hatte alles seine Tücken. Irgendwann war das Zelt fertig.

Wir waren 3 Jungs, die eine Nacht in diesem Zelt verbringen wollten. Die Genehmigung von unseren Eltern hatten wir.

Unsere Vorfreude war riesig. Unser Verstand winzig klein. Wir schlugen das Zelt direkt am Wasser auf, um eine unvergessliche Nacht zu haben.

Die unvergessliche Nacht hatten wir.

Am Morgen danach waren unsere Körper übersät mit Mückenstichen. Es war unsere einzige Nacht in diesem Zelt. Wir haben es verkauft.

Schilfmatte

Jedes Jahr wurde im Spätsommer am Flussufer das Schilf geschnitten. Das Schilf wurde mit der Strömung bis vor das Stau befördert, wo es von einer Sperre, die extra für das Schilf errichtet wurde, aufgefangen wurde.

Die Schilfmatte wurde von Tag zu Tag größer. Sie war schon auf mindestens 50 cm Stärke angewachsen und hatte eine Länge von ca. 30 Metern. Die Schilfmatte war so stark, dass sie uns Kinder trug. Nur: Das vergammelnde Schilf stank fürchterlich.

An irgendeinem Tag kam einer von uns auf die Idee, unter dieser Schilfmatte durchzutauchen. Keiner wollte es, alle hatten wir ein bisschen Schiss davor. Einer sollte es aber tun. Wir knobelten, wer es tut. Ich habe verloren.

Um nicht als Feigling dazustehen, nahm ich all meinen Mut zusammen. Ich war ja schließlich ein guter Schwimmer und Angst vor Wasser hatte ich auch nicht. Ich sprang in das Wasser, um unter der Matte durchzutauchen. Als ich schon ziemlich weit geschwommen war, packte mich die Angst, dass ich diese Strecke nicht schaffe. Ich wollte durch das Schilf nach oben.

Da fing mein Verstand wieder an zu arbeiten. Durch die Schilfmatte konnte ich garantiert nicht durch. Ich sah ja das Licht auf der anderen Seite. Du musst weiter zum Licht, habe ich mir gesagt - und schwamm.

Mit einem Mal war alles nicht mehr so schwer.

Als ich durch war, auftauchte und die frische Luft in meiner Lunge spürte, hatte ich ein großes Glücksgefühl. Erst recht, als alle meine Kumpel mir zu der großen Tat gratulierten.

Stachelbeerklau

Es war ein verhältnismäßig großer Garten, der mit einem hohen Zaun umgeben war. Für uns kein Hindernis, denn wir sind unter den Zaun durchgeklettert. Die Johannisbeeren und Stachelbeeren haben uns richtig gut geschmeckt.

Mit einem Mal stand ein Mann am Außenzaun und schimpfte wie ein Rohrspatz. Er wollte wissen, wie wir rein gekommen waren. Wir haben nur gelacht und der Mann ist noch wütender geworden. Er ist zur Gartentür gerannt, hat die Tür aufgeschlossen, um uns zu schnappen. Als er auf halbem Weg war, kam unsere Zeit. Einer hat den Zaun hoch gehalten und wir unten durch. Ich habe von außen den Zaun hoch gehalten, so dass unser Kumpel auch nach außen kam.

Der Besitzer stand schäumend im Garten und wir sind lachend davon gerannt.

Spargelsuppe

Ich wollte auch wieder einmal etwas kochen, und da nahm ich, was wir zu Hause hatten: Spargel. Denn ich hatte bei meiner Mutter gesehen, wie sie das macht.

Ich schälte den Spargel und schnitt ihn in kleine Stücke. Ich kochte ihn in Salzwasser und Butterflocken. Angedickt habe ich alles mit Mehlschwitze. Eine dufte Suppe, habe ich gedacht.

Ich habe sie nach dem Essen Spucksuppe getauft. Beim Schälen des Spargels war ich wohl zu großzügig mit den Schalen. Geschmacklich gut und sonst ein großer Reinfall.

Trüsel

Mit einem Trüsel konnte man gut alleine spielen. Der Trüsel war aus Holz mit einer abgerundeten Metallspitze. Im oberen Bereich des Trusels waren Rillen eingearbeitet, um die Schnur von der Peitsche zu halten. Durch das Ziehen der Peitsche ist der Trüsel in Schwung gekommen. Durch das Schlagen der Peitschenschnur wurde der Trüsel am Drehen gehalten.

Stuhl angebrannt

Ich habe zu gerne Schmöker gelesen. Es wurde auch 3-Groschen-Romane dazu gesagt. Dafür hatte ich 2 Verstecke: Eins war das Klo auf dem Hof zwischen den Balken und Dachziegeln.

Meine Lieblingsserien waren Tom Brox, Tom Brak und Frank Allan. Das zweite Versteck war die Schublade unter dem Zimmertisch.

Am liebsten habe ich abends im Bett gelesen. Das ging solange gut, bis meine Mutter von den Nachbarn erfahren hat, dass oben im Zimmer noch so lange Licht brennt. Sie stellte mich zur Rede. Ich musste beichten. Daraufhin hat meine Mutter mit strenger Miene mir das Lesen im Bett verboten. Woran ich mich nicht gehalten habe.

Das Donnerwetter kam sehr schnell. Nachdem ich zu Bett gegangen war, wurde die Glühbirne raus gedreht und mitgenommen. Der Chinese würde sagen: Wat nu?

Ich nahm eine Taschenlampe und habe damit weitergelesen. Nur so lange, bis die Batterien alle waren. Geld für neue Batterien hatte ich keins. Also war erst einmal zappenduster.

Ich hatte aber noch ein paar Kerzen gefunden, die ich mir aneignete. Einen alten Holzstuhl vom Boden ebenfalls. Meine neue Lesevorrichtung war perfekt. Aber nur so lange, bis ein großes Malheur passierte. Mich übermannte beim Lesen die Müdigkeit und ich bin eingeschlafen.

Am nächsten Morgen - ach, du Schreck - war der halbe Stuhl weggekokelt. Das ganze Haus hätte abbrennen können. Nur die Außenmauern waren aus Stein, alles andere war aus Holz. Auch sämtliche Bewohner des Hauses waren gefährdet.

Ich habe das Lesen im Bett sofort aufgegeben.

Den Stuhl habe ich klein geschlagen und ihn als Treibgut in den Fluss geworfen.

Meine Eltern haben von dem Fast-Unglück nichts mitbekommen.

Klingelzug

Wenn wir Jungs öfter durch die Straßen zogen, um mit Klingelattacken Leute zu ärgern, haben wir uns immer raffiniertere Systeme ausgedacht. Die Leute sollten uns ja nach dem Klingeln nicht kriegen.

Die meisten Klingeln waren in der Leibung der Eingangstür. Dafür hatten wir uns Weidenruten besorgt und auf Länge der Türöffnung geschnitten. Dann wurde die Rute auf den

Klingelknopf und unter Spannung in die Leibung geklemmt. Dadurch hatten wir einen Klingel-Dauerton verursacht.

Einmal muss der von uns schon öfter Geärgerte hinter der Tür gewartet haben. Ich hatte gerade die Weidenrute auf dem Klingelknopf und in der Türfüllung gespannt, da ging auch schon die Haustür auf. Wir rannten, so schnell wir konnten, zu unserem Notversteck.

Der Mann hatte uns nicht gekriegt.

Wir hatten uns in einer Dornenhecke eine Höhle geschlagen, wo wir rein flüchteten. Das war unser Glück. Es war ein jähzorniger Man, der auch Selbstjustiz verursacht hätte.

Senfpfannkuchen

Ein Schulfreund hatte uns zu seiner Geburtstagsfeier eingeladen. Am Nachmittag gab es einen riesigen Teller mit Pfannkuchen. Ich habe mich schon sehr auf den ersten Pfannkuchen gefreut. Die Freude währte nicht lange, denn nach dem ersten Bissen stellte ich fest, dass er mit Senf gefüllt war.

Na ja, da habe ich halt den Jux-Pfannkuchen erwischt und habe ihn aufgegessen.

Ich habe in der Erwartung, dass der zweite Pfannkuchen eine Pflaumenmusfüllung hat, kräftig reingebissen. Auch dieser hatte eine Senffüllung.

In meiner großen Enttäuschung habe ich auch diesen, ohne etwas zu sagen, aufgegessen.

Als der Teller leer geputzt war, wollte die Mutter von dem Geburtstagskind wissen, wer von uns Jungs die Senfpfannkuchen erwischt hat.

Ich habe nichts gesagt. Das Rätselraten war groß.

Nun hatte ich meine Schadenfreude.

Ich habe es erst nach Jahren erzählt, dass ich beide Pfannkuchen erwischt hatte.

Erster Fernseher

Ich weiß nicht, ob es der erste Fernseher im Ort, oder nur der erste in unserer Straße war. Fast jeden Abend bin ich hin zu meinem Kumpel, um in die Ferne zu gucken. 20 Leute an einem Abend waren keine Seltenheit.

Es machte diebischen Spaß, die Bilder aus aller Welt zu sehen und die großen bunten Veranstaltungen mit Kulenkampff, Peter Frankenfeld mit seiner großkarierten Jacke. Oder Hänschen Rosendahl, der Goldene Schuss und sein Luftsprung und Ruf: Das ist ja spitze!

Es war doch etwas ganz anderes als die Wochenschauen vor den Kinofilmen.

Erstes halbes Hähnchen

Immer, wenn ich in West-Berlin war, musste ich unbedingt zu einer Hähnchenbraterei. An der Scheibe habe ich mir fast die Nase plattgedrückt. In bin dann in die Braterei rein, um den Duft der gebratenen Hähnchen zu genießen. Zum Kaufen hatte ich kein Geld.

Der Wunsch, mir ein halbes Hähnchen zu kaufen, wurde immer größer.

Ich sparte mir das Geld zusammen. Endlich ein knuspriges gebratenes halbes Hähnchen.

Das wurde aber nichts, denn in der Zwischenzeit war das halbe Hähnchen um 10 Pfennig teurer geworden. Ich muss wohl sehr traurig aus der Wäsche geguckt haben. Ich hatte keine 10 Pfennig mehr. Die Verkäuferin sagte, dann solle ich doch ein Viertel nehmen. Ich wollte, aber welches Teil war größer? Ich hatte ja keine Erfahrungswerte. Ich entschied mich für das Brustteil.

Heute weiß ich es besser. Es war das verkehrte Teil, denn die Keule ist viel saftiger.

Unser Wohnzimmer – Stühle

Die Zerstörung eines schönen alten Wohnzimmers war von meinen Eltern perfekt inszeniert.

Es fing mit den Stühlen an.

Es war ein Tisch für 12 Personen. Zum Ausziehen mit Einlegeteile. 12 Stühle hatten wir auch. Aber nur solange, bis die Russen kamen. Die machten Zapp se Rapp und die Stühle waren weg.

Teppich

Dann war da noch ein echter Perser Teppich, 3 x 4 m. Ein Prachtstück. Die Hauptfarben waren ein kräftiges Weinrot und ein Hell-Blau.

Die Sorgfalt, den Teppich zu schonen, war nicht vorhanden. Das Schuhwerk wurde nicht besonders gründlich sauber gemacht. Dementsprechend hat sich auch die Farbe des Teppichs verändert. Meine Eltern sahen das nicht so tragisch. Wenn der Frühjahrsputz angesagt war, wurde auch der Teppich gereinigt.

Er wurde hinter unserem Garten in den Fluss geschmissen und eingeweicht. Nach ein paar Stunden Einweichzeit wurde der Teppich mit einer Wurzelbürste gereinigt.

Nach dem Trocknen erstrahlte er in seinem alten Glanz mit all seinen schönen Farben.

Dann kam ein Jahr, in dem das Wohnzimmer gemalert werde sollte. Tapeten waren knapp und teuer. Es sollte ein Blumenmuster mit einer Gummiwalze auf die Wände gebracht werden. Der Maler war bestellt.

Der Teppich wurde auf die altbewährte Art gereinigt, um ihn anschließend in das frisch gemalerte Zimmer zu legen. Der Maler aber war noch nicht gekommen. Also wurde der zusammengerollte Teppich im Schuppen auf einem Holzstapel abgelegt.

Der Maler kam aber erst nach 4 Monaten. So lange lag auch der Teppich im Holzschuppen.

Als das Zimmer gemalert war, kam auch wieder der Teppich ins Zimmer. Nach dem Ausrollen, auch du Schreck: In der einen Hälfte vom Teppich waren lauter Löcher drin, von den Mäusen rein gefressen. Eine Reparatur war viel zu teuer, denn wir hatten nicht das Geld dafür.

Mein Vater hat den Teppich einfach in der Mitte durchgeschnitten. Er hat wahrscheinlich gedacht: Ein halber Teppich ist besser als gar keiner.

Armer Teppich.

Wohnzimmer – Möbel

Unser Wohnzimmerschrank und der Tisch waren einfach schön. Die Bilder an den Wänden noch schöner. Das Glas vom Schrankaufbau war aus Butzenglas. An den Außenseiten waren je 2 Säulen, die aussahen wie grobe Gewindestangen.

Im unseren Teil sahen die Säulen genau so aus, nur dass sie dicker waren. Auf den riesigen Türen waren gewaltige Schnitzereien drauf, die mindestens 10 cm tief waren. Ein Prachtstück von Schrank.

Als die Pressspan-Möbel aufkamen, wollten meine Eltern auch solche Möbel.

Keiner wollte unsere alten Möbel. Auch kein Museum wollte sie. Um Platz zu schaffen für die neuen Möbel, wurden die alten einfach zerhackt. Schade um diese Möbel.

In eins von den Bildern, die im Wohnzimmer hingen, hatte ich mich besonders verliebt. Es ist ein geschichtliches Bild, sehr faszinierend. Bevor unsere Mutter verstarb, hatte sie meinen jüngeren Bruder gebeten, mir dieses Bild zu geben. Ich hatte überhaupt nicht damit gerechnet.

Ich war sehr überrascht, als mein Bruder, der auch noch im Elternhaus wohnte, den Wunsch unserer Mutter mitteilte. Hätte mein Bruder mir davon nichts erzählt, ich hätte keinen Anspruch gestellt.

Dieses Bild hängt heute noch bei mir an der Wand.

Das Feld

Den größten Teil unserer Landwirtschaft hatten wir längs der Eisenbahn und abgegrenzt von der Autobahn. Der öffentliche Weg führte aber unter der Autobahn durch. Es war der schnellste Weg zur Mühle, auch für uns.

Das Feld war 6 Hektar groß, wo ich reichlich Zeit mit Arbeit verbracht habe. 1 Hektar = 1000 qm.

Am Ende unseres Feldes war ein Torfstück, welches sich, wodurch auch immer, entzündet hat. Es brannte dort jahrelang. Löschversuche haben nicht geholfen. Jeder wusste, dass es dort brennt. Alle haben es so hingenommen.

Diesen Weg zur Mühle haben auch andere mit ihren Fahrzeugen benutzt.

Mein kleiner Bruder wurde von der Müdigkeit überwältigt. Er fand keinen besseren Platz zum Schlafen als den öffentlichen Weg. Da kam ein Bauer mit Wagen und 2 Pferden davor des Weges daher. Er sah auf dem Weg das Kind nicht, aber die Pferde. Die Pferde blieben einfach stehen. Selbst Schläge mit der Peitsche halfen nicht. Sie gingen mit den Vorderbeinen in die Luft und wieherten laut. Davon ist mein Bruder wach geworden. Die Pferde haben durch ihr Verhalten meinem Bruder das Leben gerettet.

Kartoffeln setzen

Mein Vater hatte einen Kartoffelsetzer. Das war eine Vorrichtung, wo 5 Vertiefungen gleichzeitig in die Erde gerammt wurden. Da mussten dann die Kartoffeln rein. Da hat man ganz schön zu schleppen gehabt, bevor die Kartoffeln weniger wurden. Wenn die Kartoffeln im Loch waren, mussten diese Löcher noch zugetreten werden.

Das war für mich eine mühselige Arbeit.

Kartoffeln hacken

Bevor die Kartoffeln angehäufelt wurden, musste das Unkraut noch weggehackt werden. Unkraut wächst schneller als alles andere. Ich hasste diese Arbeit, aber ich musste.

Meine Vorgabe war, 6 irre lange Reihen zu hacken. Um die Hacken nicht immer mit nach Hause und wieder aufs Feld zu schleppen, wurden die Hacken zwischen den Kartoffelreihen eingebuddelt. Mir wurde aber vorher noch gesagt, wo ich zu suchen habe. Es haben mir immer Kumpels geholfen. Zu Zweit waren wir immer, zu Dritt öfter. Es war schon ein Unterschied, ob man 2 oder 3 Reihen zu hacken hatte.

Um zum Feld zu kommen, sind wir immer gerannt. Dadurch hatten wir später mehr Zeit zum Spielen.

Junge im Wasser

Wir Jungs standen an unserer Badestelle und machten unsere Späßchen. Nur ein paar Kinder, die nicht schwimmen konnten, waren im Wasser. Mit einem Mal fing ein Geschrei an. Keiner wusste erst, warum, bis wir einen Jungen gesehen haben, der im Wasser trieb. Es sah aus, als wenn eine Angelpose nach unten gezogen wird und wieder hoch kommt.

Einen Augenblick standen wir sprachlos am Ufer. Keiner machte Anstalten, ins Wasser zu springen. Einmal war der Junge schon zu weit von der Badestelle abgetrieben und dann standen am Ufer die Brennnesseln so hoch.

Ich hatte de Mut und sprang im hohen Bogen als Kopfsprung über die Brennnesseln ins Wasser. Der Junge war schon untergegangen. Ich musste tauchen und habe ihn gesehen. Ich konnte ihn schnappen. Da er bewusstlos war, konnte ich ihn gut halten.

Am Ufer habe ich ihn hoch gereicht. Andere Jungs hatten die Brennnesseln schon flach getreten. 2 Jungs haben ihn an den Beinen hoch gehalten und geschüttelt, bis das

Wasser aus seinem Mund schoss. Als er die Augen aufgeschlagen hatte, war bei allen die Freude groß.

Ein öffentliches Lob in der Kirche von dem Vater des Jungen, dem Herrn Pfarrer, war mir richtig peinlich.

Das Kuriose an der ganzen Sache war: Die Aufgaben, die wir im Konfirmandenunterricht aufbekamen, habe ich mit einem Mal im Vorbeigehen gelernt.

Wasserstrudel

An unserer Badestelle stand vorher das Stau. Mauerteile davon waren auch noch vorhanden. Das störte uns beim Baden überhaupt nicht. Das einzige von allem war im Wassergrund eine Vertiefung, wodurch ein Wasserstrudel entstanden ist. Irgendein Junge hat sich als erster von dem Strudel runter ziehen lassen und kam wohlbehalten wieder hoch.

Viele Jungs haben es probiert, ich auch. Aber nicht alle. Beim ersten Mal hatte ich ein mulmiges Gefühl, mich vom Strudel runterziehen zu lassen. Danach hat es nur noch Spaß gemacht.

Einen Schritt zur Seite, und ich war aus dem Strudel raus und trieb nach oben.

Wildentenaufzucht

Da wir reichlich Enten auf dem Hof hatten, kam es mit meinem Experiment nicht so genau darauf an, unserer Hausente, die gerade brüten wollte, einfach Eier von Wildenten unterzuschieben.

Die Eier habe ich aus einem Wildentennest geräubert. Nach dem Ausbrüten der Wildenten ist die Ente mit den Jungen noch ein paar Tage auf dem Hof geblieben.

Wiederum ein paar Tage kam die Ente noch auf den Hof. Danach sind sie nur noch auf dem Wasser geblieben. Unsere Ente konnten wir so langsam abschreiben, denn sie wollte ihre Jungen nicht alleine lassen. Von den ehemals 12 Jungen waren irgendwann nur noch 7 da. Durch Zufall habe ich gesehen, warum.

Wenn die kleinen Entchen am Ufer schwammen, hatten Hechte ein leichtes Spiel und eine fette Beute. Das ging solange, bis es nur noch 2 Junge waren.

Da habe ich dann gehandelt. Ein paar Jungs halfen mir dabei. Sie schwammen im Wasser und trieben die jungen Enten ans Ufer, wo ich sie mit einem Käscher einfing. Dann habe ich die beiden hinter dem Stau wieder ins Wasser gelassen.

Meine Rechnung ging auf. Nach ein paar Tagen war die alte Ente wieder auf dem Hof.

Ende gut, alles gut.

Kristallleuchter

Auf unserem Dachboden habe ich beim Herumstöbern einen Kristallleuchter entdeckt. Die geschliffenen Kristalle erweckten meine Aufmerksamkeit. Ich fand sie richtig dufte, weil sie in der Sonne so schön funkelten. So etwas wollten andere Kinder auch haben.

Ich habe einen nach dem anderen verscheuert. Das ging solange gut, bis ich den Kronleuchter leer geplündert hatte und meinen Eltern ein Licht aufging. Es gab deswegen sehr viel Ärger. 2 von den Kristallen habe ich in meiner Schatztruhe behalten. Es war eine Zigarrenkiste.

Diese Kristalle habe ich noch heute.

Sommergrippe

Mehrere Jahre hintereinander hatte ich mir eine Sommergrippe eingefangen. Was mich daran am meisten ärgerte, war, dass es immer in der Ferienzeit war. Die Grippe war immer sehr heftig. Schweißausbrüche und Schüttelfrost wechselten sich ab.

Was mich dabei am meisten wunderte, waren die immer wiederkehrenden Träume. An 2 Träume kann ich mich noch ganz genau erinnern.

Ich bin aus einem fliegenden Flugzeug gefallen, habe aber keine Angst dabei gehabt. Der Fall ging bis ca. 1 Meter über den Erdboden. Da schwebte ich dann.

Der zweite Traum war: Ich habe eine große Schachtel voller Geldstücke. Es war eine quadratische Schachtel, die ich vor meinen Augen sah.

Meine Gedanken kreisten immer wieder um die vielen interessanten Münzen. Es war halt nur ein Traum. Woher oder von wem sollte ich solch eine Menge alter Münzen bekommen?

Diese Träume sind in Vergessenheit geraten.

Irgendwann später saß ich vor einer Holzschachtel, in der 2 Piccolos einmal Platz hatten. Die Schachtel war voller alter Münzen, die ich selbst in mehreren Jahren gesammelt habe. Mein Großvater sagte schon immer: Selbst ist der Mann.

Mit dem Flieger sind wir so oft geflogen, dass es für mehrmals um die Erde reicht. Rausgefallen bin ich nicht. Immer ordnungsgemäß ausgestiegen.

Katapult

Ein Katapult - wir sagten ‚Katschi' dazu - hatte ich schnell zusammengebaut. Eine passende Astgabel war schnell gefunden und zugeschnitten. 2 Gummis von Muttis Weckgummivorräten gemopst - sie hatte es nicht gemerkt. Aus zu nichts mehr gebrauchten Schuhen die Innenlasche, auch Zunge genannt, herausgeschnitten. Das Leder war so schön weich. Damit konnte man die erforderliche Munition wie kleine Steine gut halten.

Unsere Zielscheiben waren Spatzen, davon gab es ja reichlich, die vom Dach oder aus dem Baum geschossen wurden.

Wir haben uns auch selbst beschossen. Nicht etwa mit Steinchen, nein, mit Schrauben, die wir gesammelt haben, die von Messing Floßbehältern stammten, wo wir die Schrauben abgestemmt hatten.

Heute unvorstellbar. Hätte einen von uns eine Schraube am Kopf getroffen, hätte der Schädel kaputt sein können. Gott sei Dank, eine solche Situation hatten wir nicht erlebt.

Papierflieger

Ich war eigentlich gut im Fliegerbauen. Meine Flugzeuge blieben immer am längsten in der Luft. Die Flieger von den anderen Kindern plumpsten schon nach kurzer Flugzeit zu Boden.

Dabei ist es doch ganz einfach, aus einem DIN A4-Bogen ein passables Flugobjekt zu falten.

Na ja, Übung macht den Meister.

Zeichnen konnte ich auch ganz gut. So kam es, dass ich einen viel bemalten Papierbogen genommen habe, um einen Flieger zu bauen.

Dies faszinierte einen älteren Mitschüler dermaßen, dass er unbedingt diesen Flieger haben wollte. Wir verhandelten über den Tauschpreis und kamen nicht auf einen Nenner. Er wollte aber unbedingt diesen Flieger. Ich hätte mir doch sofort einen neuen bauen können. Ich hielt die Sache spannend.

Er bot mir für den Flieger einen Tennisball an. Ich zögerte, aber nur zum Schein. Der Ball für ein Stück Papier - das war schon irre.

Wir Kinder in unserer Straße haben lange damit gespielt wie Fangeball oder Schlagball-Weitwurf.

Fahrrad – Hühnerschreck

Wir hatten zu Hause ein Fahrrad mit einem Benzinmotor am Hinterrad, welcher das Fahrrad antrieb. Wie das so richtig funktionierte, weiß ich heute auch nicht mehr. Das letzte Mal habe ich solch ein Vehikel in Werder in einem Fahrradmuseum gesehen. Das Einzige, woran ich mich noch erinnern kann, ist, dass der Motor einen fürchterlichen Krach gemacht hat.

Darum hatte es den Namen ‚Hühnerschreck'.

Saal

Als sich alles wieder normalisiert hatte, versuchte der eine oder andere, sich eine Existenz aufzubauen. Der Saal von unserer Nachbargaststätte bot sich gut dafür an.

Tanzen war, gleich danach, als die Russen raus waren, angesagt. Jeder wollte Spaß und Vergnügen haben. Danach kamen ein Wanderkino und eine Theatertruppe. Es gab auch noch andere Arten von Veranstaltungen. Die Gaststätte ging bis zum Fluss. In den Sommermonaten konnte man dort im Grünen sitzen. Eingerahmt von großen Birken. Eine Tanzfläche von 3 x 6 Metern war auch da. An den Wochenenden wurde auf der betonierten Fläche getanzt. Meistens spielten 3 Musiker aus dem Ort.

Wir Jungs lagen hinter unserem Gartenzaun und haben interessiert zugeschaut. Es war doch spannend, so etwas life und dann noch an vorderster Front mit anzusehen.

Theater

Alle 14 Tage wurde ein anderes Theaterstück aufgeführt. Der Saal war immer rappevoll. Gelacht wurde viel und laut, dass sich fast die Balken bogen. Die Leute sind nach den Veranstaltungen immer fröhlich nach Hause gegangen. Ich kann mich noch an 2 Operetten erinnern: Die lustigen Weiber von Windsor und Der Vogelhändler.

Ich war auch zweimal bei solchen Veranstaltungen. Bei der einen Veranstaltung war ein Zauberer. Der hat unwahrscheinlich viele Sachen gemacht. So etwas hatte ich noch nie gesehen.

Dann war auch ein Magier da, der seine Künste vorführte. Ich konnte dies alles fast nicht glauben, wenn ich dies nicht mit meinen eigenen Augen gesehen hätte. Jeder im Publikum musste seine Hände zusammenfalten und fest zusammendrücken. Einige haben danach ihre Hände nicht mehr auseinander bekommen. Diese Leute mussten auf die Bühne. Sie stellten sich in einer Reihe auf und bekamen sandige Kartoffeln zu essen. Sie behaupteten, die Kartoffeln schmecken wie Schokolade. Das konnte ich in diesem

Augenblick nicht begreifen. Mir wurde später gesagt, dass die Leute in Trance versetzt wurden.

Ein Pärchen, das eitelste im ganzen Ort, kam auch auf die Bühne und wurde auch in Trance versetzt. Es wurden allerhand Spielchen mit diesem Paar getrieben. Das Aufregendste davon war, dass sich dieses Paar umarmte und küsste. Das war zu dieser Zeit unvorstellbar, sich in der Öffentlichkeit zu küssen. Das Publikum johlte. Sie hatten alle ihren Spaß und Schadenfreude. Das Pärchen wurde wochenlang danach im Ort nicht mehr gesehen.

Kino

Der Filmvorführer kam einmal in der Woche, um uns Filme zu zeigen.

Sehr spannend waren immer die Fox tönende Wochenschauen. Der überwiegende Teil war für mich ganz neu: Andere Länder, Landschaften und fremdartige Menschen und das Geschehen der letzten Woche.

Wir waren 3 Jungs, die den Filmvorführer bei dem Auf- und Abbauen geholfen haben. Die riesige Leinwand wurde auf der Bühne aufgebaut und die schweren Lautsprecher auf beiden Seiten der Leinwand. Dafür konnten wir die Filme umsonst sehen, denn Geld fürs Kino hatten wir ja nicht.

Jede Woche ein anderer Film. Das war ein Erlebnis. Als der Filmvorführer kam und sagte: Jungs, diese Woche könnt ihr diesen Film nicht sehen, denn der ist für Kinder und Jugendliche verboten, war das für uns Jungs etwas ganz Neues. Wir haben ihm beim Aufbauen trotzdem geholfen. Er gab jedem von uns 15 Pfennig dafür. Es war ein schöner Verdienst.

Unsere Neugierde war geweckt wegen des Sehverbotes. Es regnete in Strippen, sonst hätten wir von draußen durch das Fenster geguckt. Das konnte man aber erst, wenn ein Stuhl auf dem Tisch stand. So hoch waren die Fenster. Dies war von uns bei den Theatervorstellungen erprobt.

Da kam mir die Idee, es wie die Theaterschauspieler zu machen. Unter der Bühne war eine Waschküche, wo sich die Schauspieler umzogen. Zur Bühne kamen sie mit einer

Leiter durch eine Luke. So war der Auf- und Abtritt vom Publikum nicht zu sehen.

Wir Jungs machten es uns zunutze und kamen ungesehen hinter der Leinwand auf die Bühne. Der Film war sehr aufregend. Er hieß: Sie tanzte nur einen Sommer.

Nur weil die jungen Leute nackt in einem See baden gegangen sind, war der Film nicht jugendfrei.

Strumpfratte

Mir ist ein neuer Streich eingefallen, den ich auch gleich in die Tat umsetzte.

Ich habe einen ausrangierten Strumpf von meiner Mutter genommen und habe ihn ca. 20 cm mit Sägespänen gefüllt. Am vorderen Ende habe ich ein Stück Schnur herumgebunden, so, als wenn es ein Kopf wäre. Am Ende noch ein Stück Strumpf als Schwanz. Im Dunkeln sollte es aussehen wie eine Ratte. Das hat auch genauso funktioniert. Abends, wenn die Leute ins Kino gingen, haben wir die vermeintliche Ratte auf der anderen Straßenseite am äußersten Rand des Bürgersteigs abgelegt. Dies alles im Bereich der Kirche, denn wir brauchten ja eine Fluchtmöglichkeit, wenn hinter uns jemand her sein sollte. Auf der anderen Seite der Kirche, auf dem Schulhof, waren ganz dicke Bäume, hinter denen wir uns verstecken konnten, was auch immer klappte, wenn wir uns verstecken mussten.

Wir hatten die vermeintliche Ratte mit einer sehr langen Schnur versehen, die weit über die Straße reichte. Die Straße war ziemlich dunkel. Es gab keine Straßenlaternen. Immer, wenn Leute vorbei kamen, die ins Kino oder Theater wollten, zuppelte einer von uns an der Schnur, so, als wenn sich die Ratte bewegte.

Frauen sind schreiend davon gerannt. Manchmal Männer auch. Einige waren so mutig und wollten die Ratte treten. Die Rate war aber immer schneller.

Das war ein Heidenspaß für uns.

Vogelfang – Sammlung

Ich habe zu gern mit einer selbst konstruierten Falle Vögel gefangen. Es war eine große Kiste mit einem Deckel, der auf der einen Seite ein durchgehendes Scharnier hatte. Ich habe einen Stab auf halber Höhe der Kiste von vorn nach hinten befestigt. Auf diesen Stab kam ein leichtes Brettstück und wiederum ein Stab auf das Brettstück, das den Deckel aufhielt. Auf dem Brettstück habe ich Futter gestreut. Die Vögel flogen auf das Brett, welches daraufhin wegrutschte. Die Klappe war zu.

Vor der Schule wurde die Falle geöffnet und nach der Schule war der erste Gang, ob die Falle zu war. Sie war zu. Es muss wohl ein großer Vogel in der Kiste sein, denn es flatterte ganz schön darin. Ich habe mir die Kiste geschnappt, um sie im Hühnerstall zu öffnen.

Es war wirklich ein großer Vogel. Der stank dermaßen, als wenn er aus einer Jauchegrube gekommen wäre. Außerdem hatte ich eine solche Vogelart noch nie gesehen. Was besonders auffiel, war eine ziemlich große Federhaube auf dem Kopf. Erst später habe ich von einem Schulkollegen erfahren, der ein Vogelbuch zu Hause hatte, dass es ein Wiedehopf ist.

Der Hahnenkamm und der penetrante Geruch haben sich bald gelegt. Beides kam nur zum Einsatz, wenn er aufgeregt war. Auf jeden Fall war dies der Anfang von einer ziemlich großen Vogelsammlung. Auf dem Boden hatte ich ja reichlich Platz dafür.

Es waren 7 Sorten: Meisen, Amseln, Drosseln, Grünlinge, Buchfinken, Erlenzeisige und Stieglitze. Spatzen waren nicht dabei, die waren zu gewöhnlich.

Es gab noch eine besondere Vogelart zu fangen. Das waren Spechte. Ein Grünspecht, 2 Buntspechte und 2 Kleinspechte. Im Busch, ein größeres Waldgebiet, da habe ich beobachtet, wo Spechte waren. Einen Köcher vor das Spechtloch gehalten, gegen den Baum geschlagen; der Specht wollte vor der Gefahr fliehen und schwups war er in dem Köcher.

Eine Beute für unsere Vogelsammlung. Es war eine große Bereicherung. Aber eine noch größere Aufgabe, Futter für die Spechte ranzuschaffen, denn sie wollten die Körner nicht, die ich für die andere Vögel hingestellt hatte. Also sind wir wieder in den Wald, um Würmer und Maden zu holen. Dies war erforderlich geworden, um die Spechte zu behalten. Meine Mutter hatte zur Bedingung gemacht, für die Spechte Futter ranzuschaffen, sonst müssten diese Vögel wieder frei gelassen werden. Sie hämmerten mit ihren Schnäbeln an den Holzbalken herum, die wir auf dem Dachboden reichlich hatten. Der Krach des Hämmerns schallte durch das ganze Haus und machte meine Mutter recht wütend.

Wir Kinder sind mit den unterschiedlichsten Werkzeugen wie Beil, Stecheisen und Borkenschaber und einem Glas losgezogen. Es war das richtige Werkzeug, welches wir dabei hatten. Die Borke ließ sich von den abgestorbenen Bäumen gut lösen. Wir haben reichlich Maden und Würmer an den Bäumen gefunden. Das Glas war schnell voll. Die Spechte hatten nun reichlich zu fressen.

Durch Zufall habe ich noch festgestellt, dass die Spechte auch an das Futter der Tannenmeisen sich heranmachten. Wir haben die Tannenzapfen den Spechten hingelegt. Die Spechte hatten jetzt eine Aufgabe, den Samen aus den Zapfen herauszupicken.

Irgendwann war uns dies alles zu stressig und die Aufgabe zu groß. Wir haben alle Vögel wieder frei gelassen.

Mohrrüben hacken

Die scheußlichste und blödeste Arbeit war für mich das Mohrrüben hacken. Die Mohrrüben guckten erst wenig aus der Erde und das Unkraut war schon doppelt so groß. Das Unkraut musste weg, es nahm den Mohrrüben den Platz und die Kraft weg. Ich habe eine List benutzt: hackte die Mohrrüben um und ließ das Unkraut stehen.

Als mein Vater am nächsten Tag meine Arbeit begutachtete, war ich ab sofort vom Mohrrüben hacken befreit.

Anhäufeln

Wenn das Grüne von den Kartoffeln schon ziemlich groß war, musste ich oft mit Pferd und Pflug die Kartoffeln anhäufeln. Das musste sein, denn wenn die Kartoffeln aus der Erde heraus wachsen, sind sie grün geworden und für den Menschen nicht mehr zu genießen.
Obwohl das Pferd den Pflug zog, war es doch eine mühselige Arbeit, immer den Pflug in der Spur zu halten. Und dann war der Acker, als Kind gesehen, irre lang.

Taufe

Als ich bei einer Taufe in unserem Ort einmal dabei war, konnte ich das Zeremoniell nicht vergessen. Es war ein alter Pfarrer aus dem Nachbarort, der eingesprungen war, da unser Pfarrer wegen Krankheit ausfiel. Der machte die Handlung sehr theatralisch.
Unsere Gruppe war nicht sehr groß und saß um das Taufbecken. Es schilderte der Pfarrer, wie früher getauft wurde. Da sagte er: Das Kind wurde mit einem großen Bogen in das Wasser des Taufbeckens gestoßen, dass das Wasser in hohem Bogen spritzte. Wir haben uns angeguckt und konnten das Lachen nur mit Gewalt unterdrücken. Von der weiteren Handlung habe ich fast nichts mehr mitbekommen.
Nach der Taufe hatte ich große Bauchschmerzen vom unterdrückten Lachen.

Klimpern

Ich habe gerne Klimpern gespielt. Da ging es um Geld. Mein Taschengeld habe ich damit aufgebessert. Wir waren manchmal bis zu 10 Kinder. Es wurden häufig 5 oder 10 Pfennige benutzt.
Diese Geldstücke wurden von jedem versucht so direkt wie möglich und geschickt bis zur Wand zu werfen. Der Abstand bis zur Wand war ca. 2 Meter. Wer am dichtesten an die

Wand geworfen hatte, war Erster. Die Geldstücke wurden dann gestapelt auf den Daumen und Zeigefinger gelegt. Dann wurde der Haufen hoch geworfen, dass er so auf der oberen Handseite zum Liegen kommt. Bei Ungeschickten sind da schon Geldstücke heruntergefallen. Danach wurden wieder die Geldstücke in die Luft geworfen, um sie dann mit der Hand zu greifen. Mit den runtergefallenen Münzen kam dann der zweite Sieger ran.

Es gab auch noch eine Abart des Klimperns.

Der Ellbogen wurde angewinkelt, um dort das Geld zu stapeln. Dann wurde der Arm weggezogen, um auch hier das Geld zu greifen.

Hornzacken

Mein Kumpel und ich waren in unserem Wald, um Hornzacken zu holen. Das sind Äste, die am Baum getrocknet sind. Ein sehr gutes Holz, um zu Hause Feuer zu machen. Mit einer langen Stange haben wir sie von den Bäumen geholt. Das ging so lange gut, bis unsere Kraft und Lust nachließen.

Mein Vater wollte auch kommen, war aber immer noch nicht da. Er wurde wahrscheinlich irgendwo aufgehalten.

Als wir ein Plätzchen zum Ausruhen eingenommen hatten, plagte uns schon bald die Langeweile. Eine Idee war schnell geboren. Ein kleines Feuer sollte es sein. Ein Brennglas hatte ich ja immer in der Hosentasche. Trockenes Gras war ja reichlich da, das Feuer schnell entzündet.

Das ging eine ganze Weile gut, bis sich das Feuer ganz schnell ausbreitete und wir es nicht mehr löschen konnten. Unsere Angst war groß. Wir hatten gerade beschlossen, abzuhauen.

Mit einemmall war mein Vater da, der die Lage sofort erfasste. Er zog seine Jacke aus und schaffte es, damit die Flammen zu ersticken.

Unsere Erleichterung war groß.

Teekesselchen

Warum dieses Spiel Teekesselchen heißt, weiß ich auch nicht. Es ist ganz einfach und macht Spaß. Es ist nur ein bisschen Fantasie erforderlich.
Es sind 2 Begriffe mit dem gleichen Namen erforderlich, wie: Glühbirne und Essbirne oder den richtigen Schneeball und Blumen-Schneeball. 2 Kinder erzählen mit versteckten Andeutungen, welchen Begriff sie meinen. Das geht solange, bis er von den anderen Kindern erraten wurde.

Fischfang mit Strom

Es war ganz einfach, Fische mit Strom zu fangen.
Der Fischer benutzte dafür einen Kahn, der an einer Stange festgebunden war. Diese Stange wurde bei Bedarf in die Uferböschung gerammt, um durch die starke Strömung nicht abgetrieben zu werden. Im Boot hatte er einen Kasten, der Strom erzeugte. Die Stromschnur war mit einer Metallschlaufe verbunden, welche vorn an einer Stange befestigt war. Dieses Gerät führte er durch das Wasser und sämtliche Fische kamen hoch und schwammen auf dem Wasser. Den Fischer interessierten nur große Fische wie Aale, Zander und Hechte, die er mit einem Köcher in seinen Kahn holte. Die kleinen Fische interessierten ihn nicht - aber uns Kinder.
Wir holten diese Fische auch mit einem Köcher aus dem Wasser. Die Fische, die zum Essen zu klein waren, bekamen die Hühner und Katzen.

Hechte im Fluss

Hechte können zur Laichzeit so was von blöd sein, dass man es fast nicht glauben mag.
Hinter dem Stau, wo der Fischkastenausfluss war, wurde eine Schräge betoniert, um einen besseren Abfluss zu haben. Auf dieser Schräge sammelten sich jeden Tag aufs

Neue Hechte Sie schwammen, auch bei Gefahr, einfach nicht weg. Die Gefahr kam von uns.

Wir hatten eine lange Stange, an der vorn eine Drahtschlinge angebracht war. Diese Schlinge wurde einem Hecht über den Kopf gezogen, so weit, dass die Schlinge hinter die Kiemen des Hechtes kam. Die Schlinge setzte sich hinter den Kiemen fest und konnte mühelos aus dem Wasser gezogen werden.

Auf diese Art haben wir reichlich Hechte aus dem Wasser gezogen.

Naschen vom Feld

Im Sommer gab es immer etwas vom Feld zu naschen. Ob es die jungen saftigen Mohrrüben waren oder Radieschen. Die schmeckten immer, auch wenn der Sand manchmal zwischen den Zähnen knirschte. Mit den Gurken war es genauso. Sie stillten den Hunger und löschten den Durst. Der Mohn war eine Delikatesse. Die Köpfe wurden abgebrochen, ein Loch in den Kopf gedrückt und dann die Körner in die Hand geschüttelt, um sie dann mit der Zunge aufzuschlabbern.

Schotter auf Schiene

Wenn wir auf dem Feld waren, ich hatte ja immer ein, zwei Kumpel dabei, haben wir den Lokführer geärgert. Der Bahndamm war für uns Kinder ganz schön hoch. Um Schottersteine auf die Schienen zu lagen, mussten wir da hochkrabbeln. Wenn der Zug dann über den Schotter fuhr, knallte es ganz schön laut.

Der Zugführer schimpfte und drohte mit der Faust, und wir standen da und haben gelacht. Ehe der Lokführer den Zug zum Stehen gebracht hätte, wären wir schon über alle Berge gewesen.

Unterstand

Wenn wir auf dem Feld waren, kam es vor, dass es regnete und dann noch wie aus Kübeln.
Dafür hatte mein Vater einen Unterstand gebaut - zwar nur aus Brettern, aber er schützte uns vor dem Regen. Es wurde nur schwierig, wenn wir mehr als 4 Personen waren. Mehr als 4 Personen passten dort nicht rein.

Harras

Irgendwann hatten wir auch wieder einen Hund, und das war noch ein echter Schäferhund. Der hatte auch seine Macken, aber auch viele gute Vorteile.
Ich habe diesen Hund geliebt. Es war meiner. Wir haben uns sehr gut verstanden. Immer, wenn ich Zeit hatte, haben wir miteinander gespielt. Es hat uns beiden immer viel Spaß gebracht.
Ich hatte einmal einen runden Kartoffelkorb mit einem großen Bügel dran. Damit neckte ich Harras. Er versuchte, an dem Korb vorbei zu kommen, was er nicht schaffte. Ich war schneller in der Abwehr. Das ging so lange gut, bis Harras dies zu viel wurde. Er sprang über mich hinweg und biss mich in den Hintern. Na ja, er grapschte nur danach. Man hat richtig gesehen, welche Freude er dabei hatte, denn er war der Sieger.

Frau vom Einkaufen

Eine Frau hatte vom Kaufmann für uns auch Sachen eingekauft, die sie uns brachte. Die Sachen für uns waren im unteren Teil der Tasche. Sie packte ihre Sachen auf den Tisch.
Harras war auch da. Er lag am Ofen und guckte zu. Als die Frau auch unsere Sachen ausgepackt hatte, war sie dabei, ihre Sachen wieder einzupacken. Da sprang Harras auf und packte sie am Arm. Er hat nicht zugebissen, nur festgehalten. Die Frau hatte sich fürchterlich erschrocken.

Harras konnte genau unterscheiden zwischen Geben und Nehmen.

Gänse – Nachbar

Unser Nachbar auf der anderen Seite von der Gaststätte hatte kleine Gänseküken auf dem Hof. Dies muss Harras wohl interessiert haben. Die Mauer war 2 Meter hoch, aber kein Hindernis für den Hund.

Wir hatten an dieser Mauer einen Misthaufen. Der war gerade recht hoch geworden. Dadurch war es für Harras kein Hindernis, über die Mauer zu springen. Was für ein Teufel Harras befallen haben könnte, war später nicht zu ergründen. Harras hat alle 12 Gänschen den Hals umgedreht, aber nicht gefressen. Er legte sie alle säuberlich nebeneinander auf ein Brett.

Danach war die Aufregung groß und die Wiedergutmachung dementsprechend. 12 kleine Gänschen wechselten von einem Hof auf den anderen Hof.

Zunge an Klinke

Es war wieder einmal ein sehr kalter Wintertag. Unsere erprobte Mutprobe war gegenwärtig: Wer hält seine Zunge am längsten an der eisigen Türklinke?

Als ich an der Reihe war, muss mein Mut wohl besonders groß gewesen sein. Meine Zunge klebte an der Klinke fest. Die Zunge von der Klinke abzureißen, war ein großes Risiko. Die Zungenhaut konnte dabei flöten gehen und das ist sehr schmerzhaft. Da spreche ich aus Erfahrung.

Einer hatte die rettende Idee, eine brennende Kerze an die Klinke zu halten, um diese zu erwärmen. Es waren gleich 3 Kerzen. Ich bekam die Zunge ohne Schaden los. Mein Erfahrungsschatz war reicher. Meine Zunge hatte nie wieder eine Klinke berührt.

Knallkörper im Ofen

Es war Silvester und es hat fürchterlich geregnet. Die Knallerei sollte trotzdem nicht ins Wasser fallen. Was ins Wasser gefallen ist, waren die noch nicht explodierten Knallkörper. Wir Kinder suchten sie am nächsten Tag zusammen. So nass wie die waren, konnte man nichts mit den Knallkörpern anfangen. Sie mussten erst trocken sein. Ich steckte sie in die Ofenröhre, um den Trockenvorgang zu beschleunigen.

Am nächsten Tag waren die Knallkörper trocken, ohne dass der Ofen in die Luft geflogen ist - was ja hätte passieren können.

Es war schwierig, die Knallkörper anzuzünden, denn es fehlte überall die Lunte. Der erste Knallkörper zündete prima und der knallte auch sehr laut. Die anderen Kinder klatschten Beifall. Ich steckte sofort den zweiten Knaller an. Ach, du mein Schreck: Der explodierte in meiner Hand. Am unseren Teil des Handgelenks fehlte auf voller Breite ein 5 cm Streifen Haut, was sehr schmerzte.

Was noch viel schlimmer war: meine Sonntags-ausgehsachen. In meinem Perlonhemd waren lauter Löcher reingebrannt. Die Hose hatte einen nicht zu entfernenden Silber- und Goldeffekt.

Was das Allerschlimmste von diesem Blödsinn war: Von den umstehenden Kindern waren die vorderen Kopfhaare und Augenbrauen weggesengt. Die hätten auch blind werden können.

Das war mir eine Lehre. Ich habe nie wieder einen Knallkörper angefasst.

Schlachtebestellung

Im Winter wollten die Leute alle schlachten. Sie kamen zu uns, um einen Termin zu machen. Es kam aber vor, dass meine Eltern und auch wir Kinder nicht zu Hause waren, nur der Harras. Harras war kein abgerichteter Hund, aber er verhielt sich so. Er ließ die Leute auf den Hof, aber nicht wieder runter. Dies konnte Stunden dauern, und das bei

Minusgraden. Dies passierte den Leuten nur einmal. Ärger gab es trotzdem.

Schwarz schlachten

Da mein Vater auch Viehhändler war, muss wohl ein nicht registriertes Schwein ihm über den Weg gelaufen sein. Haustiere waren normalerweise alle gemeldet. Ich weiß nicht, wie der Schwarzhandel funktionierte und was da alles gemacht wurde. Wir Kinder haben fast gar nichts darüber erfahren. Nur bei diesem einen Fall:
Mein Vater war mit Pferd und Wagen in der Stadt unterwegs. Auf dem Wagen hatte er ein halbes Schwein, das er einem Fleischer geben will. Zu ihm nach Hause ist mein Vater nicht gefahren. Sie meinten, in einer abgelegenen Straße wäre es unauffälliger. Das dachten sie aber nur. Sie wurden beim Schweineumladen beobachtet und verpfiffen.
Noch am selben Tag war die Kripo bei uns. Sie stöberten im ganzen Haus herum. Selbst das Radio wurde kontrolliert, welchen Sender wir eingestellt hatten. Natürlich war das ein Westsender, der Rias. Da kam mir die Erinnerung, dass meine Mutter auch immer den BBC-Sender hörte. Dies war unter hoher Strafe verboten. Wenn sie diesen Sender hörte, zog sie sich eine Decke über Kopf und Radio. Meine Mutter sagte: Auch Wände haben Ohren.
Das Kuriose war, sie haben nichts weiter gefunden, obwohl alles vor ihrer Nase war. Im Waschkessel, der im Keller war, war das Fleisch für die Kochwurst schon vorbereitet. Die Kripo hatte die einfachsten Sachen übersehen.

Büchsensammlung

Ich war eigentlich schon immer ein Sammler, nur was ich sammelte, hat sich immer wieder geändert. Jetzt sammle ich Getränkebüchsen. Ich hatte schon eine ganze Menge davon. Wenn eine Neue dazu kam, habe ich mich wie ein Schneekönig gefreut. Immer, wenn ich in Westberlin war, habe ich die Abfallbehälter danach durchstöbert. Ich hatte das eine Mal eine ganze Menge ausgefallener Büchsen gefunden. An der Grenze wurde ich damit vom Zoll angehalten. Ich erzählte denen, dass ich sie als Buntmetall verkaufen will. Sie schütteten die Büchsen auf die Erde und traten darauf herum, bis sie alle platt waren. Sie meinten dann höhnisch, so könne ich sie viel besser transportieren. Ich war so was von sauer auf die Männer vom Zoll.

Am meisten habe ich Büchsen am Autobahnrand gefunden, wo die Westler ihren Abfall aus dem fahrenden Auto entsorgten. Es war mühselig, es hat sich aber gelohnt.

Es kam auch hin und wieder vor, dass die Westler durch unseren Ort kamen, weil die Autobahn total gesperrt war. Da mussten sie dann über die Dörfer fahren, um eine andere Auffahrt zu benutzen. Von den durchfahrenden Wessis haben wir Kinder Bonbons, Kaugummi und auch Büchsen, aber noch mit Getränken drin, bekommen.

Feierlichkeiten

Immer, wenn in der Verwandtschaft oder Nachbarschaft Feierlichkeiten angesagt waren, habe ich mich schon lange vorher darauf gefreut.

Es gab reichlich und ausgefallene Kuchen, woran ich mich so richtig satt essen konnte.

Es wurden zu diesen Feierlichkeiten auch Zigaretten und Zigarren auf die Tische gestellt. Die Zigaretten kamen in Gläser und die Zigarren blieben in der Schachtel oder Kiste, wo sich jeder bedienen konnte. Wir Jungs haben das auch getan. In einem unbeobachteten Augenblick hat einer für jeden von uns eine Zigarre aus der Kiste gemopst.

Wenn es dann dunkel war, haben wir dann Starkasten mit Ausflugstange gespielt. Das hatte jede Menge Spaß gemacht, wenn der Tabakqualm uns um die Nase schwapperte. Mein persönliches Markenzeichen habe ich auch jedes Mal hinterlassen.

Es lagen auch klein gebrochene Schokoladentafeln auf den Tischen herum. Ich habe mir im Laufe der Feierlichkeiten das Alu-Papier von einer Tafel organisiert. Daraus habe ich eine Rolle von 5 cm Durchmesser gemacht und wie einen Eierbecher gefaltet. Dann habe ich Zeitungspapier im Mund so lange gekaut, bis es weich und geschmeidig war. Dieses Papier habe ich am Boden des Eierbechers befestigt und dann an die Zimmerdecke geschmissen. Oft hing der Becher noch Wochen lang an der Decke. Viele haben rum gerätselt, wer

das war. Keiner hat es erfahren.

Harras läufig?

Als im Frühjahr die Zeit kam und eine läufige Hündin durch unsere Straße lief, war unser Hund nicht mehr zu halten. Da hätte unser Zaun noch höher sein können. er ist auf und davon. Er stromerte 6-8 Wochen in der Gegend herum. Leute erzählten, dass sie ihn gesehen hatten. Er war schmutzig, struppig und total abgemagert. Wir Jungs waren auch unterwegs und wussten nicht, welchen Blödsinn wir anstellen sollten. Da sah ich unseren Harras. Wir hin. Vielleicht hatte ich Glück, ihn mit nach Hause zu nehmen.
Der Harras war aber gerade mit einer Dackeldame beschäftigt. Ein Dackel und ein Schäferhund - die Vereinigung wollte einfach nicht klappen. Wir waren auch enttäuscht. Bis ich auf die Die kam, von den herum liegenden Mauersteinen ein Podest zu bauen. Der Dackel, der wollte und nicht konnte, wurde auf den Sockel gestellt. Jetzt klappte es und wir hatten unsere Peepshow.
Der Dackelbesitzer staunte später nicht schlecht. Lauter kleine Dackel mit Schäferhundbeinen.

Wiese im Busch

Wir hatten auch eine Wiese im Busch. Busch deshalb, weil dort mehr Sträucher und Büsche standen als Bäume. Die Wiese war aber j.w.d. - die Abkürzung für janz weit draußen. Der Weg führte unter der Autobahn durch, um dort hinzukommen. Es gab aber auch eine Abkürzung durch den Wald. Da musste man aber mit Pferd und Wagen über die Autobahn. Dies war damals alles noch möglich. Auf dieser Strecke kam ja alle halbe Stunde nur ein Auto vorbei. Wir sind auch mit dem Fahrrad oder zu Fuß auf der Autobahn bis zum nächsten Ort gelaufen.

Fische im Königsgraben

Der Königsgraben ist ein kleines Flüsschen mit glasklarem Wasser. Dort konnte jeder Kieselstein auf dem Grund erkannt werden, obwohl das Wasser ca. 1 Meter tief war. In diesem Wasser waren auch die Fische gut zu erkennen.
Es gab dort ziemlich große Barsche. Es machte richtig Spaß zuzugucken, wenn sie am Wurm auf dem Angelhaken rumzuppelten, um sie dann im richtigen Augenblick aus dem Wasser zu ziehen.
Am leichtesten war es, Hechte zu fangen. Man brauchte dafür nur eine Neptungabel und schon war der Hecht aufgespießt. Ein bis zwei Hechte reichten an einem Tag, je nachdem, wie groß ein Hecht war. Es gab auch Jungs, die gar keinen Fisch wollten.

Aalschnüre

Um Aale zu fangen, braucht man erst einmal Tauwürmer. Diese Würmer sind ca. 20 cm lang und unheimlich schnell. Wenn es dunkel wurde, kamen die Würmer aus der Erde. Zum Würmereinsammeln mussten immer 2 Jungs sein: einer, der mit der Taschenlampe leuchtet, und der andere sammelte die Würmer ein. Wenn wir 30 Würmer zusammen hatten, reichte es für einen Tag. Ungefähr 30 cm hinter den großen Angelhaken wurde ein Stück Blei zum Beschweren angebracht. Als Ersatz haben wir auch große Schrauben genommen. Diese wurden an eine 5 Meter lange Schnur gebunden. Es kam ein Trauwurm auf den Angelhaken, um diesen mit dem Gewicht ins Wasser zu werfen.

Am Ufer wurde ein Pflock mit der Schnur daran ins Erdreich geschlagen und ein heller Lappen daran gebunden, um den Pflock im Dunkeln schneller und besser zu finden.

Alle 6-8 Meter kam solch eine Schnur ins Wasser. Dies musste alles in der Dunkelheit geschehen, denn es war unter Strafe verboten, Aale mit der Schnur zu fangen. Das Angeln der Aale war erlaubt.

Nach ein paar Stunden sind wir hin, um die Schnüre zu kontrollieren.

Ich habe mir von meiner Mutter eine Wäscheleinenstütze dafür ausgeborgt, um die Schnur sicher an Land zu bekommen. Die Stütze war ein ca. 2 Meter langer Stab mit einer V-förmigen Gabelung daran. Über diese Gabelung wurde die Schnur bis auf 1 M. herangezogen, um sie an Land zu bekommen. So konnte man auf diese Art die Uferbefestigung überwinden, ohne dass der Angelhaken darin hängen blieb und unwiederbringlich verloren war.

Die Ausbeute war nicht sehr groß. Ein, zwei, wenn's hoch kam, waren 3 Aale, die wir gefangen hatten. An den meisten Schnüren war der Wurm abgefressen.

Die Schnüre wurden jede für sich auf ein Stück Holz gewickelt, um sie für die nächste Angeltour dieser Art in Schuss zu haben.

Getreide mähen

Ende Juli, Anfang August war das Getreide reif. Als erstes kam der Roggen dran, dann der Hafer und danach der Weizen. Es war für alle eine schwere Arbeit, auch für uns Kinder.

Mein Vater und ein Helfer haben das Getreide mit einer Sense gemäht. Die Frauen haben daraus Bunde gemacht. Wir Kinder haben diese Bunde auf einen Haufen getragen, um damit eine Mandel zu bauen und die Bunde schräg gegeneinander zu stellen zum Nachtrocknen. Eine Mandel sind normalerweise 15, das ist aber eine ungerade Zahl. Darum ist eine Bauernmandel 16 = 2 x 8. Wenn es auch einmal regnete, sind wir Kinder in solch eine Mandel rein gekrochen. Dadurch hatten wir ein Dach über den Kopf.

Was mich heute noch wundert: Wir Kinder waren alle barfuß und sind über die Stoppeln gelaufen, denn dies hatte uns gar nichts ausgemacht.

Am Abend war für meine Eltern immer noch nicht Feierabend. Mutter stand am Herd und kochte eine warme Mahlzeit.

Vater machte sich über die Sense her. Er tengelte die Sense, damit sie an der Schnittstelle wieder dünn wurde. Anschließend hat er die Schnittlänge noch geschärft. Es war eine aufwändige, aber erforderliche Arbeit.

Heuernte

Mein Vater hatte das zweite Mal Gras gemacht, dass daraus Heu wird. Ich hatte auch meine Aufgaben dabei. Die erste Aufgabe war, das Pferd zu striegeln und zu bürsten, damit es sauber wird und das mehrmals in der Woche.

Wenn es bei der Grastrocknung geregnet hatte, musste ich mit Pferd und Gabelmaschine auf die Wiese. Die Gabeln sahen aus wie Forken, die das halb getrocknete Gras nach hinten zum Auflockern schleuderte. Wenn es Heu geworden war, bin ich mit Pferd und Hungerharke auf die Wiese. Damit habe ich das Heu auf Schleifen gezogen. Dadurch konnte das Heu schneller auf den Wagen geladen werden. Ich musste dann die Heureste nachharken.

Es kam aber auch vor, dass ich für die Feldarbeit gar keine Lust hatte. Wenn ich aus der Schule kam, habe ich am Hoftor den Briefkastendeckel mit einem Stock angehoben. Wenn dann der Pferdewagen noch auf dem Hof stand, bin ich die Straße bis zum Fluss gegangen. Dort war ein Fußweg zwischen Fluss und Garten, wo ich bequem bis zu unseren Garten und unbemerkt in unsere Scheune kam. Dort habe ich dann abgewartet, bis meine Eltern den Hof verlassen hatten.

Meine Ausrede, dass ich nach Schulschluss nicht nach Hause kam, war: Ich musste nachsitzen.

Wagen falsch beladen

Ich sollte wieder einmal vom Feld einen Wagen voll Getreide holen. Ein Kumpel hat mir dabei geholfen, das Pferd aufzuschirren, vor den Wagen zu spannen und ab ging die Fahrt.

Beim Aufladen der Getreidebunde hatte ich oft genug geholfen. Es wurde mir gezeigt, wie man in einem Wagen die Bunde stapelt. Es klappte alles ausgezeichnet, die Fahrt auch. Aber nur solange, bis sich die Fuhre anfing zu verformen. Im Feldweg waren mehrere tiefe Schlaglöcher, was das Abrutschen der halben Fuhre verursachte. Wir haben den Rest der Fuhre ausgeglichen und dann ab nach Hause. Den Wagen abgeladen und zurück, um das verloren gegangene Getreide zu holen.

Durch dieses Malheur sind auch viele Körner verloren gegangen. Um weiterhin solche Situationen zu vermeiden, hat mein Vater mit einem Bäcker ein Abkommen getroffen. Der Bäcker entsorgte seine anfallende Asche auf dem Sandweg. Die Asche vermengte sich mit dem Sand und wurde danach wie Beton.

Der Ascheweg wurde von Tag zu Tag länger.

Selbstschussanlage

Bevor wir unsere Kartoffeln buddelten, war schon ein großer Teil davon geklaut.

Um diesem Kartoffelklau vorzubeugen, stellte mein Vater ein Schild in das Kartoffelfeld, aber nah genug am Weg, dass es jeder lesen konnte. Darauf stand: Vorsicht! Selbstschussanlage!

Das flößte den Leuten Respekt ein. Es wurde nicht mehr wahllos auf dem Kartoffelfeld geklaut, sondern nur noch um das Schild. Als die Ernte anfing, waren ca. 5 Meter um das Schild herum die Kartoffeln verschwunden.

Kartoffelernte

Wenn die Kartoffelernte angesagt war, wurden viele Hände gebraucht.

Der Acker war groß und die Wege weit. Wir Kinder mussten da auch immer mithelfen. Da blieb kaum Zeit zum Schularbeiten machen, geschweige denn Zeit zum Spielen. Da waren die Kartoffelkipen unser Spielzeug.

Wenn uns der Weg mit den vollen schweren Kippen bis zum Wagen zu weit wurde, durften wir was anderes machen. Wir haben das abgetrocknete Kartoffelkraut zusammengetragen. Wenn der Haufen groß genug war, hat mein Vater ihn angesteckt.

Ich habe immer gern geröstete Kartoffeln gegessen, die in der Glut gelandet waren. Das schwarz Verkohlte habe ich mit einem Schotterstein abgekratzt. Die Schottersteine waren so richtig scharfkantig.

Wir haben aber auch Schinkenbrote bekommen. Wenn ich Schinkengeruch in die Nase bekam, ist mir das Wasser im Mund zusammengelaufen. Mein Vater hatte für die Kartoffelernte immer einen Schweineschinken aufgehoben. Er sagte: Damit die Arbeitskräfte was Vernünftiges zwischen den Zähnen haben.

Erstes Telefonieren

Ich sollte zum Nachbarn in die Gaststätte zum Telefonieren. Dies war das einzige Telefon in unserer Straße. Wie alt ich zu dieser Zeit war, weiß ich nicht mehr. Ich war aber schon ziemlich groß. Ich habe mir vor lauter Angst fast in die Hosen gemacht, ich könnte etwas verkehrt machen.

Mit Stottern und Rumdrucksen habe ich es geschafft. Mit klitschnassen Händen habe ich mein erstes Telefonat geführt. Heute unvorstellbar.

Lederfußball und Töppen

Als ich zu meinem Geburtstag von meinen Eltern ein Paar Fußballtöppen bekam, habe ich vor Freude geweint. Als ich dann von einem Onkel noch einen gebrauchten Lederfußball bekam, war ich total überwältigt. Ich war damit der Einzige in unserer Straße, der einen Lederfußball hatte.

Wir haben mit diesem Ball nicht nur Fußball, sondern auch Völkerball gespielt. Irgendwann, noch im selben Jahr wurde mir der Ball geklaut und war auf Nimmerwiederseh'n verschwunden. Mit den Töppen hat das Fußballspielen noch einmal so viel Spaß gemacht.

Weiße Mäuse

Ich habe von einem bekannten Mann, der häufig bei uns war, einen großen Käfig mit weißen Mäusen bekommen. Der Käfig war sehr groß. Es war eigentlich ein Doppelzwinger 2 x 40 cm^3 für 4 Mäuse. Die hatten einen schönen Auslauf mit Klettergerüst und Laufrad. Dies war alles schon in dem Käfig drin. Die Mäuse haben mir sehr viel Spaß gebracht.

Die Mäuse vermehrten sich für meine Begriffe sehr schnell. Man hatte die kleinen nackten Würmchen im Nest gesehen und schon waren sie geschlechtsreif. So viel wollte und konnte ich nicht behalten und habe einen schwunghaften Handel damit begonnen.

Eines Tages muss es unserer Katze zu bunt geworden sein, immer die Mäuse vor ihren Augen. Sie muss wohl so lange am Gazegitter rumgekratzt haben, bis es kaputt war. Wie viel Mäuse die Katze gefressen hatte oder wie viel flüchteten konnten, weiß ich nicht. Auf jeden Fall waren 2 Nester mit Jungen im Käfig. Deshalb sind wohl die Alten geblieben.

Irgendwann habe ich auf dem Dachboden eine grauweiße Maus gesehen. Das sah ganz lustig aus. Ich hatte mir gar nicht vorstellen können, dass sich graue und weiße Mäuse paaren.

Schafe und Ziegen

Meine Eltern hatten 2 Schafe, 3 Ziegen und einen Ziegenbock. Die Schafwolle wurde für gutes Geld in den Westen verkauft. Wichtig war für mich der Ziegenbock. Den Bock habe ich mit der Zeit so abgerichtet, dass er mir und öfter auch mit anderen Kindern über längere Zeit den Handwagen zog. Mein Vater hatte für den Bock ein passendes Geschirr angefertigt. Der Bock war willig und hat uns immer viel Spaß gebracht.

Bei einem Erntedankfest-Umzug mit schön geschmücktem Handwagen und Ziegenbock habe ich mit viel Applaus den ersten Preis geholt.

Karbid

Wenn Karbid mit Wasser zusammen kommt, entstehen Gase. Das Gas wurde nach dem Krieg für viele Zwecke verwendet: zum Löten, Schweißen, Kochen, Beleuchtung usw.

Einmal stand ein Holzeimer mit Wasser rum. Da kam ein Junge auf die Idee, Karbidstücke in den Eimer zu werfen. Andere machten es nach. Wie das so ist, kramte ein Junge Streichhölzer aus der Hosentasche, um das entstandene Gas anzustecken. Der Erfolg war gewaltig. Die Hand, mit der er das brennende Streichholz warf, war schwarz, ebenfalls das Gesicht. Auch seine vorderen Kopfhaare waren weggesengt Mit solch einer gewaltigen Stichflamme hatte keiner gerechnet. Der Übermut lässt schön grüßen.

Die Industrie benötigte zum Schweißen reichlich Karbid. Das Abfallprodukt der Karbidschlamm wurde mit Sand vermischt, dann zum Mauern und Putzen genommen. Den Gestank von dem Karbidschlamm hat man wochenlang noch gerochen.

Weg zur Mühle

Ich musste wieder einmal in den Nachbarort zur Mühle, um Getreide hinzubringen und Brot dafür zu holen. Auf dem Mühlengelände war auch eine Bäckerei. Es waren auch 2 Kumpel dabei, die mir geholfen haben, den Handwagen zu ziehen oder zu schieben. Es waren immerhin 10 Kilometer hin und zurück.

Auf dem Nachhauseweg war der Geruch von frischem Brot so stark, dass ich ein Stückchen von der Kruste abbrach. Das hatte uns Kinder sehr gut geschmeckt. Unser Heißhunger war überwältigend. Wir knabberten weiter. Von einem Brot war ein Kanten ganz schön ramponiert. Meine Mutter hatte das sofort gesehen. Sie meinte nur: Da habt ihr ja schon eure Wegzehrung gehabt.

Fahrrad – Hund

Ich war mit dem Fahrrad zum Bäcker unterwegs, um Schrippen und Brot zu kaufen Mein Hund, der Harras, war auch dabei. Ich stellte das Fahrrad an der Hauwand ab und ging in den Laden. Harras legte sich vor das Fahrrad. Als ich alles eingekauft hatte und wieder raus ging, traf ich einen Kumpel, der mich überredete, eine Runde Billard mit ihm zu spielen. Die Kneipe, wo das Billard stand, war schräg über die Straße. Das Fahrrad habe ich, wo es gerade stand, stehen gelassen.

Es wurde nicht eine Runde, sondern mehrere Runden Billard daraus. Ich hatte ja Zeit.

Aber in der Zwischenzeit gab es einen Zwergenaufstand vor der Bäckerei. Alle Leute, die ihr Fahrrad auch nur in der Nähe von meinem Rad abstellten, durften ihr Rad nicht wieder wegnehmen. Harras, mein Hund, hatte das Gespür für gut und böse. Nur das Ausmaß war ihm fremd. Er hat alle Fahrräder als sein Eigentum verteidigt. Fast jeder wusste, von wem der Hund war, aber keiner wusste, warum er da war. Wenn jemand sein Fahrrad wegnehmen wollte, knurrte und fletschte Harras die Zähne. Es war furchteinflößend. Es kam keiner an sein Fahrrad heran.

Bis jemand zu uns nach Hause ging und meine Muter holte, um den Hund von den Fahrrädern wegzunehmen, was auch sofort gelang.

Mein Erstaunen war groß, als ich aus der Kneipe kam. Da haben mir Leute erzählt, was passiert war. Es hatte ein ganz großes Donnerwetter von meiner Mutter gegeben.

Lumpen - Tauben – Fahrrad

Um mir mein erstes eigenes Fahrrad zusammenbauen zu können, gab es viel Mühen und Arbeit. Von meinen Eltern bekam ich dafür kein Geld. Eine Oma oder einen Opa hatte ich auch nicht, die ich anbaggern konnte. Ich musste mir dafür jeden Pfennig selbst verdienen.

Am meisten habe ich mit Lumpen und Tauben verdient, die ich in Westberlin verkaufte. Für Lumpen bekam ich 5 Pfennig das Kg. Es war nicht viel, aber es läpperte sich zusammen. Es gab auch nicht viel Lumpen, es war nicht einfach, welche zu bekommen. Die alten Sachen wurden immer wieder aufgearbeitet und gestopft.

Mit den Tauben war es einfacher. Ich hatte ja selbst welche. Aber nicht genug, um mir einzelne Teile für das Fahrrad aus dem Westen zu kaufen. In der glorreichen DDR gab es solche Teile nur unter dem Ladentisch zu kaufen.

Ich habe Tauben dazu gekauft. Eine Taube hatte 2 Mark gekostet. Im Westen habe ich 2 Mark West dafür bekommen. Dies war ein enormer Gewinn. De Wechselkurs war: Für eine Westmark bekam ich 5 Ostmark. Es gab auch Zeiten, da war der Kurs 1 zu 8.

… eine bewegte Zeit.

Herbert

Herstellung und Verlag:
BoD - Books on Demand, Norderstedt
ISBN 978-3-7347-4208-8